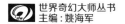世界奇幻大师丛书
主编：姚海军

帝国最后的三幕戏

HOW TO RULE AN EMPIRE
AND GET AWAY WITH IT

[英] K.J.帕克 著 钟睿一 译

四川科学技术出版社

How to Rule an Empire and Get Away with It by K.J.Parker

Copyright © 2020 One Reluctant Lemming Company Ltd

First published in Great Britain in 2020 by Orbit, an imprint of Little, Brown Book Group.

This Chinese language edition is published by arrangement with Little, Brown Book Group, London.

Simplified Chinese edition copyright:

2024 Sichuan Science Fiction World Co., Ltd.

All rights reserved.

图书在版编目(CIP)数据

帝国最后的三幕戏 / (英) K.J. 帕克 著; 钟睿一 译
. -- 成都 : 四川科学技术出版社 , 2024.5
(世界奇幻大师丛书 / 姚海军 主编)
书名原文 : How to Rule an Empire and Get Away
with It
ISBN 978-7-5727-1329-3

Ⅰ. ①帝… Ⅱ. ① K… ②钟… Ⅲ. ①幻想小说—英国
—现代 Ⅳ. ① I561.45

中国国家版本馆 CIP 数据核字 (2024) 第 084228 号

图进字 : 21-2021-348

世界奇幻大师丛书

帝国最后的三幕戏

SHIJIE QIHUAN DASHI CONGSHU

DIGUO ZUIHOU DE SAN MU XI

丛书主编	姚海军
著 者	[英]K. J. 帕克
译 者	钟睿一

出 品 人	程佳月
责任编辑	王 娇 姚海军
特邀编辑	钟睿一
封面绘画	谢春治
封面设计	姚 佳
版面设计	姚 佳
责任出版	欧晓春
出 版	四川科学技术出版社
	成都市锦江区三色路 238 号 邮政编码 : 610023
	官方微博 : http://weibo.com/sckjcbs
	官方微信公众号 : sckjcbs
	传真 : 028-86361756
成品尺寸	160mm×228mm 印 张 19.25
字 数	240 千 插 页 2
印 刷	四川省南方印务有限公司
版 次	2024 年 5 月第 1 版
印 次	2024 年 5 月第 1 次印刷
定 价	58.00 元

ISBN 978-7-5727-1329-3

邮购 : 成都市锦江区三色路 238 号新华之星 A 座 25 层 邮政编码 : 610023
电话 : 028-86361770

目 录

HOW TO RULE AN EMPIRE AND
GET AWAY WITH IT

第一幕

1

情况不妙。他倒是像往常一样很有涵养，但看得出来他没什么兴趣。

"这故事真的不错，"我说，"有个角色是比着艾因哈德量身打造的，他来演绝对效果显著。"

总算找补回来一点。很少有适合艾因哈德的角色，而他已经签了约。"说下去。"他说。

"这个角色，"我继续说，"是贵族出身，但落魄了，只能上街乞讨。"

"不错，"他谨慎地说，"观众喜欢看这种表演。"

"有一天，他坐在神庙外的阶梯上，帽子放在地上，牵着他的狗——"

"别用狗，有狗的演出我们做不了。"

"那就没有狗，只是帽子放在地上。迎面走来宰相和宫廷总管，当然是微服的。"

"但观众知道他们的身份？"

"当然。两人指出，这个人长得特别像国王。是的，男人回答，国王是我隔着不知多少辈、多少层表堂关系的亲戚。所以我才留胡子，这是无奈之举，不然有时候挺尴尬的。宰相又说，帮我们做点事吧，报酬少不了。是这样的：国王被通敌的叛徒绑架了，而敌国想发动战争。所以我们需要你假扮国王，撑上一段时间就好，只要——"

他抬起手，"容我打断一下。"

行吧，我想。

"故事真的不错。"我说。

"我同意，确实非常不错。很多戏剧都是这样，一个世纪前的《贝洛伊萨的囚徒》的故事也不错，《卡劳西奥》的故事更好，还有《戴青铜面具的人》——"

"连演了一百一十六场。"我接道。

"至今都没人能打破这个纪录，"他说，"而这个剧……怎么说呢，和你很像。"他笑了笑，"很久之前非常成功，之后越来越成功，但总会走过巅峰，一段时间过后——"他耸耸肩，"就只能祝你好运了。这种剧不适合我们，还是谢谢你。"

"有一场围城战，"我说，"还有一段爱情戏。"

他犹豫了。"围城不错，"他说，"这样吧，你回去重写，只写围城战，把其他的删掉。现在最受欢迎的就是围城戏。"

这很奇怪，都城被围就发生在七年前。众神作证，那是大家切切实实经历过的，谁想上剧院面对真实呢？但实际上（当我反对时，他是这样解释的），人们爱的是乍一看非常真实，但最后会反转的童话故事。结局必须是我方取胜、坏人死绝，主题必须振奋人心，最好有一位果敢威风的女性领袖，可能的话，再加上一头独角兽就完美了。还不止呢，我告诉他，观众还喜欢看上去似乎独一无二的新东西，但故事本身还得套用我们从小就爱看的老路子。正是这样，他说，但就我对你的了解，你给出的肯定是货真价实的新东西，只不过披了一层老套的皮。如果我把这东西放在我的剧院演，一两天后，演员们就只能对着空气表演了。

于是我离开了。最后，我还是给他写了一出振奋人心的围城戏：坏人死绝，我方取胜，女主角安德罗妮卡穿着帅气的黑色紧身皮衣，从舞台一边打到另外一边，敌人屁滚尿流。这出垃圾戏演了二十六个晚上，差不多刚刚回本，所以不算太差。

我方取胜、坏人死绝，振奋人心的主题，果敢威风的女性领袖，可能的话，再加上一头独角兽……我承认我不是做学术的，但就我所知，说不定真的有独角兽，在佩尔米亚之类的地方就能找到。所以这一系列元素中，至少有一样有可能是真的。不过要让我赌上房租，我还是不愿意。

2

我离开剧院,沿着鱼笼坡走到天堂街。都城的地名很有趣,所有邋遢的地方都有特别好听的名字。像旧花市,这地方曾经应该卖过花,但我这辈子没见过;五年前这里发生了一场大火,没人觉得可惜。这里的居民搬走之后,按照帮会划分成了两拨,蓝帮居民搬到了老阶梯,绿帮则搬到了天堂街。结果就是,都城从此再也找不到一处蓝帮和绿帮混住的地方了。不过问题不大,旧花市被一把火烧成灰后,械斗性质的谋杀案减少了一成。由于一年到头都见不上一面,大家对死对头的容忍度高了许多。

像我这样干正经生意的正当人士,只有在迫不得已或者有重要原因的时候才会踏足天堂街,平时绝不会来这儿乱逛。我穿过几条小巷,肚子突然不听使唤,难受得绞痛起来,就像头痛时眼珠子不听使唤,跟着发酸、发胀一样。我走过一连串看起来一模一样、看不出家主、被煤烟熏黑的房门,在其中一扇前停下,往手上缠了一截布,敲了三下门。门开了,一个女人站在门口看着我。

这女人不能上台演戏，没人敢用她。不是说脸谱化的类型演员不好——说实话，我们的生活根本离不开他们——但凡事都有个度。如果你想找人演面目可憎的老太婆，只要演员有两三处大家熟知的特征就算合格了，比如皱纹、鹰钩鼻、干瘪得像爪子的手，再来几撮儿白发，就像挂在荆棘丛上的羊毛……你绝对不会找一个具备以上所有特征的人来演，因为这就过了。剧院不会上演真实，真实的生活没有可信度。

"妈，你好。"我说。

她斜了我一眼，"哦，是你。"

"你好吗？"

"你在乎吗？"

天堂街这个地方不适合站在门口说话。"我能进来吗？"我问。

"你进来做什么？"

她是爱我的，但我令她太失望了。"我有一阵子没来看你了。"我说。

"六个月零四天，不过我无所谓。"

"能让我进来吗？"

我妈有一台纺车，所以她在天堂街算是顶级有钱人。她还是一位绿帮老大的遗孀，所以纺车暂时没人敢偷。另外，她纺的全是高级彩色纱线，供应给那些成天坐着刺绣的贵族小姐。当然，她们不是为了赚钱，赚钱的只有我妈。她是个半瞎子，但技术依然很好，交货快，从无质量问题。有一次我算了算，她纺的丝线可以从这里牵到阿塔吉恩，还能再绕回来。我这么给她说了，她说她不知道阿塔吉恩是哪儿，也没兴趣知道。

"缺钱？"她问。

这话伤人了。确实，我偶尔实在没办法的时候会找她借点小钱，但最近至少有六个月没借过了。"当然不是，"我说，"我就是来看你的，再怎么说你也是我妈啊。"

她坐进那张矮得可笑的椅子里，两脚踏上踏板，抓了一团黄色绒线，毛茸茸的质地让人想起发霉的水果。纺车轮开始嗡嗡转动，这声音我从小听到大。我跟她聊了聊最近在忙的事，当然是经过美化加工的，这样的谎言可是单纯出于善意，没有一丝不道德。她假装嗡嗡声太大，听不见我说话。我说什么来着，她对我太失望了。她希望我做个杀人放火、敲诈勒索的好手，就像我爸那样。

对这样的家庭温暖，人的接受能力是有限的。于是我转移话题，以比较体面的方式结束对话，让她保重，然后就离开了。

回到鱼笼坡上时，风是从海那边吹来的。算我好运吧，等我走到巴特尔门时，身上家的味道已经全被吹散了。我曾经参加过一部剧，里面有一句台词是：家永远不会远离你。这话不假，但你完全可以主动一点，让它离开。

我在巴特尔门拐弯往上城走，去新月街一座漂亮的大房子。我在那边有个挣钱的路子：名人模仿，模仿的当然是现今都城的几位领袖人物。转过街角，立刻就能看到一排壮观的矫饰主义早期风格建筑。我努力回忆我的那位主顾住在哪一边，希望这家人是贵族派的，我扮尼卡弗鲁斯、阿塔瓦杜斯都挺擅长（甚至可以倒立着演，真的，多收两个泰勒币就可以，效果很不错，就是头有点晕）。如果是平民派就惨了，能演的角色都没什么鲜明特征，不好模仿。我要找的房子是新月街南端（这一段修得更漂亮）的第三座，大门是蓝色的。

我又听到了嗡嗡声，和我妈的纺车轮有点像，但这地方肯定不可能有纺车，对吧。我听了大概三秒钟，一个影子出现在我头顶。我在阴影里待了大概半秒钟，就听到一声巨响，蓝色大门消失了，取而代之的是一大片灰尘。

在一切陷入混乱之前，有那么一刻，整个世界陷入寂静。像我这样在都城待得够久的人都懂这一刻的意义：这是无敌骄阳在给你机会，时间不多不少，刚好可以做出选择：是冲进去帮忙，还是小心地抽身走开？

这样的间歇性袭击大约是从十八个月前开始的，当时没人想过做什么选择。不管你是谁，遇到巨石从天而降、砸烂房屋，你绝不会抽身，一定会冲上去尽力帮忙，连我都冲过一两次。我记得被灰尘糊住眼睛、嘴巴里一股泥土味的感觉。有一次，一个人被巨石砸中，我为了搬开石头弄断了两片指甲——当时他的眼珠子因为受不住压力被挤了出去，但人还是活着的。我还记得市民们把我推开，只为了自己第一个跑上来帮忙。

但那是十八个月前的事了。我们似乎渐渐习惯了这种生活模式。敌人偷偷建造新型的超级抛石机，能让石头越过城墙，飞到城里来。他们通常会一大早把新型机械推到射程够得到的地方，用一整个白天安装到位，在傍晚打出第一发砲[①]弹。装好第二枚砲弹需要六个小时，而到那时，我们勇敢的突击队已经从某个隘口悄悄出城，突破敌军阵线，把超级抛石机砸得稀烂，然后飞快回到安全的城墙后面了。这样战斗重复了很多次，有时还能把伤亡率控制在60%以下。敌人会重新造一台，扔出一枚砲弹，然后再次等着被砸烂。这极具破坏性的活动就这样毫无意义地循环进行，就像围城本身：每个月都有一两座靠近城墙的房子被砸烂（城东这块地方，只要闭眼扔一块石头，总能砸中点什么），这成了生活的一部分。有时，一些普通人会为之倒大霉，比如我，本来可以给一小撮儿观众表演节目，好好挣几个钱的，结果现在我的客户变成了一堆骨头渣和碎石的混合物。这就是都城的真实生活。所以你懂了吧，只要可以转身走开，人们就不想一次次面对这种事情。

我利用这一刻的寂静做了最明智的决定：转身，原路返回，脚步很快但不至于跑起来。

---

① 考虑到本书设定在冷兵器时代，全书以"砲"代替"炮"。

我不是作家（读了这本书你也会同意）。只有生活艰难、生意惨淡、找不到活干的时候，我才会动笔写一部剧。当然会安排一个自己能演的角色——通常是某个比较亮眼的配角——然后去各个剧院经理那里兜售，直到找到愿意排演的傻子。比起为自己写剧，我更擅长为别的演员打造角色。所以同行都挺喜欢我的作品，而业界名人所喜欢的，经理一定喜欢；经理喜欢，配角和龙套也会喜欢。因此，除了我之外，其实所有人都喜欢我写的东西。（大概观众也要除开吧，他们什么都能骂两句。）我的剧有一半的时候能做到收支平衡。在都城，平均每五部剧就有三部活不过一周，最后亏本，我算是很卖座的写手了。但我不是作家，也不想当作家。

我也不喜欢自己平时的谋生手段，也就是名人模仿。不过，不管是命运，是无敌骄阳，还是其他什么神祇，似乎都不在乎我想要什么，所以我从出生到长大一直顶着一张完全没有特征的路人脸。正因为如此，我才练成了高超到令人发怵的模仿技巧。可以说是自我保护，也可以说是特别严重的演员职业病。

不过我当不了正经演员，更不可能在演戏之道上取得什么伟大成就。这点我很庆幸，只有恶棍和混账才能成为最好的演员，这是一条颠扑不破的真理。像萨美提库斯、狄色里克和安蒂洛尼卡之类的，个个都自负、讨人嫌，而且像钻头一样自我得很。原因很好解释：如果你是萨美提库斯或者安蒂洛尼卡，每晚都要花三四个小时假装自己是某个了不起的人物，那你简直太有动力把这项技艺练到最好了。当然，同时你还会愿意把下午场一并演了。

同为演员，我的处境却不太一样。我只偶尔模仿演员、运动员和角斗士，最多的还是模仿正式场合的公众人物，主要是政客和将军。这些人大部分都过得不太好，所以我更愿意做自己而不是他们。其实这件事挺矛盾的。我不表演的时候，没人愿意花钱看我。另外，城里几乎所有人都愿意花大价钱确保首席大臣或反对派领袖再也不会出现在他们面前。但如果首席大臣或反对派领袖是我假扮的——好吧，也不至于排长队排到大街上，但每晚都会有观众，人数稳定，让我挣到足够付房租、紧巴巴过日子的钱。不知道你能从中得出什么结论，反正我没觉得有趣，只觉得奇怪。

砖块扬起的灰尘钻进袖子和头发。没想到今晚就这么荒废了。我摸了摸衣兜，摸出来一把银币。看着好像很多，但细数之后发现有一半是这周的房租，另有四分之一是要留着向几个朋友还钱的——他们总能找到我，非常讨厌。剩下的得用来买吃的，外加一双二手靴子。干我这一行的，买靴子不算浪费钱。去见剧院经理，他第一眼肯定会看你的脚。如果看出你最近走路走得多，那你肯定没本事。

我摸了摸其他口袋，看有没有漏掉什么，却惊喜地摸到了一张手帕。回忆起来，这是大概三周前在一次排练时捡到的。当时我兜里有钱，捡到后一心想寻找失主，把手帕还回去。我当时真挺高尚的，而现在回报就来了。我去了我常去的当铺，就在蔷薇步道。他们给我的钱只有手帕实际价值的四分之一，要我说，完全是敲竹杠。

既然来了蔷薇步道，我决定干脆多走五十码①去晖日剧院。我有一阵子没去了，那里有两个在我倒霉时对我热心又慷慨的朋友，最近不适合见。但即便如此，我还是得说这地方很有用。而且今晚应该是安全的，那两位好心的债主都要去金星剧院演《两个女巫》的回归版。现在正在台上。我故意选泥泞的地方走，再好的靴子也会沾上泥水，而泥水能遮住靴子上的裂口。细节决定成败。

晖日剧院一直是老样子。人们会告诉你某一块草编地毯是当年《多尔

---

① 英制中的长度单位。1码＝3英尺＝0.9144米。（考虑到本文架空背景，文中计量单位均做模糊处理，如"尺""寸"，仅标明部分换算关系以供参考。）

切玛拉》彩排时，扮演国王的胡伊伯特曾经站过的地方，这是万万不能换掉的，那是大不敬。同样道理，后墙上被煤烟熏黑的那一块也不能动，萨洛尼努斯曾在那里刮过煤灰，混在墨水里，然后坐在那个角落一张摇摇晃晃的椅子上，伏在一张承点儿力就会散架的桌子上，用那点儿墨水写成了《佳人梦》。到处都是必须坚守的传统，就像都城本身一样。

人也全都是旧面孔，见到我有些惊讶，毕竟我很久没露面了。他们知道我在给剧院经理推新剧——在这一行，消息传得飞快——所以连买酒的钱都不用我来给。几个好友帮我掸掉身上的灰尘。我解释了灰尘的来历，大家唏嘘了一阵，听说受损的不是剧院之后，他们对时事的热情就迅速退去，开始关心我带到蔷薇步道来的新作，特别是有没有他们能演的、戏份比较多的小配角。我答应了每一个前来拜托我的人——换别人也会这么干。在这座城市，希望就像老鼠一样，能以惊人的速度繁殖扩散。

"有人来找你。"一个朋友对我说。

注意这句话。如果主语是个正经名词，那么一切正常。比如，经理来了，有个角色给我演，这是好事。或者债主来了，这是坏事。生命就像一枚不停旋转的硬币，一面好，一面坏。但"有人"意味着我们都不认识这个人（而晖日这里应该都是熟人才对）。我做好了逃跑的准备，就像树上的鸽子随时准备打开翅膀飞走一样。

"谁？"

朋友对我笑了一下。"不是同行，"她说，"我们这一行他干不了五分钟就会完蛋。"

"呃……"我拿起酒瓶凑到她的杯子面前，不过没有倒酒。

"演技太差了。"她解释说，"是我们的老朋友，很久没见面了，我们都以为他和其他人一样四处晃荡。"

这话值一寸高的酒,我立刻给她倒上了,"什么样的老朋友?"

她皱了皱眉。"我们也不知道身份。大概是一位公爵和他的侍臣吧,都打扮成流浪汉的样子,不过鞋子和配饰露了馅。"

感觉不是好事。说出来没人信,我早年可不是演员,我认识的人也有不干这行的。"你怎么跟他们说的?"

"我说很久没见过你,不知道你在哪儿,以为你死了,早就没消息了。"她对我笑了,"当然,他们不只问了我。"

"什么时候的事?"

"大概一小时前。"

所以他们是在我来之前刚刚走的。我不动声色地望了望四周,我来的时候见到的人都还在……才怪。有一张面孔不见了。我把酒瓶推给她——还有三分之一的酒——拿起帽子从侧门离开了。

走到克劳恩门的时候,我差点撞上半个连队的重甲兵,在最后一刻退到一扇门跟前,总算没被踩死。连队走得匆忙,不知道要去哪儿,猜也没意义。如果我是一名士兵,去执行一项很可能送命的任务,应该不会这么干脆整齐地跟着队伍踏步吧。只能猜到这儿了。可能他们都觉得自己运气不错,能活下来,甚至成为唯一生还的人。前面说过,人有了希望就是这样。

作为演员,想避避风头,让找你的人找不到还挺难的。所以我现在无戏可演,说起来还是件好事——这话不完全对:我要给晖日剧院写一部剧,不过写东西不挑地方,哪里都可以。现在回不了家却还要交房租,白白花掉许多钱,想想就恼火,这不公平。我决定把这满腔义愤用来写作。我敢肯定,萨洛尼努斯或者阿伊莫落到我这境地也会这么干。

在都城,如果你想躲起来,最好的躲藏点就是码头一带。自围城之后,都城以外的帝国领土全归敌人,而我们赢回了制海权。如今,码头和码头周围住着许多外邦人，因为租金便宜。没人认识他们，他们不属于任何帮会，但他们的钱还是真金白银。这些人当中有商人，有中介，有掮客，有跟着外邦船只来到都城的水手，大部分连罗珀语都不会说。我们对语言不通的人是个什么态度，你很清楚吧？这么一来，只要我装成外邦人，说话时胡乱叽里呱啦一通，别人肯定会仁慈地不再理我。我就可以好好写作，拿到稿费，躲开找我的人，直到他们认定我多半是死了或者离开了都城。而且这个计划的开销不大，我能承受得住，完美。

于是我逛了一圈，此时的码头黑得伸手不见五指，好不容易才找到一处看起来毫不起眼，但条件凑合、能勉强住上一周的客栈。我敲了敲门，等了很久，门上才打开一扇小窗，露出一双血红色的眼睛死盯着我。

"房间。"我用尽可能逼真的埃利亚口音说道，还把围巾裹在头上，让别人看不出肤色。

小窗关上，门开了。眼睛血红的男人看到我并没有起疑心。"四十铜特拉奇一晚，不包吃。"

我摊开戴着手套的手，给他看掌心那枚闪闪发光的四分之一泰勒的银币。"房间。"我说。

"好了，知道了。"他站到一边，让我进门，"第一次就听懂了。"

肤色确实是个大问题。本来我化妆技术很厉害，但拿什么化呢？东西都在家里，又没钱出去买新的。幸好我也擅长变通，之前在《打红雨伞的女孩》的合唱队时，我就学会了用粉笔、砖灰和鹅油把自己涂成逼真的奶白脸。现在没有粉笔，但面粉可以代替，这天更晚的时候，我在别人的厨房里找到了一大堆面粉。

房间不赖，有整整四面墙、一扇小小的窗户和一扇只要用力就能关上的门。

3

为了做名人模仿，我必须紧跟时事。说到这个，我得用我能想到的、最激烈的语言向大众——包括你——表示抗议。

你们太不专一，太没有耐心了。就算某某大臣或某某部长是个草包，连自己的屁眼在哪儿都找不到，这也不是把他赶下台的借口啊。新上任的家伙多半长着一张毫无记忆点的脸，声音像老鼠一样小，根本传不到剧院后排，更别提有什么特别的行为举止了。将军带领军队死在前线，白白浪费我腾出时间精力研究他的一举一动——这种事我认栽，战争就是这样。但弄走一位身体健康、四肢健全的政客，就因为他没本事，在我看来简直就是犯罪。

以前可不是这样的，我是说围城之前。帝国的高官都是通过任命上台的，而不是选举。那时你知道，花点儿时间和精力来研究他们是值得的，会得到合理的回报。但在那之后，临时官府废黜了最后一任皇帝，排挤了议会，进而改用直接选举制度……他们应该不是故意害我倒霉。可能他们根本没想过这一系列行为会对我个人造成怎样的不幸。这更让人郁闷。

躲在五楼一间小屋子里探听时事可不容易。而且我现在还要假装成一个对都城一无所知，也没兴趣了解的外邦人。不过，有些消息会传遍所有地方，就像海滩的沙子会钻进你的衣领一样。

我裹上衣服，把整张脸涂白，然后出去买过几次面包，还买了一点奶酪。其实奶酪没必要买的，但独处三天，只有和笔下的角色做伴，你一定会胡乱找个借口买东西。码头大门对面有一个小型集市，那里的摊贩见惯了外邦人，不过大多是一边收钱，一边避开目光接触。对我来说正好。我听到一个胖女人跟隔壁小摊的一个我看不见的女人说话。其实我没有仔细听，但还是听到了几句：

"当然全是骗人的。"

"我听说的可不是这样。"我背后传来声音。

"骗人的。"胖女人重复道，不小心在我的奶酪上喷了几点唾沫，"那些贵族派混账，什么鬼话都说得出来。"

"没骗人。"背后的声音坚持道，"他们昨天在兽王酒馆聊这件事，我兄弟听到了。他们说，他死了。"

"胡说。"胖女人说道。

"是真的。利西马库死了。是一场聚会，一块石头砸中了他，像甲壳虫一样被拍扁了。"

这话引起了我的注意。我对类似的传言司空见惯，但我的心脏仿佛被冰手指抓了一下——这个比喻很精辟，不亲身经历是体会不到的。

先说清楚：我不关心这种事，完全不在乎，也不觉得和我有关。

如果利西马库的死让我遭受打击，纯粹是因为我要靠扮演他赚钱，大约40%的收入来源于此。当然也能扮演已故的人，但想看的观众要少得多。而且，在喜剧表演中，去世的人永远只能是小角色，最多是个大配角，绝对当不了主角。就算每晚都有铺天盖地的掌声，也不大可能多挣几个钱。

一方面——回屋的路上我的思绪一直停不下来，连自己在干什么、走到哪儿了都没注意——另一方面，利西马库不是一般人——应该说生前不是一般人。在都城有史以来最黑暗的日子里，五十万残暴的奶白脸在城墙外虎视眈眈，帝国的常规军队有的全军覆没，有的被隔开，成为遥远的孤军，而帝国舰队也被困在海的那一边。是他组织起一批没受过训练的防卫军，与最黑的黑暗抗衡。他代表的是无可比拟的勇气、决心，等等。如果不是他，我们都会没命。这是事实，不是我一个人说的。我只能安慰自己，观众永远需要一个一流的利西马库扮演者，特别现在他死了（死没死还说不定）。因为他就是希望的代名词，而戏剧不就是为了给一些脑子拎不清的人灌输希望吗？事实上——没必要假谦虚了——回到屋子里那会儿，我已经构思出情节，并初步理出了第一幕和第三幕的大纲：无敌骄阳把利西马库的灵魂送回伊力锡安平原，他再次在最黑暗的时候拯救了都城。肯定有围城的戏，而且，相信以我超凡的想象力，应该有办法塞一个强悍的女主角进去。

我一边推敲着第二幕的最后一场戏，一边从理智的角度琢磨这件事。刚才发生了什么？我无意中听到两个集市上摆摊的女人闲聊，其中一个发誓说是假的，是贵族派散布的谣言。所以这件事的可信度实在有限。我想出门多打听一下，换个地方，她俩所在的集市实在搜不到什么准确消息。但转念一想，算了吧。如果利西马库死了，他明天也活不过来，后天也一样。死亡就像不动产，与别的事物不同，它们是永久存续的。而且我还要写稿子，要躲开找我的人。凡事都要看全局才行。

第二幕总是很难写，第一、第三幕都相对容易。在一部标准三幕剧中，第二幕一般都是最难的。所以我喜欢放开了写，想到什么写什么，只要能推动剧情，把你在乎的几个情节连起来就行。然后如果写得太烂，不得不改，就换个时间修改或重写。这样不大费脑子，对这部剧更是这样，因为我一直在开小差。利西马库参加了一场聚会，一颗石头砸在了他的头上。行吧。前些日子，抛石机刚把新月街的一座房子夷为平地，现在全城人都知道这个。谣言就像牡蛎一样，用一层层闪闪发亮的包装包住一小块儿事实。这么来看，嚼舌根小贩的三段式谬论就清晰了：有人在那晚死了，利西马库是人，所以利西马库死了。

那么，我们再稍微用下脑子吧。我得到一份工作，要在一场聚会上表演。利西马库是我的招牌角色之一。如果利西马库要参加这场聚会，主人家会请一个专演利西马库的演员吗？至少我会提前收到警告——千万别演利西马库，除非你想害大家一起上绞刑架。就是这样。所以利西马库肯定没参加那场聚会，所以肯定不会被石头砸死，所以他肯定还活着。

这个推测肯定错不了。我承认，雇主有可能打算等我上台之前再凑过来悄悄说：对了，行行好，别演利西马库，他就坐在第一排。这种事我经常遇到，一整晚的计划全都被打乱，特别难受。但这次应该不会，毕竟很多人都知道我最擅长利西马库。我演他演得特别生动，至少我自己这么觉得，说不定利西马库也知道。而据我听来的关于他的传言，以他那少得可怜的幽默感，见到我不大可能会开心。所以，如果你是雇主，好不容易请到了都城最有名、最重要的人物参加晚宴，你会铤而走险，同时请来利西马库最讨厌的人，把他得罪得死死的吗？当然不会。所以如上文所说，传言肯定是假的。

干吗为一点儿破事担心得死去活来？集中精神，好好写东西！

想出第三幕并全部写下来的过程就像拔牙，但我做到了。写完的时候，我对这个小房间已经厌恶透顶。附近有座仓库，与客栈隔着三扇门。小豆蔻和薰衣草的气味通过一条明渠从那里传过来，一点一点从窗子钻进屋里。于是我画了个白脸，卷起稿子，来到街上。我的感觉很糟，外表更糟。十天来，我洗漱只能用尿壶，要干净的水只能走五段狭窄曲折的楼梯，去水泵处打水。孤独倒算不上，因为有许多咬人的小东西陪我。虽然我平时也没有多爱干净，但还是不想变成那种我宁愿横穿马路也要远远避开的人。

终于把这该死的玩意儿写完了，但要怎么把它送到经理手上，拿到钱？如果那些人决心要找我，现在肯定知道我在帮晖日剧院写东西了。所以我不能亲自交稿，得找个人替我去。又到了伤心的时候，要检验谁是真朋友了。

从码头走到画廊需要穿城，我实在不想大白天顶着一张假的奶白脸走过去。别的不说，这东西会掉。如果有护肤油倒是能防水，但现在没这东西，就算我全力乔装，在大热天出现也会显得奇怪。而且人人都知道奶白脸怕热，所以，不管是在烈日下把自己包成粽子，还是露出有着棕色汗渍的白脸，都十分可疑。

所谓的"画廊"其实是一座剧院，一开始的目标观众是一些想去看戏、身份却不允许的人。在这座沉迷戏剧的城市，这样的人有不少。这里不演常规戏剧，演的都是积极正面的说教戏。虽然演员和作者是同一拨人——画廊门口的下坡路走个十分钟，就能找到挤在贫民区的他们——那些思想高贵的上等人倒不介意。于是画廊一连许多年都生意火爆，连我都时不时接到来这里演戏的活儿。但在另一位经理接手后，这地方就被改造成了一家平平无奇的二流剧院。由于各种各样的原因，我不再适合来这儿露脸了。我要见的就是这位经理。

她的真名叫霍达，过去十五年里最拿手的角色是在第一幕被绑架，在第三幕被青梅竹马的恋人及时救走的纯洁少女。北方人就爱看这种戏。不演戏的时候，她能把剧院众人管得服服帖帖，谈起生意来寸步不让。另外，虽然十年前她因为生意上的问题被人踢了一脚，导致左腿一直僵着，但她跳舞跳得很好。不演戏的时候她会拄一根拐杖。这么想来，她是现实中能找到的最接近"强悍女主角"形象的人了。这对她来说尤其了不起，因为她长着一张娃娃脸，还特别擅长咯咯傻笑。她唱歌倒是完全不行。

"你怎么这副鬼样子？"她问。

我看了看身后，"看在众神的分上，小声点儿。"

她翻了个白眼，"你又出事了。"

"是的。"

"多少钱？"

"其实，"我想都没想就说道，"不是钱的问题。"

这倒是让她没料到。"你做了什么？"

"能进去说话吗？求你了。"

"你这样子蠢透了，你自己知道吧？"

画廊这栋建筑以前是仓库，屋顶很高，有一个阁楼，用来存放成捆的布料之类的东西，楼梯在建筑外面。这地方改成露台观众席正好。后台是一个特别小的房间，里面有成堆的旧戏服，两三张可以化妆的桌子、几把晃得厉害的旧椅子，还有一个老旧的大箱子，上面有三把锁，是她的钱箱。"说吧。"她说。

"有没有不认识的人来这儿打听我？"

她知道我白天不喝酒，所以没给我倒。给自己倒酒的时候，她的手有点晃。"没有，怎么了？"

"有不认识的人在打听我。"我说。

她抬起眉毛。"有人对你感兴趣？为什么？"她说。

"别问我。"

"你得罪的人都是朋友和同事，"她说，"对陌生人都挺小心的。"

"是的。"

　　她喝了一口酒，目光越过杯子边缘看着我。这个动作让她多年来在男人中间很受欢迎。我想道理和小提琴一样：就算不再当众表演，该练的还是得练。"这件事跟我有什么关系？"

　　"我需要你帮忙。"

　　"当然了，不然你来干吗？显然不是来看望我的。"

　　啊，是的，我们以前关系还挺好，之后闹僵了一阵子。"我给晖日剧院写了一部剧。"

　　"听说了，写得怎么样？"

　　"垃圾。"我说，"艾因哈德能分到一个好角色，安蒂洛尼卡负责穿着紧身锁甲表演斗剑。总之已经写完了，我需要一个人帮我交稿。"

　　"还要帮你收钱。"

　　"是的。"

　　她点点头，"抽一成。"

　　我瞪着她，"你疯了吗？"

　　"我这是为你着想，"她做出一副好心的样子，"我去找了经理，把剧本给他，行，我就是个送货的。但如果我不是你正式委托的代理人，他是不会给我钱的。而现在的行情……"

　　"霍达，我需要这笔钱，我很可能需要消失很长时间。"

　　"不同意就算了。"

　　"那算了。"我起身抓起帽子……然后停在了原地。

　　"想通了？"

　　我重新坐下。"霍达，"我说，"我以前没完全对你说实话。"

　　"不奇怪。"

　　"我是指……以前发生的很久远的事。"

她特别擅长用不信任的目光瞪人，"别告诉我，"她说，"你其实是奥尔比亚的王储假扮平民。"

我恼火地看了她一眼，"有点类似。重点是，我猜这帮人应该很生气。显然，只要他们不走，我就没法正常工作。所以我真的需要这笔钱，一分都不能少。"

她噘起嘴。"我这儿缺一部好剧。"

"只要这笔钱全归我就行。"

她笑了，"成交。你帮我写一出十五分钟的欢快短剧。我这就去帮你要钱。"

但我说过，我不是作家。"条件照常？"

"这个我们之后再讨论。"她说，"这样，我再送你一根增白棒，不收钱。好让你知道我不怪你。"

我在后台补好妆，拯救了一下我鱼肚皮一样的肤色，便气鼓鼓地冲回码头。我一点也不想回那个臭气熏天的房间再待上三天，免费写一出轻喜剧，但当你求助于多年挚友的时候，下场就是这样。

4

在码头的小房间里，我搜肠刮肚编排好笑的情节，没人告诉我外面的世界正在发生变化。有一次抛石机袭击，一所为贵族小姐办的舞蹈学院遭了殃，没有幸存者。发生了一场暴动——不是蓝帮和绿帮械斗，而是两个帮会团结起来对抗官府。不知哪位小丑派出了骑兵，把乱局搅得更乱了。两件事之间应该没有联系，帮会的人不大可能把自家女儿送去学芭蕾。但不好的预感越来越强烈。我喜欢安静过日子，有钱，有基本生活所需，以及干净的衣服和肥皂。

不知道这次暴动是为了什么，打听也是白费心机。毕竟外邦人对这种事不感兴趣。偷听更不可能，就算人们会在外面谈论这件事，发现有奶白脸在场也会闭嘴。我只知道，现在不仅城墙上有士兵，街上也会有巡逻兵了。以及——差点忘了，所有剧院都要停业，直到另行通知为止。我本来在幸灾乐祸，但突然意识到霍达可能还没来得及去晖日剧院，真这样我就完蛋了。然后我又想到，完蛋的不只是我，还有她以及整个行业。当然最惨的还是我。

问题是我不知道去哪里找她。不知道她住在哪儿，肯定有四面墙、一张床，她应该还是有需要一个人睡的时候。但我平时不会关心这些。没人知道别人不露面的时候在哪儿休息或晃荡，没人管这种事。画廊肯定关门了，我又不敢去自己常去的地方，就算拿增白棒涂了脸也不敢。钱越来越少，我甚至没法在这个小房间住下去。今晚没地方睡觉了，我看了下自己还剩些什么：一百零六枚铜特拉奇；一部卖不出去的轻喜剧，附带一首歌，用现下受欢迎的旋律写的；几个咬住我不放的陌生人；外加一双破了洞的靴子——都是因为城墙外有一群二傻子有事没事往城里扔东西，把马路砸得稀烂，怎么就这么不懂得为他人着想呢。

我知道你在想什么，不需要读心术，逻辑推理就够用了。首先，读到这里，说明你识字，所以肯定受过教育，属于上等人。我对你这种人再了解不过了，你会觉得：他挨饿是他自己的问题，因为不管什么时候都能在都城找到工作，但他挑三拣四，只想每晚在剧院和富人家的客厅表演几个小时，像鹦鹉学舌一样模仿他人（甚至不需要亲自想台词！包括这些独白，也是有个作者替他写好的）。像拉船、拉干草、跑腿、搬运、挖土和填土这样需要下苦力的工作他连想都想不到，因为他端着架子。真的只能怪他自己。

你说得很对，只有一样错了：我没有端架子。每天为了争取角色而奔波，不断地被礼貌地拒绝，被告知：你不行。这样的人早就没什么架子可言了。出汗根本吓不倒我。我试过在夏天最热的时候穿着全套戏服跳五个小时的舞，因为演出就在第二天。你看看哪个砖瓦匠能做到而不会昏过去、被手推车运走。别忘了，排练全程都要面带微笑，举止优雅。所以真不是吃不吃苦的问题。真正的原因很简单，要在都城做零工，必须加入帮会。我没有帮会，以后除非被迫，否则也不会加入。原因就别问了，不关你事，跟家庭私事有关。所以你看，我的选择打一开始就不多，要么跳桥，要么饿死。要么——

5

之前絮叨了那么多其实正好接上。如果不是年纪轻轻就干了演员这一行，我可能根本没技术、也没体力干入室盗窃。多年唱跳让我变得健壮而敏捷，可以从玉米集市一口气跑到东门，能打赢一名石工。还有一些我一直在锻炼的技能：有时在台上，你想让所有人看见你，像表演独白的时候；还有些时候（女主角的独白），你会努力避开观众的注意力，除非你想在幕布落下之后被女主角劈头盖脸一顿痛骂。除此之外，在舞台旁边等出场、在台上演死人都必须努力隐身。如果做不到长时间一动不动、不发出一点声音、假装自己不存在，你在这一行连五分钟都干不了。

放到日常生活中，这本事确实能派上一定用场，比如钻阴沟、在黑暗的房间里悄无声息地行走。不过，如果仔细想想，你就会发现有一项必要的技能缺失了。

这项技能我其实练得不错，因为经常演戏，但可能还是不够。登台演出、面对几百个陌生面孔当然很吓人，勇气不足就会血液凝固、无法呼吸，肚子里翻江倒海，和上文所说的冰手指抓住心脏的感觉差不多。但吓人跟吓人还是不一样的。从房子一侧爬到别人家的窗口，危险多种多样。可能一脚没踩稳摔下去，可能水管会在你抓住的瞬间断裂。就算顺利爬到了窗口，很可能发现窗板上了锁，只能原路返回，但往下爬可比往上难多了，脚下没有着力点，黑灯瞎火容易踩空，而墙上的土钉已经被你踩掉了大半，往上爬的时候就已经感觉到钉子脱落。或者，爬到窗口时窗户幸运地没有上锁，这时你就必须单手稳住身体，用另一只手笨拙地开窗（到了这时，手指已经很累了，而且很可能有那么一两根已经扭伤，使不上力）。窗板打开后，你只能弓起背，费力挤过护栏，单用肚子承力钻进窗户。好吧，就算你顺利爬进去了，接下来很可能有人敲烂你的脑袋，或者有条狗咬破你的喉咙。相比之下，舞台上最糟糕的情况也不过是被观众讨厌罢了。

我想这就是我为什么选择演戏吧，但这不重要了。我选中了——应该说记起了——一栋房子。我几星期前在那里表演过，模仿政界和艺术界名流，观众来自顶级上流社会。他们把我安排在一间有点像洗碗房的屋子里换衣化妆。我清楚地记得那间房的窗子关不上，而从洗碗房到客厅之间只隔着一条走廊和一扇没上锁的门。不用像蜘蛛一样爬墙，也不用在黑暗而陌生的半空中荡来荡去。而且我知道有个东西可以偷，还知道那东西放在哪儿。

我没涂白脸，化妆品会让手变滑。我上了床，希望能睡上一两个小时，但果然睡不着，只好盯着天花板等时候差不多了再起来。我把自己裹得没人认得出来，悄无声息地走下楼梯（正式开工前先练习一下），来到街上。躺在床上时，我没听到任何脚步声，此时街上没人。从鱼市街一路走到城墙边上都没人注意到我，我在这里右转，穿过后巷，来到希尔街。目标就是街尾那片大房子中的一座，我的新收入就在那里。

地方很好找，因为某个有钱没品位的家伙给这栋房子选了两根飞马造型的门柱。我沿着花园西面的墙一路走到房子的正前方，开始在一片漆黑中数窗户。

我用刀子轻轻撬了一下窗板缝隙，就轻易打开了窗子。我一动不动跪在窗台下，从一数到五十，生怕我那老鼠一般的抓挠声把屋里的人吵醒，但什么动静也没有，完美。我跳上窗台，跳进屋内，感觉到脚踩在石头地板上，又蹲下来等了一会儿，仿佛希望自己出什么岔子一样。但没有，所以我站起来，用脚的一侧小心走路（这是最安静的走法，而且能保持平衡，在黑暗中踮起脚尖走路是很危险的）。我摸到了门闩。有些门闩一碰就会嘎吱作响，但谢天谢地，这一回没有。进入走廊，这里的地上铺着草编地毯（房子的主人不想在优雅谈话时被仆人们咔嗒咔嗒的脚步声影响）。按理说我应该再停一停，听听动静的，但没必要了。房子里有没有人气是能感觉出来的。这里显然没有。往前十五步便是客厅门，开门时没有吱呀一声，所以外套口袋里的猪油也用不上了。打开门应该能看到正对面有个柜子，除非某个没脑子的白痴把它移开了。柜子里有古董戒指、贝壳浮雕和胸针。之所以知道这个，是因为我表演那天，他们蠢到把柜子打开了。

我蹑手蹑脚地往前走，一只铜把手撞到了膝盖，我就这么找到了柜子。打开最上面的抽屉时有轻微的摩擦声，但我开得很慢，这么小的声音是传不出房间的。我把左边口袋装满了冰凉的小东西，搞定。这柜子至少还有五个抽屉，但我有个优点，就是不贪心。这么一口袋能让我过很长一段时间，这就够了，再多拿就是犯罪了。完工后我原路返回，小心地慢慢走，以免显得匆忙。这是新手才会犯的错误。

洗碗房里没人。我打开窗板，探出头，巷子里也没人。我爬了过去，轻轻关上窗板，深吸一口气，然后轻快地沿着小巷往前走。每走一步，我和这起盗窃案之间的联系就弱一分。到了小巷尽头，我正要向左拐进希尔街，有人从前方的阴影中蹿出来，用铁锹敲了我一下。

6

之前应该提到过，我爸生前是个帮会老大，你应该感觉出来了，我并不以此为荣。的确如此。

他是从帕拉利亚的一个矿场跑出来的。刚到都城时（这个故事我耳朵都听出老茧了），他兜里只有五十铜特拉齐。当时他只有十四岁，已经杀了三个成年人，其中一个是为了自卫（他是这么说的），另外两个是为了钱。钱不多，因为虽然物价高得离谱，矿场的生活却没什么开销。他敢动手是因为没人会怀疑半大的孩子会收钱做杀手，但小孩和成年人一样，可以在别人的吃食里加料，可以趁别人睡觉时割人喉咙。这在当时确实不会引起怀疑，但官府（虽然很废物）学聪明了，这一招渐渐不再奏效。我爸就惨了，差点被抓到——站在工头的床边，手里拿着一把刀，很难解释清楚。他也没解释，直接跑了。他像鳗鱼一样灵活，跑到一艘运送矿石的货船上，来到了都城。从此，都城那蔚为壮观的人渣堆便添了一名新成员。

来到都城后，他决定继续干老本行，这个人最不缺的就是胆量。他揣了一把剃刀，偷偷溜进一个绿帮老大的卧室，叫醒了他。等绿帮老大松开掐住他脖子的手后，他说，我能溜进你这里，证明我能溜进各种地方，而没人知道我们之间的关系。

绿帮老大解释道，他们不做这种事，就算偶尔做一做，也不至于需要专门请人。虽说这样，胆子大、脑子活泛的年轻人他永远不嫌多，如果愿意的话，我爸可以早上再来拜访，下次从门进来，他们可以好好讨论一番。就在我爸傻笑着一边点头一边感谢的时候，绿帮老大赏了他一拳，把他打到了对面的墙上。教你一个乖，绿帮老大说，做事要承担后果，别以为自己能侥幸逃脱，别告诉任何人你差点把我杀死。

我爸就这样加入了绿帮，做的事和以前差不多。别忘了，当时帮会还是违法团体（围城之后才合法化的，因为临时官府太缺人力了）。在那个年代，单单加入帮会就是犯罪，被抓住了就会被发配去做苦工。不过尴尬的是，住在下城的人不是蓝帮就是绿帮，无帮会人员根本无法谋生——不管是合法行当还是非法行当。尝试过的人都断了腿，而我爸就是都城西面的断腿总负责人。

这份工作不错，他每次跟我讲起来都很有兴致。危险系数低，因为找你麻烦的人都会在一天之内出现在港口，脸朝下漂浮在水中。没办法，这样才能赢得尊重。油水很足，人们会千方百计跑来巴结，因为只要他一句话，就能让一家小店遭遇火灾，烧得干干净净。有时官府会来找麻烦，但所有帮会的人都要面对这个问题。而如果我爸需要不在场证明，或者需要有人顶罪，会有很多人跑来帮忙，包括那些有家室的。

他常跟我感叹，那时过得真舒服。他看着我长大、长高，特别喜欢抓住我捏我的手臂，据他说，捏起来很软和。我确实过了一段舒服日子，我喜欢其他孩子拼命讨好我的感觉。如果有人冲撞了我，第二天肯定会跟我道歉，眼睛里带着恐惧，这让我觉得棒呆了。唯一让人有点不爽的就是，我爸教过我打架，我学得很好，但从来没机会实战，因为没有孩子敢打我。

坏就坏在我爸开始叫我跟着他，算是当学徒吧。主要工作是和他一起巡视、收钱，必要的时候露露脸，友好地警告不听话的人（只有第一次这样），等等。我感觉挺好，特别让我喜欢的是，我们走到哪儿，哪儿就会安静下来。人们害怕他，或者说害怕我们，为此我很自豪。他毫不掩饰对我未来的期望。好好看看我儿子，认清楚了。他总是对别人这么说，我很喜欢听他说这话。

我爸把这份工作干得很出色，所以平时不需要亲自出面。但时不时会冒出来一些不守规矩的人，通常是外地来的可怜虫。有一次是个埃利亚人。这人是一艘谷物货船上的水手头子，因为病重无法工作，被留在了都城。好好养病，船员们对他说，下次来接你回家。但有个混蛋偷了他们留给他的钱，当时城里埃利亚人不多，所以没人照顾他。等到痊愈的时候，他已经欠了三个金币的房租，而且不知道船员们什么时候回来。他只能睡在旧花市的一道拱门下。但他犯了一个错误：他不该像乞丐一样把帽子放在身旁的地上。无帮会人士是不能在旧花市乞讨的，于是蓝绿两帮聚在一起掷了一枚硬币。绿帮输了，所以绿帮要承担起"倒垃圾"的工作，也就是我爸的工作。

我们去找他时，这个可怜的傻子还坐在那儿，我记得帽子里什么也没有。其实我可以告诉他。没人敢在大白天把钱扔给一个无帮会乞丐，他这样是白费力气。但我们来这儿不是干这个的。

现在想起来，我爸应该是太清闲了，想找点事做。他已经很久不需要亲自修理人了。这一点他跟我说过。和做爱差不多，他说（是这个意思，但用词不一样），久了不做就周身不自在。我猜原因就是这样。而且这是个外邦人，就算下手重一点，也不会得罪什么家属。

我爸两手插进口袋，走到他面前停下来，一句话不说低头看着他。那人满怀希望地抬起头，我爸礼貌地点了点头，然后一脚踢在他脸上。我记得他下巴被踢飞的样子，那一脚下去，脖子没断算是个奇迹。但我爸的力度控制得很好，毕竟他有太多练习的机会了。那人仰面躺着，肚子朝上，我爸抬起脚，在他身上踩了四次，每次部位都不一样。我听到咔嚓一声，声音非常特别，在别处从来没听过。我爸用脚把他翻过来侧躺着，又赏了他三脚，接着再次用脚帮他翻身，这次是仰面朝上。他满意地欣赏了一番，点点头，转头走开，又转回去，用脚后跟狠狠地踩在那人的右眼上。"搞定，"他高兴地说，"吃东西去吧。"

回家路上，我一反常态地没怎么说话，但最终还是忍不住问他，为什么走开之后还要再走回去。工作已经完成了，为什么还要补一脚？

他停下来看着我，我以为他会答话。但他沉默了一会儿就继续往前走了，我只能小跑跟上。

"爸？"我问。

"快点。"他说，"你妈最讨厌我们赶不上饭点了，你知道的。"

第二天早晨，我本该跟我爸一起出去巡视的，但我假装喉咙不舒服，有点咳嗽。这个理由用了整整一周。之后我告诉他，我想去别处当学徒，以后做个金匠或者律师之类的。

我得承认，我爸听完之后没有大发雷霆。我话说得漂亮，表现出一副很有志气的样子，仿佛我是想出人头地，离开旧花市。他听了很喜欢，以为儿子以后能在官府做事（文官基本上都是绿帮成员）。从矿场一路奋斗到都城官府，这绝对是一流的成就。反而我妈为此大吵过一番。和当时许多人一样，她由内到外都是个绿帮人。我爸对她的忠诚表示嘲笑，这让她更为光火。这孩子想当个文官，屁股不离椅子，他说，挺好啊，他可以升到高位。她什么也没说，只是看了我一眼，几乎要用眼神把我脸上的皮剥下来。

当时财政部有个空缺，我就去申请了。同时申请的人还有很多，但你猜到了吧？我连面试都没参加就被选上了。这份工作比我想象的要困难得多，但上司对我出奇地宽容，即使在我犯了一连串可怕的错误后，依然热心提供帮助。没事的，他说，然后紧张地笑着。我保证我会进步，我说。没关系，他继续安慰我，别担心，别放在心上。

接着发生了一些事，直到今天我还是不清楚具体情况。我怀疑是我爸偷拿了一笔钱给某个人跑路。他不应该这么欠考虑的，但他当老大当得太久了，觉得没人能扳倒自己，更不可能杀掉自己。但显然，他也会死，死得透透的。

没有葬礼，因为没什么好埋葬的。我妈被允许留在帮会，属于破格开恩了。帮会只允许她做一样工作：纺线。报酬很低，几乎是都城的最低工资。没人雇佣她，也没人从她那里买东西，所以她只能为外邦人做计件工。她选择了留在绿帮。在她看来，一切都是我的错。如果我能分担一点我爸的工作，就能阻止他做出那种没脑子的事，或者我可以保护他……以及她。不管怎样，错都在我。对于这种想法，我找不到反驳的理由。

当然，财政部的工作也丢了，之后我就当了演员。不知为何，无论是蓝帮还是绿帮都没有渗透到这一行。我在财政部时有大量时间模仿那里的人，学习他们的谈吐和举止。在我眼中，他们都是有文化、有教养、高雅精致的人——和早年接触的各色粗人比起来，确实如此。我所在的部门有十多个贵族出身的年轻人，都是次子家的次子，没有家业可继承，只能出来工作。但因为有家族撑腰，所以也不需要真的卖力干活。而我决定有样学样。他们自然个个都痴迷戏剧，没事就往剧院跑，我也会跟去。有个傻傻的小伙子当时和我走得很近，他为一个叫作安蒂洛尼卡的女演员砸了许多钱，让自己负债累累。安蒂洛尼卡挣够了钱，便自己做了剧院经理。我通过他的引荐认识了她。她收留了我，从后台工作干起，之后渐渐让我跑一些龙套，做男二号的替补演员，以及爱情剧的三号小丑。接下来的事情大家都知道了。

你可能觉得这些陈年旧事说出来没意思，但我还是想说说，因为我不是第一次被人敲晕了。经验不多，但应该比你好些——希望你不要比我更有经验，为了你的幸福着想。

我爸可以一拳把人打死，没人怀疑这一点，但他喜欢时不时证明一下自己。他是这样教我的：挥拳别像拉弓一样，幅度不能那么大。发力点在背和肩膀。手臂的移动距离尽量短，最后重重地打在头上。当时正好有个醉鬼站在离我们一码左右的位置，于是他给我演示了一遍。他说得对，他出拳的距离最多只有十八寸，那人的脖子向后折断，人倒下去了，倒地姿势就像脱衣服时，被你扔到地上的袜子。

问题不大，这一片地方的风俗就是这样，而且我爸也不是唯一一个喜欢把人撂倒的。有些人躺一会儿还能爬起来，基本没有大碍，难受起来也就跟醉酒头痛差不多。被打过的人都说，不如喝酒快乐，但不花钱，而且后续效果是一样的。另一些人比较不幸，因为脑浆子被震散了。这种感觉我小时候试过一次，那是绝无仅有的体验，仿佛脑浆要从头盖骨飞出去。他们爬起来之后会失忆，会为一些愚蠢的小事而发脾气，有时会自言自语，有的人还说自己虽然醒了，但好像又没有彻底清醒过来。在舞台上，我打倒过别人，也被人打倒过很多次。我很懂应该怎么摔倒——不只我自己这么认为，剧院经理也表扬过我，这些经理可不怎么夸人。在台上打斗，必须夸张地挥拳，不然后排观众看不到。被打的瞬间，要在腰以下的位置偷偷拍一下手，发出沉闷的掌声，给打斗配音。

7

醒来的时候视线还是模糊的，头痛得让我想叫出声来，我感到恶心，晕眩得厉害。我试着闭上眼睛，但闭上之后人更难受了。我完全记不起自己来到这条巷子干了什么，倒是能听到一个声音，很远，听不真切。过了一会儿，我的胃开始翻腾，想要呕吐，但身体僵硬，连头也动不了。呕吐物喷出来，从我的下巴淌下去。我喉咙干涩，连呼吸都是痛的。

有东西向我袭来。一开始我以为是一只鸟，比如老鹰之类的。结果是一只手，用一块布帮我擦拭。

我的一部分脑浆——但愿不是被头盖骨压过的那一部分——还在努力思考。它告诉我，我应该是被马车之类的东西撞倒了。但这说不通，因为我记得走出巷子时有小心看路。然后，一个奇怪的画面出现在脑子里：一个人影突然闪到我面前，就像从地里冒出来的一样。这人举起了手，我看到了铲刀的轮廓，铲子还是心形的。我应该是被人打了。

接着想到的是：头被人敲了一下，我会失忆吗？这就可怕了，谁会请一个记不住台词的演员？于是我开始努力回忆各种乱七八糟的东西：我爸的名字、《希波里图斯与克拉伦萨》的开场念白、我九岁时经常坐的一辆运牛奶的货车的轮子辐条数，都城所有剧院经理的名字……

"他看着跟平时不太一样。"有人说。

"确实不一样，"另一个人说，"毕竟他刚刚倒了霉。"

我记起外衣的口袋里装满了偷来的财物。你这个小丑，我暗骂自己，蠢死了。但这不是自我检讨的时候，等以后吧。

"他醒了。"

我赶紧闭上眼睛，但闭得不够快，有人戳了戳我的脸，就像石匠用凿子凿石头一样。我能感觉到只差那么一点，指甲就要在我脸上留下血印子了。我睁开眼睛，看见一张巨大的脸，怒视着我。

我认出来了。

第一次见到他是在那个将军的葬礼上，对，就是那个在围城之初的都城保卫战中战死的奶白脸，我一时想不起名字了，不过不重要。舰队及时回到都城，才扭转了战局。当时，这个人跟临时官府要员站在一起，轮流到演讲台上夸赞那位将军，说他聪明又勇敢，以一己之力拯救了都城。这当然是假的，拯救都城的人是利西马库。算了，不纠结了。先上去说话的是市长福提努斯，接着是两个帮会老大——我还是有点反感那个画面，虽然当时的帮会已经合法化了，他们都成了正派人士。之后是海军上将，他显然是照着一份写好的稿子在念。最后上去的就是尼卡弗鲁斯将军，都城军队的新任总司令，不包括海军。我当时仰望着他，他的脸长得很宽，显示出贵族血脉，他目光锐利，身形伟岸。我记得我当时在想：我可以模仿你，不管是站着还是倒立着。

此时，这个地位仅次于利西马库的大人物就在我面前，低头盯着我，仿佛我磕到了他的脚。

"我在剧院见过他，"他用低沉而谨慎的语气说，我特别擅长这种语气，"他可以。"

我没听懂。

"你开玩笑吧？"另一个人说着，上前一步，我终于看见他了。阿塔瓦杜斯，尼卡弗鲁斯将军的副手，这人我也见过一次。他声音洪亮，但我依然做得到，用他表演喜剧效果很好，因为大家都觉得他是个傻瓜。我模仿他的次数不多，但难度不大。

"不说别的，他的鼻子太短了。"

"隔得远就看不出来了。"尼卡弗鲁斯说。

"我在克劳恩门那边看过他的一场滑稽秀，"第三个声音说道，"他演得很好，事实上演的就是我。"这声音我熟：福提努斯。我动不了，不过不是因为脑袋受伤，我的手脚被什么东西固定了起来，应该是绳子。

"行吧。"阿塔瓦杜斯说，"但我们不需要他假扮成你，有你就够了。我说了，他跟他一点也不像，头的形状完全错了，腿也短得离谱。"

"其实，"尼卡弗鲁斯说，"他比他还高六寸。"

"不是吧。"

"我给他量过，"尼卡弗鲁斯侧过身，对阿塔瓦杜斯露出一副很有个人特色的表情，"如我所说，偏见会影响你见到的东西。因为他是个低贱的滑稽秀演员，所以你觉得他身高肯定不够，但事实上他比他还高。如果抛开偏见，你就不会介意外形问题了。"

"尼卡说得对，"福提努斯说，"他显然比我高，但我第一眼也没看出他有那么高。而且要弥补身高问题，还有高跟鞋呢。"

他说错了，穿上那鬼东西根本走不了路。

"现在什么情况你们俩应该清楚，我们没得选。"尼卡弗鲁斯说，"而且我们会带着他，谁会感觉出不对呢？我们给他穿上全套行头，戴上帽子啊、兜帽啊之类的遮住脸，让他站在阴影里，再找几个矮子护卫突出他的身高——"

"你不是说他高过头了吗？"

尼卡弗鲁斯笑了，"你看，我也有偏见。总之不会有人怀疑的。人们只会见到他们脑子里想要的东西。"

"就算是这样吧，"阿塔瓦杜斯说，"声音怎么办？"

"他特别擅长模仿别人的声音，"福提努斯说，"我的一个文员跟我说，闭上眼睛根本分不出真假。"

"行吧，"阿塔瓦杜斯有点恼火，"要不我们听他说两句？"

"好啊，"尼卡弗鲁斯说，"不过现在得对他宽容一点，他的头刚刚被人敲过。"

我张开嘴，满嘴都是肚子里的酸水的味道。"抱歉。"我说。

"不管怎样，"福提努斯打断了我，"声音不是唯一重要的。声音、措辞、说话的节奏，乃至举止和习惯性的小动作，一样都不能错。说什么话可以我们来安排，表达方式、口头禅我们都可以教他，不成问题——"

"他只说了个开头。"阿塔瓦杜斯打断道。

"要告诉帮会吗？"福提努斯说。

"别把他们扯进来。"

"同意，"尼卡弗鲁斯说，"这件事我们三个知道就够了。"

这有点奇怪，如果要搞什么政治活动，他们三个肯定不可能瞒着利西马库。不过不关我的事。"抱歉。"我又说了一次。

他们转过来看着我。

"抱歉，请问我在这里做什么？"

尼卡弗鲁斯看了我一眼，几乎用眼神把我拍扁，"你知道吗？你真的很麻烦。"

"是吗？啊，对不起，我不是故意——"

"我们找了你很久，"阿塔瓦杜斯凑到我跟前，我能闻到他嘴里的一股杏仁味，"把都城所有邋遢破烂的地方翻了个遍，结果你出现在哪儿呢？我家，偷东西。你自己想想看。"

我想反对，但突然所有事情都想起来了。他说得对。

"我们从你口袋里，"他说着，在我鼻子底下摊开他巨大的拳头，"翻出了这些。这是我父亲的东西，你这个偷东西的小杂种。"

他吓到我了，这些人处置小偷的方式可不好玩。很奇怪，我之前根本没想过这一点，就傻里傻气地决定干这一票。

"很抱歉。"我嗫嚅道，也想不出别的聪明话。

"不过，"尼卡弗鲁斯说，"有意思的是，这其实是好事。你看，我们需要你为我们做点事，而你很可能不想做。我们不是野蛮人，你拒绝的话也不好强迫。但现在，我们可以合法合规地向你提出赔偿了。听我们差遣，否则送你上绞刑架。"

我的嘴干得厉害。"我愿意做。"我说。

"你还不知道要做什么呢。"

"不重要。"

"我对你能否胜任还有所怀疑。"阿塔瓦杜斯插嘴道。

"请让我试试。"

他们交换了一下眼神，我知道我表现得不够好。他们的表情就像是刚买了东西回家，发现这东西跟窗帘搭不上。"你们听听，"阿塔瓦斯杜说，"差劲透顶。"

"那是他自己的声音，"尼卡弗鲁斯想努力说两句公道话，"别一上来就否决，行不行？"他转过来看着我，"我要你用利西马库的声音说话。"

"模仿他吗？"

"是的，来吧。"

我试过脑子一片空白的感觉吗？"你想听我说什么？"

"我怎么知道，随便说几句。"

我感到身体开始紧张，但立刻意识到，等等，就算脑子转不动，我也有好多台词可以说。假如我是剧院经理，而利西马库刚刚跟我签了半个季度的戏，该给他安排什么词？

"哦，你这堆肮脏的烂泥，"我说，"向你致歉。我在这群屠夫中间显得软弱而温驯，而您则能摧毁最高尚的人……"在这种场合，只要祭出萨洛尼努斯的文字就赢了。再傻的傻子念他的东西都能显得有文化。

说完一整段念白，我停了下来，喉咙刺痛得厉害，头痛也快把我逼疯了，而且我怕得要死，因为他们看我的眼神就好像我是一堆财宝，而他们正在琢磨怎么分成三份，又无法决定谁拿大头。

"我还是觉得不行，"阿塔瓦杜斯说，"你没说错，但我还是不放心。"

"他用力过度了，"福提努斯说，"大概是紧张吧。"他凑过来，露出一个惊悚的笑容，"放松。"

"别做傻事，福提努斯。"尼卡弗鲁斯说，"你只会吓着他。"

福提努斯看着他，"那你觉得行了吗？"

尼卡弗鲁斯叹了口气。"差不多吧，"他说，"阿塔？"

阿塔瓦杜斯耸耸肩。"你说了，"他疲惫地答道，"我们还有别的选择吗？没有。我只是有不好的预感，这件事没有好结果。"

"别帮倒忙。"尼卡弗鲁斯说,"这样,就当我们全票同意了。你们俩最好回去做事,我来跟我们不情愿的主角讲讲情况。"

阿塔瓦杜斯站起来,郁闷地甩了甩头,走出了我的视线范围。福提努斯跟在他后面走了两步,又停下来,往回走,好像想对我说点什么,又觉得还是不说为好,走掉了。现在只剩下我和都城第二有权势的人独处,开心吧。

他解开绳子。在这之前,我一直被绑在一张类似小床的板子上,正好躺着。不知道是他手太笨还是因为手在发抖,动作磕磕绊绊的。换我的话,我会割断绳子了事。"好吧,"他说,"让我看看你有多聪明。告诉我发生了什么事。"

"不知道。"

"你可以推理,"他顿了顿,"推理的意思是,根据你知道的东西去猜测你不知道的。"

听到这耐心的讲解,我立刻就不喜欢他了。"你们想让我扮演利西马库。"

"真聪明。那么,为什么要这样?"

我记得我跟他们说过,我的头很痛,而且一直没有缓解。"我不知道,"我说,"可能他病了,而之后有个重要场合是他必须露面的。"我等着他给我反应,没等到,"可能他失声了,而他必须发表一篇演讲。"

尼卡弗鲁斯摇摇头,"这种事我们可以延期。"

"你能直接告诉我嘛?"

"你他妈的能乖乖听吩咐吗?"

真好玩,总有些琐碎小事气得你想做蠢事——这是我爸的口头禅。"行吧,"我说,"你们想发动政变,可能已经发动了,利西马库被关在地牢,而你们想让我——"

他大笑起来，"看来，"他说，"我们把你调查得很透彻。你说错了，被关地牢的不是利西马库，是你母亲。如果你不配合，我们会让她后悔把你生下来。"

其实我挺喜欢情节剧的。作为戏剧的一种，情节剧写起来很容易，演起来很好玩，即使在大热天也能让剧院满座。但发生在真实生活中就不那么有趣了。他提到我妈时的语气，跟我爸生前欺负人的时候完全一样，"知道你的问题在哪儿吗？"我说，"别人都点头了你还抓着不放。"

他有点意外，随即笑了，"说得对，"他说，"是的，我们需要你扮演利西马库。"

"为什么？"

"他死了。"

我感觉头上仿佛插了一根楔子，有人刚刚敲出最后一下，彻底把裂缝撑开了。

"一块石头砸中了他。"

"你听说了？"

"我当晚本来要去的，我负责助兴。"

尼卡弗鲁斯看着我，虽然吃惊，但表情绷住了。"幸好你没去成。"他说，"那么，你可以演他吗？"

"我不确定。"我说。

他的耐心快被我磨光了。"是的，"他说，"不确定是正常的。你以前只是用滑稽剧逗人发笑，现在要认真假装成另一个人，肯定不一样。比如，上台表演必须夸大他的特色，台下可不行。你可以用他的声音向人们宣讲，但普通交谈是另一回事，而且，你应该没听过他跟人闲聊吧？"

"没听过。"我说。他盯着我。"但我可以推理。"

他咧开两边嘴角，"试试看。"

我是这么做到的。

其实并不难，难的我也做不到。方法很简单：想象自己站在一面镜子前，但镜子里的倒影不是我而是他，我的目标人物。我一边和他说话，一边观察他的脸——嘴唇是怎么动的，眼神是怎样的，语调在哪里上扬，又有哪些单词会重读。虽然是我在说话，但我听到的是他的声音。然后，只要做好这一切，我就能变成他，可以睁开眼睛，面对观众了。就是这样。

我在开玩笑吗？没有，绝对认真。我当然不会把每一个字、每一个动作清楚地想出来，这样太烦琐了，无异于自杀。只不过对我来说，做他和做自己一样轻松——其实做自己一点都不轻松，放到现实生活的任何一个层面都是如此。正因为做自己这么难，为了平衡，我喜欢时不时地做别人。

如果你现在跟我面对面，你听到的根本不是我的声音——或者说，不是原本的我，那个在旧花市长大的我。我费了很大力气才摆脱那种说话方式。元音尖锐得像在呻吟，送气音根本懒得发出来，辅音更是短促得令人窒息。如果要用这种口音说话，用词造句也会完全不一样。离开那个可怕的地方后，我硬生生学会了一种完全陌生的造句方式，让我的思维模式也随之改变。现在我能很自然地用这种方式说话了，但那个原本的声音并没有消失，一直赖在我脑子里，让我时刻担心，生怕一不小心吐出一个促音或者一句时态混乱的条件从句，或者像野蛮人一样以动词结尾。因此，做自己一直很辛苦。相比之下，做一名政客就像去公园散步一样简单。

说到这个，我很少接到通俗喜剧的角色，原因就在这儿。他们都对我说，你的口音根本不可信，太浮夸了。你是不是从来没去过黑十字街以东的地方？我只能耸耸肩，告诉自己有得必有失。

"我会尽力。"我用利西马库的声音说，"但别指望奇迹。"

他抬起眉毛，"不错啊。"

"去你妈的。"我说。

他笑了，"'去你的'就行了，其实利西马库不太说脏话，特别在他成为大英雄之后。当然，'去你的'在他眼里不算脏话。"

"那就去你的。"

"好多了，然后他会笑，每次他粗暴对待下属之后都会笑，好让人知道他没有真的生气。"

"记住了。"我用自己的声音说。

"再试一次。"

"帮我引入。"

"什么？哦，抱歉。"他清了清嗓子，"不错啊。"

"去你的。"我说完咧开嘴，但没有大笑，因为他不会立刻笑出声，就算我不认识他，也知道这个时候笑出来很奇怪。

"好多了。你真的不认识他吗？"

"我认识那样的大人物？怎么可能。"

他撇了撇嘴。"这个词不对，"他说，"我也不知道他会怎么说，但我从来没听过他在闲聊时说'大人物'。"

"老大。"我说。

"对。"他看着我，"你怎么知——"

"他是帮会出身，对吧？老大、大哥、老板，这些算是下城的专有词汇吧？"

"对。确实，你当然知道了。你真的演得不错。"

我什么都没说，但瞪了他一眼。在天堂街，这一眼的意思是：不要自找麻烦，但他看到之后笑了。"抱歉，"他说，"听着，我想向你道歉。你确实很懂演戏。行了，别瞪了。跟你说句实话吧，我受不了这家伙。"

我短暂地忘了头疼，"是吗？"

"不是叫你别演了吗！是的，我对他也没什么好感。"他停下来看着我，"你对他了解多少？"

奇怪的问题。"都是从别人那里听来的。他是英雄，他救了全城的人。"

"才怪。"这句话说得很突兀，有点不服气的意思，"告诉你吧，利西马库不过是个保镖。他以前在竞技场打架，拿了冠军，很擅长杀人。之后都城被围，一位伟大的人需要保镖，我们就给他选了最合适的人。他当保镖当得确实很称职，而且他爱那位伟人，对他忠心不二，像狗一样听话。但伟人死了，就在都城得救之后。救星走得太突然，都城人民接受不了这样的消息，于是我们修改了真相，告诉人们一切都归功于利西马库，是他救了大家。他长得像个英雄，又高又壮，能在十五秒内空手把人撕碎，人民就喜欢这样的。我们又宣布：你们以为很伟大的那个人其实只是个纯靠手艺吃饭的工程师，造东西还不错，但绝对不是领袖。真正的领袖是利西马库，是他在全城人面临屠杀之时救了你们的命。"他停了一阵，心情不太好的样子。"是我的主意，"他说，"我们没办法，必须迅速反应。于是我说，就这么办吧，人民必须要有信仰的对象，不然撑不下去。"他闭上眼睛，然后又睁开，"现在，我又要重复一遍相同的工作，算我自作自受吧。但既然上一次都管用了，这次也必须管用。都城不能就这么陷落，只因为这里的人民——"

他没说"这里的人民"怎么样，似乎觉得我知道下半句是什么话。

"看来我不了解利西马库。"我说。

"当然了，没人了解。这就是我们要的效果。"他顿了顿，平复心情，"但效果很好，即便人们很清楚谁才是真正的英雄。"他说，"当时全城人都在场，在街上为他欢呼，并不会像现在这样把每件糟心事都怪在他头上。但之后我们宣布，英雄不是他，是利西马库。他们就相信了，因为利西马库看起来像个英雄，因为他们能在他身上找到共鸣，帮会恶棍成了救世主，肤色还跟大家都一样，多好的故事啊。"

这样啊，我好像猜到下半句了。那个伟人的名字我还是想不起来。

"所以，"他继续说道，"如果我们能把英雄的名号安在那个肌肉发达的混蛋头上，并且让人民买账，让你去假扮那个混蛋也是行得通的。不用太久，等找到另一个能让他们崇拜和爱戴的人，你就可以走了。今天剩下的时间你可以自由活动。"

他好像忘了一件事。我等了一会儿，然后说："等等。"

"怎么？"

"抱歉叫住你。这件事对我有什么好处？"

他转过头，给了我一个让我永世难忘的眼神。"你能活命。"他说，"命是你想要的，对吧？"

8

他给了我一本书,叫《围城史》,书脊上是这么写的。但这名字显然有问题,全书最后只写到工程兵团上校(尼卡弗鲁斯以前的老大)去世,后面就没有了。写得不怎么样,但我忍着读完了。

我从书中了解到,都城确实曾经面临过大危机。显然,敌军把都城所有守卫军骗出了城,在一片林子里像宰羊一样把他们全杀了;同时破坏了好几座灯塔,让远在天边的帝国舰队根本没办法回来营救。都城差点就没了,唯一能保护我们的是几个连的工程兵,他们碰巧在那个时候回城,不知道刚刚在哪儿干完了一单活。兵团上校耍了一些诡计,让敌军以为都城的城防准备做得意外的好。赢得喘息机会后,书里花了一大段讲工程兵团上校和敌军首领的过去。这两人从小就认识,这我是不太信的,太过巧合了。我猜尼卡弗鲁斯之所以把这一段放进书里,是为了解释都城没有陷落的原因,单单依靠老套又神奇的运气是不可能的。其实在这种事情中,运气的成分比你想的要大,戏剧可不敢这么写,观众根本不会相信。

我在一个小房间——应该说是监狱才对——里读完了这本书。这里是帝国皇宫里的一座高塔，他们把我安排在这里，需要我的时候就会派人来吩咐。经过那么沉重的对话——"大难临头""这是唯一的方法"——你是不是以为他们会叫我立刻开工，做点什么？但他们没有。这倒是给了我消化这件事的时间。先是后怕，然后克服恐惧，然后再次把自己吓个半死，又一点点努力平静下来，勉强找回个人样子。头痛在慢慢消退，然而我忙着发抖，头痛好转后也没觉得轻松。

一部戏剧是否成功，一般看了第一场你就能判断出来。有时候，第一次彩排时你就知道这剧肯定演不了几场。对于接下来的表演任务，我预感很不好。这是他们无奈之下想的主意，所以肯定不是好主意。一个人受形势逼迫时，能做什么是没的选的。而没有选择，就没有运用智慧的机会，虽然我也不知道智慧到底是什么。你给马匹套上嚼子和缰绳，然后骑上去，和你被绑在一匹奔腾的马上，性质肯定不一样。所以，如果我能决定自己的去留，我肯定不会留在这里。只要有这样的机会，我就会努力抓住，就这么简单。

那么，如果逃不掉，我能做些什么来增加自己活命的概率？我脑子空空的，只想到把这个突然掉在我身上的角色尽力演好。其实这本书给了我不少表演上的信心，因为它主要记录的就是那些看上去挺聪明的人们是如何接受最离谱的谎言的，这对城墙内外的人都适用。同样的，"傻人有傻福"这种事情总有个极限，而在城墙这边，我觉得临时官府已经把运气用光了，没有给将来留一丁点儿。

有句老话说：剧本越糟，越要努力演好。这句话有很多层意思，但总归意味着我得认真对待这项荒唐的工作，不能一边敷衍一边找机会逃走。必须集中精神，正经用用脑子，完美地做好每一个细节。不是满足老板的要求就行了，而是要全力以赴，把它当成一件重要的事，因为这件事的确重要。这并不容易, 毕竟现在的形势太可笑了。但就像尼卡弗鲁斯说的, 我们没有选择。

之后五天, 几位阴谋家——姑且这么叫他们吧——开始给我做上岗培训。具体来说就是, 每天二十四小时, 他们会轮流来陪我, 没在的另外两个应该是在忙着治理都城。和我在一起也不干别的, 就是和我说话, 而我必须以利西马库的方式回答。遇到做错的地方他们会纠正我。不, 他不会这么说, 他不会这么坐, 他不会笑话这种事, 这话听着不对, 再试一次……不得不说, 他们耐心很好, 而且平静得可怕, 是那种在巨大的压力下压抑了所有情绪后的平静。他们会对我说, 大吵大闹是没用的, 而且我们一秒钟都不能浪费。第三天结束的时候我发脾气了, 他们又说, 是我们故意的, 不能只会演利西马库乐呵呵的样子, 遇到任何情况我都必须装成他。那天晚上, 阿塔瓦杜斯在我睡下后一个小时把我吵醒了。我迅速搞清了状况, 醒来的时候已经完全进入角色。接下来的景象非常暴力, 我向后一滚, 离他就只有一臂的距离了。我伸手去抓放在床头柜上的刀, 但没有抓到。这反应不错, 我暗暗夸自己。那天之后, 阿塔瓦杜斯对我多了一点尊重。

"我们会多练几遍。"他说。

"绝对他妈的不行。"

他笑了, "你说脏话了。"

"这个时候说脏话合情合理。"我说, "另外, 如果再来一次, 我会打断你的手。"

有那么半秒钟, 他把我的话当真了, 并且, 我自己也信了。

第六天, 他们带我到公众面前展览。因为除了他们之外, 已经太久没人见过这位大人物了。都城的人注意到了这点, 开始传各种丑陋的谣言。谣言都是真的, 但不重要, 必须马上采取行动。已经发生过几次暴动, 都被镇压下去了，过程很血腥，几位阴谋家都很后悔。最后，他们不得不发一份声明，宣布利西马库病了，情况很危急，不过医生们仍然抱有希望。因此，我只能在阳台上匆匆露一面，为了保暖穿得严严实实的，即使天气根本不冷。我挥挥手，然后疲惫地摇摇晃晃地走回去。忠实的下属们会护送我回屋，一切都会好起来。

老实说，扮演虚弱的病人没有听起来那么容易。所幸我曾经患过高山热，记得关节疼痛的时候，挪动身体有多么费力。别担心，他们对我说，你会裹上很多层衣服，站在二十尺高的地方和人群见面。我说，我做好我的工作，你们管好自己就行。这群白痴，他们不懂这需要完美的表演。嗯，应该是不懂的。没在这一行待过不会懂，但这是事实。后座的观众同样看不清你的脸，但你笑没笑他们是知道的，就像他们一眼就能看出一个女孩漂不漂亮。不知道是怎么办到的，但观众就是有这个能力。

所以我以我的方式演了，效果很好。我想这是因为我终于明白利西马库对这座城市的意义了。他们把我推到阳台上时，我发现我除了人什么都看不到，街道和墙壁都不见了，只有一片人山人海，无数张挤在一起的脸，无数双专心看着我的眼睛。现场人声鼎沸，我上台表演从来没试过这样的待遇，虽然有些演员试过。我站在震耳欲聋的欢呼声中想道，太羡慕了。

"我觉得过关了。"福提努斯说，此时我才刚刚离开阳台，还没从病人的角色里出来，"你看起来很糟糕。"他注意到了。

"我没事。"我说，但用了几秒钟时间才恢复正常，"我在演戏。接下来干什么？"

"见好就收吧。"尼卡弗鲁斯说，"在阳台上挥个半分钟的手，不代表你能长时间露面，而且我们暂时不需要你了。"

他们也不需要利西马库。现在我知道了，这位帝国首席公民、国父，几乎什么事都不用做。比起让他做事，更重要的是把他拴好，免得他跑去乱掺和一些自己根本不懂的事，给下属挖坑。

"他是个小丑。"上阳台的第二天，阿塔瓦杜斯对我说了实话，而我正在吃利西马库最爱的早餐：大麦卷、腌制卷心菜和绿茶。"他崇拜从前的老大，但那位老大去世之后，这傻瓜就把我们编的谎话全听进去了，忘了自己不过是个护卫，以为这一切真的是自己的功劳。实话告诉你吧，他还没死那会儿就已经越来越不听话了。"

他们强迫我锻炼身体。利西马库是角斗士冠军，那段时期他长得精瘦、强壮。离开竞技场之后，他发现自己能敞开肚皮享受美食了，于是激情地大吃大喝起来。由于曾经当过角斗士，他消化能力很强，但听说他的身材还是在渐渐走样，肌肉线条开始模糊。这可不行，利西马库必须拥有雕塑一般的体格，没得商量，这才符合人们心中的英雄形象。

"其实，"福提努斯说道，此时我正躺着举一根杆子，杆子两边压了不知道多少配重，"我们找到你那会儿，你的体型已经跟他差不多了。但人民不会相信，他在他们的记忆中不是这样的。"

这个我懂，一个曾经靠铸假币谋生的朋友曾说，假货永远必须比真的更真。

伤疤也不能马虎。大家都知道利西马库受过不少伤，因为他是角斗冠军，有一次为了保护那位已故的将军，背上还被人捅过一刀。事实上，尼卡弗鲁斯一边磨着剃刀，一边对我说，以角斗士的标准来说，他身上没多少伤疤，因为他很厉害，没受过太多伤。但人民眼中的他不是这样的，对吧？

关于这些伤疤，我们还专门谈过。我一上来就表示自己是个能用火漆和油彩做出逼真伤疤的高手，但他们不同意。虽说如此，这还是表明我把他们伺候得很满意，我提出的建议他们居然会认真听。他们想用刀子把我全身上下都划一遍，不留下一寸完好的皮肤。最后我们妥协了，只刻出为数不多的几处记录在案的疤。尼卡弗鲁斯刀法非常轻柔，虽然他块头很大。为了加速结痂，他们在伤口上洒了硝石粉。疼得要命，我只能逼自己努力进入利西马库的角色，免得叫唤声把屋顶掀翻。

暂停一下，有个感受我必须说出来，不过你可能已经想到了。

在找到更高的人生目标之前，利西马库的职业是角斗士，由内到外都是个绿帮人，就像我爸一样。角斗士们常说，要先享受战斗，才会擅长战斗。我觉得这和我现在的表演工作差不多：要想活命，就必须全身心投入。显然战斗也是如此。不过角斗士们又说，重点不在这儿。为了保命而战斗，是迟早会输的，你得为胜利而战。要享受胜利，胜过你享受世界上任何东西。而为了获得完整的享受，你就要学会从对手的失败、痛苦和死亡中汲取快乐。

我爸那么擅长他的工作，大概就是这个原因。他长得并不高大，论肌肉肯定比不过利西马库（突然想到，也比不过我）。他腿脚灵便，不过也做不了后空翻，跳不出与自己身高相等的高度。但每次他打起架来，"就像要跟你最喜欢的女孩约会一样！"——这是他最爱说的话。我想不出更好的形容了，就翻译一下这句话吧：不仅仅是喜欢，而是爱，爱上把人揍个半死的感觉。

我爱上我的工作了吗？大概不至于。更接近现状的比喻应该是，我跟它结婚了。可能还是存在那么一些爱，有点我爸的遗风。我对我的行当同样也是……得想个词……全心全意吧，就像我爸对待他的行当一样。

现在，我这点遗风正站在一面叫作"利西马库"的镜子面前，思考我爸当年的风采。往好了看，这是一条不错的捷径，因为我了解我爸遇到事情的反应。方法很简单：想象镜子里的人是我爸，再想象无敌骄阳降下了某种难以言说的神迹，给了我爸一个使命，让他甘心信服，今后一生中，这项使命便是他一切行动的指引和动力源泉。这就是利西马库了。

　　另一方面，你也知道我用镜子做想象练习的坏处吧？镜子里有利西马库，有我爸，也有我。

　　这画面可不好。

9

伤口愈合后，我接见了一位大使。

他们对我说，放轻松，这个小丑根本没见过利西马库本人，但又死活要跟最高领袖对话。他们同意赊账，而我们需要他们运来的一船船粮食。你就当练习吧，我们可以打开阳台，让人民都来看看，让他们知道下一餐饭有着落了。

我有点想退缩。利西马库有个特质我到现在依然演不好，就是他的傲慢。没办法，我是下城长大的，这里人人都知道自己的位置，和野外的群居掠食者是一个道理。在帮会，职位是你最重要的资产，只要职位在，就有食物可以吃、有地方可以睡觉，生活的压力一下子就去了一大半。你还能清楚知道你可以揍谁，谁又可以揍你。只有帮会最高层，也就是蓝、绿两帮的老大可以为所欲为。虽然他们名义上也被法律啊、皇帝啊之类的条文管束着，但这完全是名义上的，就像天空的高度一样。不管是有限的还是无限的，对现实生活来说都没两样。要达到这种让人生出傲慢的境界，你得从小到大经历各种惊险刺激的事，不是揍人就是被人揍。我的想象力不错，但我不太想深刻体会这种东西。

摆什么名角架子呢，他们说，好好干活。

他们找了一件议员长袍穿在我身上，带我穿过了不知多少条走廊，来到贝壳大厅。之所以叫这个名字，是因为这个房间的墙壁全是用珍珠、贝母装点的，这是都城最壮观的风景之一，同时也无比野蛮。我走进大厅，进门的时候加快了脚步，好让对方清楚看到我走在所有人前面。

大使是个大块头。肩膀很宽，脑袋秃得发亮。胖中带着一丝优雅，不管怎么动，身上的肥肉也不会抖。以奶白脸的标准来说，他的肤色很深。鼻子像大拇指一样短，眼睛的颜色让人想起冬日晴朗的天空。他穿一件没什么装饰、但剪裁不错的漂白亚麻布衣服，以及用黄色丝绸做成的马甲和袜子，一双小小的脚上穿着绣有亮片的单鞋。他们事先给我介绍了他的家乡。他来自很远的地方，要穿越大洋，走六个星期的水路。能来到都城，全靠他们独有的细长、低矮、鳞状结构的远航船，在海里跑得飞快。能把我们所有船只弄沉的风暴，这种船可以安然通过。他的国家是一座大岛，从各方面看都是人间天堂。一年可以种好几季庄稼，北面是地势平坦的温带气候，南面是正对季风的热带气候。粮食全长在由奴隶打理的种植园里，粮价低得可笑。他们想要更好的生活享受，而我们正好可以提供：带装饰的家具、精美的陶瓷，最难得的是书。他们最近听说了书这种东西，非常感兴趣。

"当然，"我对他说，"我们给你一本，你抄录一本，然后就不需要从我们这儿买了。这么做生意可不行。"

他的翻译把话说得更委婉些，但我还是看到他绷起了脸。没办法，这就是利西马库会说的话。眼角余光处，福提努斯责备地看着我，但我没理他。

翻译转向我，"为什么不呢？"他说，"既然买了，我们当然有权决定该怎么用。"

"不，你们没有，"我说，"买一本，就是一本。听着，你们大老远来，我不想让你们失望。但这件事没商量。我们的货是全世界最好的，所以你们才那么想要。我们能在这周内另外找来好几个买家，他们可不会像你们这样敲竹杠。很高兴与你们会面。祝你们剩下几天在我们美丽的城市过得开心。"

看得出来翻译有些为难。我依然没有理会眼角余光处发生的一切。阿塔瓦杜斯正在瞪我，另外两个不知道什么情况，但脸色大概差不多吧。大使沉默着思考我的话，我做出一副无聊的样子等待着。

"总能找到折中的方式吧？"翻译说。

"啊，"我说，"这才对嘛。行，那就这样吧：看到你喜欢的尽管买，但希望你明白，你买的不只是书，还包括抄录权。价格自然不低。"

我停了停，跟他说话需要适当停顿，不然翻译就记不全了。

"你肯定在想：去他妈的，市面上多的是罗珀人制品，我们另找买家就是了。确实是这样，所以我也不是不讲道理。我以市价的双倍收你们钱，这个价钱依然比你们从埃利亚人手上买划得来。小麦和燕麦对你们来说几乎不花钱，不需要舍得。如果这都不行，这事就算了吧。我无所谓，看你。"

大使皱了一会儿眉头，然后伸出手。我笑着握了握。

"你们要多少？"我问翻译。

"你有多少？"翻译没有问大使，直接回答了我。

我给自己招来了一顿教训：你到底在想什么，你那小脑瓜子是不是发疯了，你知不知道你差点危及，等等等等。我不想听，我在发抖，之前半个小时是我硬挤出勇气撑下来的，现在全崩溃了。这就像走在冰面上，你知道冰太薄，承受不了你的体重，只有走得飞快、一刻不停才能成功穿过去。

"但有用啊。"

确实有用，他们说，但这不是重点。不，我怼了回去，重点就是这个。然后我意识到我还在扮演利西马库,而他们听到这话就不再吼我了,齐刷刷地闭上嘴听我讲话。

这可吓死人了。"听着,"我重新做回下城小混混诺克尔,"利西马库就会这么做,这我能感觉到,绝对没错。把他演成一个礼貌又和蔼的老好人肯定有问题,而且那样的话,争取到的粮食只有现在的一半。"

"这次会面是为了让你试试水。"尼卡弗鲁斯说,他没有另外两个人那么生气,"这才是目的。他不认识你,你不需要演得那么像。"

"不是这么回事,"我说,"要么不演,演就演到最好。我要么做自己,要么做他,不能在中间摇摆不定,否则什么都演不了。"

"我们以前从来都是等到该签的合约签完了,才让利西马库会见大使。"福提努斯说,"但这位非要提前来见。"

"所以更需要演到位啊。"

"虽然这么说,"尼卡弗鲁斯是三人小组中领头的,但他并不适合这个角色,"好吧,这次你说的没错,但你应该听吩咐的。"

"行啊,"我说,"那麻烦你说明一下,照你的吩咐做事和把事情做对,哪一个更重要?"

"他觉得他比我们懂得多。"阿塔瓦杜斯说。

"在表演一道上,是的。"我说,"我就是比你们懂。"

"不过你确实聪明,"福提努斯插嘴道,"我从来没想过他们会抄录我们的书,被你一下子猜中了。"这次他没有看向另外两人,这话是专门对我说的。

"区别在于,前者是买一张看戏的票,后者是买下一整部戏。"我说。

他们面面相觑。

"好吧,"阿塔瓦杜斯说,"在他有经验、有见识的那么一小块儿有限的领域里,他是聪明的。他人不傻,但我们不能让他在官方政策上做决定。"

"这得看你们，"我说，"你们可以决定做什么，但我会用我的方式去做，我会忠于利西马库这个角色。另外，你们在我面前交谈时，能不能别把我当空气？偶尔也跟我说几句话吧。"

"是我们的错，"尼卡弗鲁斯说，"还没学会走路就跑起来了。不过结果不错，蒙混过去了，没什么损失。但阿塔说得不错，"他转向我，"管理都城的人不是你，明白吗？"

"也不是利西马库，"我说，"所以这不成问题。"

"我开始后悔把你找来了。"阿塔瓦杜斯说，"不过有一点我得承认，"他继续道，而且是对我说的，"你和他一模一样，我讨厌那家伙，对你也没多少好感。"

"我对他也说不上喜欢。"我回答。

我有资格当这篇故事里的英雄吗？

之前说过，我不太擅长写自己的角色，更擅长写别人的。读了这么多页，你应该也是这个看法吧？有一条不成文的规定在于，主角必须是英雄，这适用于所有戏剧，以至于"英雄"和"主角"渐渐成了同义词。因此，我确实是主角，因为我是我的生活的主角。但英雄嘛……英雄必须有一些配得上这个称号的事迹——伟大的、勇敢的、聪明的，等等。在这个我做主角的故事里，我都是挑我比较得意的事迹来讲的——也就是，我自己感觉不错，之后的事实又证明我确实干得不错的事。所以不管怎样，我成了英雄，在这个故事里。

不过，我倒回去看了看（这不是我的风格，写好的东西我很少重读，因为一般都没这个时间），发现用了"历史"这个词。写历史就得以事实为依据，虽然我也不懂怎么个依据法。所以呢？那又怎样？我写的每件事都是真的发生过的，没有瞎编，也没有故意漏掉什么。

但当主角没那么简单，否则我演的索基默就和奥特欧演的一样好了，我显然比不上他。因为除了中规中矩的表演，你还得额外倾注一些东西。明明说着一样的台词，但奥特欧是表演天才，而我不是。所以他的索基默是个真实鲜活的人，而我演不出这种效果。另外，奥特欧版的索基默和其他所有人演出来的都不一样。

文字和情节是死的，只有讲故事的方式才能决定我扮演的究竟是英雄、反派、丑角，还是第一幕最后跑上台来搬椅子、为打斗场景腾出安全空间的小龙套。而这完全取决于你怎么看待自己。

拿我来说吧，我只能看到自己站在无数扭曲的镜子前，而镜子里全是别人。你可能会很自然地来一句，这不对，我就是只对自己感兴趣，即使除了我之外没人在乎，这才是正常的。但是要做个合格的历史学家，这样就不行了。其实我也不确定，大概我应该用第三人称来写这本书吧，记下几次战役的日期就够了。

之后又有三次公开露面。两次是在阳台上，第三次是在围城战首位蓝帮死者的坟墓前放一个花环。三人组希望我放完就走，但我说了几句话，帮会的人非常受用。他们又是欢呼又是跺脚，还脱了帽子往天上扔。想想最近几年帽子的价格，就觉得这是莫大的荣幸。

"你不该说话的，"尼卡弗鲁斯说，"没必要，他很少公开讲话。"

"他病了那么久，"我对他说，"大家都担心他，担心得暴动了好几次。这样的情况下他是会讲话的。"

他找不到话回答我，这件事就这么放过了。

第二天，我正在房间里锻炼，努力举起那些配重多得吓人的杆子。他们三人走进来，福提努斯关上门，还拖了一把椅子把门抵住。我不太喜欢这架势。

"显然，"尼卡弗鲁斯说，"他没有结婚。"

我耸耸肩，"挺好啊。"

"是的。"阿塔瓦杜斯说，"事实上，他的爱好在另一方面，你懂我的意思吧。"

"这我有点为难。"

"算你走运，他对此很谨慎，"尼卡弗鲁斯说，"但两方面的中伤我们都得预防。"

"详细说说怎么预防？"

"有一些流言，"福提努斯插嘴道，"说他跟一个女演员有染。"

他的语气太过沉重，让我忍不住笑了出来，"我倒是第一次听说。"

"你们那些人应该都知道才对啊。"

"我们的消息网是很厉害的，"我说，"要给一部剧选角，必须清楚知道谁跟谁睡过，免得一不小心找来一对冤家。如果有人跟利西——"

"但这是真的。"听得出阿塔瓦杜斯有点得意，"除了你，基本上人人都知道。"他露出了我这辈子见过的最让人难受的微笑，既有同情，又无比恶毒，"跟老话说的一样，你永远是最后一个知道的，对吧？她叫霍达。"

我宁愿他直接对着我的裤裆来一脚，但他没有这么好心。"我不太相信。"

他乐坏了。"你以为你很了解她，对吧？"他说，"我猜你朋友全都瞒着你，因为你知道了肯定要发脾气。"

我深深吸一口气。没关系，对我基本没影响。"所以，"我说，"干吗告诉我这个？"

还是尼卡弗鲁斯的语气比较稳重，"他大病初愈，如果两人突然分手，人们看着会觉得奇怪。所以——"

"他肯定把她甩了，"我坚定地说，"很可能因为她跟别的人有染，这在我们这一行太常见了。"

尼卡弗鲁斯摇摇头,"他必须有个女朋友,才能把其他流言压下去。这个霍达跟你又是熟人。"

"我跟很多女演员关系都不错。安蒂洛尼卡怎么样?她什么都能干。"

"霍达知道真相,"福提努斯说,"已经不可能置身事外了。显然,搅进来的人越少越好。"

有时我真的很讨厌逻辑分析。"所以你打算怎么办?"

"他们的约会很随意,"尼卡弗鲁斯摆出一副专业谋士的样子,"有时她会来皇宫,有时两人在私宅见面,他有好几座宅子,但从不去剧院。"

"如果你去过画廊的后台,你就知道原因了。有什么计划吗?"

"首先,把她带到这儿来更安全,事情也更好办。"福提努斯说,"她的马车很抢眼,人们会注意到,会议论的。"

"所以我不用真的跟她约会。"

尼卡弗鲁斯撇了撇嘴。"我们都认为你们俩应该一起露面,"他说,"毕竟,如果还有人怀疑你是冒牌货的话,看到她就不会怀疑了。因为,你是不是真的,她总该清楚吧?"他停了停,这是上等人特有的习惯性沉默,有点可爱,"既然你确实是个冒牌,这种事儿就更不能发生了。"他说,"所以这么做是有意义的。"

"我不这么想。"

"我们已经决定了。"阿塔瓦杜斯说。

"我们觉得这是最好的办法。"福提努斯说,能听出他语气中有那么一点点歉意。

我是这么想的:豁出去了。个人情感应该留在后台,况且我还隐约记得当初是我甩的她——还是她甩我来着?唉,管他呢,区别不大。

10

就这样，三人组着手为我们安排一场能得到广泛宣传的幽会。让他们折腾去吧，对我来说，很适合趁现在研究一下战争的艺术。

有好多专门讲这个的书。这简直无法理解，想想吧：要么书是乱写的，你照着书里教的方法打仗，带着你的五万同胞去送死，就像隆冬时分死去的野鹅；要么书里教的全是真东西，你照着书本带着五万同胞……照样是送死，因为敌人也读了这本书，能预判你的每一步行动；或者双方两败俱伤，一起打到全军覆没。这又能解决什么问题呢？

不过这类书籍确实有不少，其中一本叫《战争的镜子》，作者是浇灌者卡努菲克斯，古代一位伟大的将军。我写的那部关于——当然是关于围城——的剧本，虽然主角是个喜剧演员，但台词上我想多给他安排些专业术语，我记得有半月堡、圆堡、侧翼，以及后方的纵向射击、大盾、射石机等等一系列很难押韵的词，于是拿《战争的镜子》做了些参考。我问尼卡弗鲁斯有没有这本书，这憨货当然有，可能睡觉都放在枕头下面。

（如果你好奇的话，"半月堡"和"标枪"押韵，"圆堡"和"骆驼"押韵，"侧翼和后方"跟"此处躲藏"押韵，"大盾"和"打喷嚏"押韵，"射石机"我也找到了押韵的词，但是忘了。）

总之我又把书通读了一遍，这次读得很仔细，老实说，确实给人很大启发。我还缠着福提努斯，让他允许我去档案室，这里有各区指挥官从围城开始定时提交的战况报告，还有些其他资料我也一并看了看。

（"你看那些干吗？"福提努斯满脸怀疑地问我，"跟你的工作完全不相干吧？"

"这些都是利西马库知道的信息，"我对他说，"而我不知道，所以我觉得应该补习一下。"

他斜睨我一眼，想看出我在打什么算盘。"你需要知道的，我们会告诉你。"

"不行，"我礼貌地回答，"你们做不到的。比如，某个老兵跑过来对我说，记得第十五兵团困守南门棱堡那次吗？马尔奇亚努斯差点被剁成碎片，幸好你冲进来救了我们。如果没回答好，我就会出大洋相。"

他耸耸肩。"随便你，"他说，"钥匙借给你，里面大部分东西都很枯燥。"）

接下来的一周，只要不需要上阳台表演，我就泡在档案馆里，等到我把钥匙还给福提努斯时，我特别懊悔看了这么多不该看的。我喜欢过平静日子，有什么坏消息的话，我一般是不想知道的。我一直觉得，无谓的担心只会让事情更糟，特别是你什么都做不了，帮不上任何忙的时候。

记得我接见大使的那场戏吧？从那时起我就有点明白了。围城之初，战事很快进入停滞期，敌人攻不破城墙，我们又没能力赶他走。这对我们来说影响不大，因为舰队回来后，我们重新掌握了完整的制海权。帝国的陆地领土全丢了，但无所谓。在过去七年里，都城变成了一座巨型工厂，我们进口原材料,把它们变成精美程度世界第一的各类制品,然后高价卖出,再用赚到的钱购买必需品。情况很不错,工厂、码头和舰队提供了能满足全城人口的工作岗位(理论上)。城里人的生活质量比围城之前提高了不少。

只不过我一时兴起,在纯属偶然的情况下发现了其中的缺陷。全世界都想买我们制造的东西,因为我们的产品最好。但我们的要价太高了。于是,外邦人开始自己制作,至少是尝试过吧。手艺好的匠人开始流失,因为外邦人给的报酬更高,还不用跟五十万天天惦记着屠城的冷血野蛮人当邻居。匠人离开都城是犯法的,但这就像给一个自杀的人定罪一样,做都做了,你还能拿他怎样呢?

然后我想,行吧,看看内阁会议纪要,他们对此应该有过讨论。完全没有。这让我得出一个恐怖的结论:除了我之外,没人发现这个问题,或者他们发现了,但并不打算解决。这么明显的事,几乎就是明晃晃摆在你面前的,简直匪夷所思。于是我又读了一遍纪要,只找到福提努斯跟帮会老大唠叨,求他们管一管匠人流失的问题,而两位老大反问:好啊,具体怎么管?(看上一段。)

这就像你在啃一颗叫作"信心"的苹果,啃出半条叫作"怀疑"的虫子,你一定会担心的。我读完了各区指挥官的报告,看出了一些端倪。

根据指挥官们的说法,我们好得很。在过去七年里,敌人为了打破城墙、冲进城里,进行了十几次全力进攻,每一次都败下阵来,折损惨重。他们把书上的方法都尝试了一遍,想从下方破坏城墙根基,但我们读了同一本书(上面说过了),所以每一次都知道该怎么应对。于是他们安心驻扎下来,基本放弃了强攻。

我可以证明,确实是打算长期驻扎了。在都城,随便登上一座高塔或建筑尖顶往城墙外看一眼,你就能看到他们发展到了什么程度。七年前还只有一片搭得歪歪扭扭的帐篷，而现在，城墙外已经变成一座繁荣的小镇——叫作城市也没问题，由一排排用木条和灰泥建造的房子组成，铺着整齐的茅草屋顶。我们时不时会放一把火，用鸽子。先往小镇的城垛上洒谷物，吸引鸽子在茅檐下筑巢，然后抓一只鸽子，在它的腿上绑上几根点燃的稻草，放走它，就可以坐下来看好戏了。不用担心缺德，反正是他们先打我们的。但每次火灾过后，他们都会重建、改进，然后修更多房子。一排排茅草屋后面，放眼望去全是耕地。

但应该关系不大，因为他们进不来。我们一次次证明过了。所以没必要打破现状，就这么愉快地共存下去挺好的，对吧？是这样的。既然你这么乐观，要不我把蓝星神殿卖给你吧？因为虽然我们可以尽情搞破坏，而且经常搞，但他们没有走。而我们只要犯一次错就死定了。这就像猎人和鸭子之间的技巧、直觉和勇气的较量。十次较量中鸭子会赢九次，但会在第十次被射杀、吃掉。

所以，肯定得有一个应急预案，计划好如何撤离住在都城的十五万人，带他们穿过大洋，安全逃脱敌人的追杀，再选个地方重新开始——地方不好选，因为罗珀人在大部分地方都是人憎鬼厌的存在。我想找的就是这样的预案，但可能找得不够仔细，可能这是最高机密，或者……

我渐渐意识到，那些有权决定你生老病死的聪明人，很可能明明知道灾难即将来临，但却什么都不做。因为虽然他们知道该做什么，但要么有各方利益牵扯，要么政策不好制定，要么他们觉得这件事不受欢迎，做了会丢失选票，要么这件事太费钱了。当然，如果被敌人干掉，节约再多钱都是白费，但这不重要。人就是这样。你可以在火山口边上修建漂亮的房子，享受取之不尽的热水，然后把自己的脑子搅一搅，免得它意识到你在干蠢事，意识到遭殃只是时间问题。

　　如果你重视睡眠质量，请一定不要有类似的顿悟。确实，我总喜欢担心各种大大小小的事情，但纯粹是杞人忧天吗？不见得。

　　于是，虽然我不想，但我彻底变了一个人，真正成了都城的最高掌权者，计算着都城中期和长期的前景，总之，都不容乐观。这一刻，我清楚地想通了所有事。如果我真的是利西马库，通过巨大的努力，我一定能改变现状。我知道接下来该做什么，只要找到方法就行。可惜我是个冒牌货，我要做的就是找个机会，在口袋里塞满值钱的小玩意儿，去码头，钻进谷物货船，偷渡去别的地方，让那些白痴自己收拾烂摊子。仔细想想，我完全不需要愧疚，毕竟假扮和骗人是不道德的。

11

一切安排妥当。我们会在希尔街街头、福提努斯的宅子里见面。福提努斯会带着一家人去剧院——我对他说，晖日剧院有一部新剧开演，去看吧，应该很不错。于是我们有地方了。这里的"我们"包括我、她、尼卡弗鲁斯和阿塔瓦杜斯。不过只有我和她会从正门进去，另外两个要偷偷地走后门。

（"为什么？"我问。

"是她坚持的。"

"对你来说太麻烦了。"

"不麻烦。"）

按照利西马库的脾性，我大白天赶着一辆开放式马车，带着四个绿帮护卫前往宅子，我们在车上聊天，我讲了一个荤段子，他们笑了一路。门没有锁，我推门进去。

房子不错，贵气而有品位，有很多价值连城的小摆件，而我穿了一件衣兜又大又深的军用外套。正当我认真为自己打算时，那俩白痴从厨房钻了出来。

"她明确表示不想和你独处。"阿塔瓦杜斯说,"她是演员,名气大,是个公众人物,出了意外也没办法让她消失,至少没那么容易。"

我思考了一会儿才搞懂他想到哪儿去了。"看在众神的分上,"我说,"不是那样的,你想多了。"

"她很坚持。"他盯着我。

不知为何,人们总喜欢把我往坏了想。"行,"我说,"那我们就一起坐这儿吧,尴尬地沉默几个小时,然后回家。"

"就这么办吧。"尼卡弗鲁斯说着,选了房间里最舒服的一张椅子。

我正后悔没带几本书来看,门外传来车轮的声音。另外两人同时站了起来,我也只有站起来。趁他们站着,我迅速计划好了接下来怎么办。

房间的角落有一面全身镜,我把镜子拖到中间靠左的地方,又把椅子挪了挪位置,坐下来确认角度。我可以从镜子里看到正门,而她只能看到我的后脑勺和肩膀。我深吸一口气,深深看了一眼镜子,等待着。

霍达进场,走到视野正中央,看到坐在椅子里的人。她愣了一会儿,仿佛见到了鬼。趁她愣神的空隙,我在椅子上转一圈,转过来,怒视着她。

"你这婆娘,"我说,"我的钱呢?"

她很快调整过来,我不得不佩服一下。"你好,诺克尔。"她摘下帽子。

阿塔瓦杜斯也站着,虽然他搜过我的身了,但好像还是害怕我摸出武器扑向她。我对他翻了个白眼,他就坐下了。

"我没要到钱,"她说,"剧院都关门了,记得吗?"

"只关了三天,这都几个星期了。"

"我有事。"

该说的已经说了,我不再逼问她。"情况怎么样?"

"你写的那围城剧吗？还可以。第一晚生意一般，但看的人慢慢变多了，米托顶了你的角色。他们都说他演得很好。"

"他演什么都像个行走的破布口袋。"

"他很会演廉价的情节剧。"

她说话时一直盯着墙看，没有看我。但看得出有那么一秒钟，她以为她看见了利西马库。我决定挑明这一点。

"确实厉害，"她说，"可惜了，要是知道你这么会演，我当初就会给你一份工作。"

这话让阿塔瓦杜斯笑出了声，尼卡弗鲁斯也捂着嘴笑了笑。算了我不介意，总得有人衬托主角。这就像演打戏一样，对方一刀捅死你也没什么，只要他没有手抖，捅到你腿上就行。

"你们平时也这样说话吗？"阿塔瓦杜斯问，我们俩同时转头看向他，他耸耸肩。"我就是问问。"她继续盯着他，他说，"是你要求我们出面的。"

"感谢你们能来，"霍达亲切地说，"但是我想，两位大人这样的重要人物肯定有更重要的事要做。"

这就是生在上等人家里的劣势，如果一位淑女，或者打扮成淑女模样的女人向你提出明确要求，你就得服从。接他们的马车要一个多小时之后才来，但没办法，他们必须步行回家。我狠狠心痛了他们一把，看着他们离开。

我们互相看了一眼。我一直挺喜欢她的。她的美不在于脸蛋，她静止的样子其实很普通，鼻子有些过长了，脸有些瘦削，额头宽得超出了时下审美，眼下已经出现了些许皱纹。但她的脸从来不是静止的，总是在笑、在皱眉、在撇嘴，或是露出努力思索的表情。光凭这些表情，她就能演一出完整的三幕悲喜剧。就算说了难听的话，或者做了过分的事，你也没法生气，因为她嘴角微妙的弯曲会让你觉得她不是故意的。她本身的头发很硬，乱糟糟地垂在背上，所以她会挽一个紧紧的发髻。六年前她就很瘦，现在更瘦了，能清晰看到手背的骨头。她说话特别犀利，但人很聪明。城里有上千个男人疯狂爱慕她，我不怪他们。

"你这次惹的麻烦真不简单，诺克尔。"她说。

我点了点头，"我也不想。"

"不过效果不错，"她继续道，"我刚才看到你坐在那儿——"

"我得知道，"我说，"我们俩在一起的时候你有和他上过床吗？"

她转过来点了点头，"这下不像了。"她又说，"虽然不重要，但我没给你说过吧？我从来就不喜欢做爱。"

好吧，这一回合她胜，接下来到我的台词了。"要是知道你这么会演，我就会给你写一部剧。"

她对我露出一个真诚的笑容——当然不是真的真诚，比真的好看多了。"对我来说做爱就像杀兔子一样，如果中途停下来，意识到自己在做什么，就做不下去了。所以我从来不停，也不想。"

"你杀过兔子？"

"你不知道？我在帕拉利亚的一个农庄长大，能离开那鬼地方真是太好了。我一出生就和当地一个硝皮匠订了婚，你敢相信吗？他只有三颗牙齿，闻起来像死人的脑浆。"

台词棒，角色鲜明，但不是真的。我见过她父亲一次，他在旧狮子剧院守门。不过可能她的记性没那么好？

"你打算怎么办？"她问。

"不知道，演下去吧，大概。"

"不会有好结果的。"

"应该不会。"

她白了我一眼。"这样很蠢，"她说，"注定要吃苦头的事为什么要去做呢？你得想想办法。"她停了停，"你笑什么？"

"没什么。嗯，你是对的，早晚会出事，而且我这辈子从来没有这么敬业过，太离谱了。"

"现在我也被卷进来了，"她说，"当你的配角，谢谢你啊。"

"别怪我了，"我恳求道，"你知道不能全怪我。"

她叹了口气。"我只是觉得，"她说，"每次我遇到不顺心的事，都能碰到你。可能不是你造成的，但确实每次都有你，这是无法反驳的事实。"

她搞得我心烦意乱。"咱们最好还是别内讧吧，合作一次可以吗？对你对我都好。"

"好。"她笑道，"我原谅你。好吧，再来一遍。你打算怎么办？"

我突然有了个想法。"是你告诉那些小丑去哪儿能找到我的吗？"

"别说傻话，我都不知道你当时在哪儿。"

"但你知道要找我的话可以从哪里找起。"

她闭上眼睛，然后又睁开，像是在耐心对待一个不讲道理的人。"如果我不说，他们就会把我的剧院关了，"她说，"我得给那么多人付工资呢。反正我能告诉他们的也不多。而且，如果我知道他们的身份，知道他们找你是为了——"

"行吧，"我说，"既然开诚布公了，你还有什么想要告诉我的事吗？"

"没有。"

"那行吧。"

以我的经验，能占据道德制高点的时候不多，"画廊的生意怎么样？"

"挤得像无花果干一样。剧本很烂，但观众好像不在意。对了，你答应我的短剧一直没有写给我。"

"行吧，"我说，"你觉得该怎么做？"

她换了个表情，"答应我，听我的话好吗？我了解你，知道你会时不时脑子脱缰，根本不受控制。"

"好，我答应你。"

她停了一会儿，我知道这是在酝酿长篇大论。"先问问你自己，"她说，"都城给你带来了什么？"

这是要我回答吗？"你指哪方面？"

"任何方面。好好想想，诺克尔。人人都在念叨我们罗珀人的文明，我们在无敌骄阳身旁的座席，我们的昭昭天命……但我问的是，这座城市对你来说究竟意味着什么？因为对我来说，这只是我碰巧住的地方，仅此而已。而这里的人，他们什么都没为我做过，我从来只能靠自己。没人给过我什么，我仅有的一点点东西都是我像老虎一样拼命挣来的。"

"不是本该这样吗？"

"可能吧。所以我没说错，他们不欠我们什么，行吧，那我们也没义务为他们做什么。对了，还有一件小事：从不知道什么时候起，因为某件我们不知道也没有发言权的事，我们光芒万丈的帝国把野蛮人得罪得死死的，让他们决心消灭所有罗珀人。你有了解时事吧？城墙另一边有很多人想杀掉我们。这让我很不舒服。"

我冲她笑了，"舒服才怪了。"

"不跟你开玩笑，诺克尔。总有一天他们会攻进来。到时候我可不想留在城里。"

"好吧，"我说，"其实你说的每一句话我都赞同。所以你为什么还没走呢？你应该找一艘船离开这里。"

她摇了摇头，这个动作让人觉得很有深意。"上次见面时我给了你一根增白棒，"她说，"但我觉得真遇到状况的话，光靠油彩是蒙混不过去的。用用脑子吧，诺克尔。如果都城陷落，大家都死了，侥幸活下来的罗珀人会非常显眼。而且逃跑说起来简单，到底要逃多远才算真的安全？"

"有道理，但我不太懂你想表达什么。"

"哦，别这么傻。如果野蛮人注定会赢，为什么不站到他们那一边去，帮他们一把？"她停了一小会儿，"跟他们谈一笔交易，提供有用的协助，换自己不被追杀吧。你可以做到，看在众神的分上，你现在是他啊。"

没想到有一天我会听到这种话。"你疯了。"我说。

"我很清醒。这是唯一的办法。"

有一次，我被一条狗逼到了角落，那畜生一看就有问题，嘴边挂着白沫，眼睛死盯着我，如果我当时稍微动一下，我就死定了。于是我一动也不动，像死人一样平静，直到狗主人把它叫走为止。抱歉打扰到你，咳咳，他说完就走了。我靠在墙上，小便顺着腿流了下来，但没有白流。因为那条狗，我对这样的情况有了经验。

"我觉得你还不了解状况，"我对她说，"虽然我像他，但我就是我，三人组知道我的底细。没有他们的允许，我想擦下屁股都不行，根本不可能找他们借来城门钥匙，带他们半夜出去溜达一圈。"

"你就是他，"她说，"人们都这么认为。"

"你想说什么？"

她十指交叉伸直手臂，往下伸展到极限，很可爱的小动作，我第一次见到。"你去市集广场，身上沾点血，然后告诉大家，发生了政变，尼卡弗鲁斯、阿塔瓦杜斯和福提努斯想杀了你。十分钟后，他们的尸体就只剩残渣，连烤一个派都不够了。然后你就成了主事人，想做什么就做什么。"

我说什么来着，她很聪明，比我聪明多了。"我做不到，"我说，"没那胆子。"

"我们一起，"她说，"其实今晚就是个好机会，很容易。"

我缓缓地点头，"确实可以。"

"所以下次再有机会，我们就动手。"

"我想想。"

她已经想揍我了。"众神啊，还有什么好想的？跟我干吧，快说你答应了。"

第一次见到她时，我是牧羊人，她是牧羊女，我们带着一群脚上装轮子、模样吓人的假羊，拖着拴在它们身上的绳子在台上走。这出戏不是喜剧，我们还跳了一段舞——如果你愿意，我可以现在就展示一下舞步——当时我脑子里唯一能想到的就是那句关于狼耳朵的老话：你不能抓住狼耳朵不放，但放开也不行。

"行吧。"她说。现在的场景就像我刚刚醒来，看见霍达——我在戏剧圈最老的朋友——跪在我面前，双手放在腿上，用表情告诉我，诺克尔，你个小丑。"你可以回去想想，我可不想你冲动做决定，你冲动起来太吓人了。"

这句话似乎起到了她想要的效果，因为我立刻就觉得，等等，我们真的做得到。只要两人配合，这件事其实非常简单，比扮演利西马库简单多了。另一个优势是：她会帮我。不管你怎么看霍达，她都是个聪明的女人，非常聪明，在危急关头能像冰块一样冷静。而且如果不是她先想到，过一段日子我自己也会往这个方向想的。

"必须非常小心。"我说。

十六岁那年，我是牧羊人，她是牧羊女，她差一点儿比我大一岁。那是我的第一个角色，而她当时已经有十年演戏经验了。观众倒没有冲我们扔东西，但很可能只是因为要给之后的低俗喜剧留弹药。

那是一场按部就班的娱乐秀，这在当时是个独立的门类，类似神话剧和滑稽秀的结合。一般会从神话或传说中抽一个元素出来，或者直接照搬萨洛尼努斯作品中的某一幕，然后加上一群和故事毫无关系、但扮相讨喜的年轻人在台上又唱又跳，再让喜剧演员上台搞搞笑，配上鲜艳的服装、巧妙的舞台特效，一般以大齐舞收场。这类剧在很多年前就被淘汰了，不算可惜。当时所有演员都要从娱乐秀开始演起，而只要有机会，大家都会以最快速度甩掉娱乐秀，去接更好的戏。

总之，忘了演到第几场的时候（我记得我们撑了十五场），我和霍达发誓永远真心相待，直到星星熄灭，天空落到地上。这是很久以前的事了，星星没有熄灭，天空还在头顶，而誓约仍然有效，至少我这么想。记得我发誓的时候背很疼，脚被塞进小了至少两号的高跟鞋里，更是疼得要命，汗水流到了我的脸上，两人都臭气熏天。人们说你会永远记得初吻，我的初吻是猪油和胭脂的味道。

当然，一切取决于你对"真心"的定义。

12

三位阴谋家不太开心，正在头疼。海军上将西西纳坚决要求要见我们四个，少一个都不行。

"他是个了不起的人，"尼卡弗鲁斯恼火地说，"他重建了帝国海军，使之恢复到围城之前的规模，还解决了伊尔达特海盗，他很少来见我们，值得庆幸。"

"你们不想我和他碰面。"

"是的，"阿塔瓦杜斯说，"他的眼睛像针尖一样毒。"

"他认识'我'吗？"

"我想他见过'你'五六次，在议会，完全没掩饰过对你的讨厌。"

"那我们有共同点了，"我说，"挺好。"

"他需要'你'的支持，"福提努斯说，"他想为舰队补充五千兵力，只有再次实施强制兵役才能办到，帮会自然没好脸色。"

当然没好脸色了。我小时候认识一个绿帮小伙子，他为人安静，非常讨人喜欢，跟一个小提琴匠做学徒，学得很不错。但他有一个秘密爱好：去码头酒馆喝酒。他常常溜进一家酒馆，选一个角落坐下，然后像只老鼠一样安静地沉浸在那不加修饰、生机勃勃的烟火气中（我去过那种地方，确实很热闹）。一天，一群抓壮丁的冲进酒馆，他们遵循古老的传统，用斧头柄把在场所有人敲晕，绑起来扔到马车后面。醒来时，人们就发现自己上了船，成了勇敢光荣的帝国海军。小提琴匠的学徒适应不了海上生活，船刚刚开到五指礁附近，他就得坏血病死了。他们把他的尸体扔下船，外套和袜子寄回家给他的母亲。

关于帮会我不想聊太多，但有一件事是他们的功劳：他们把强制征兵制度废了，这还是在帮会依然属于非法、根本无权干预都城政事的时候做到的。中间费了一些周折，不过都是文明的侦查、监视之类的行动，没有动粗。他们派人盯着海军兵营，每次征兵队伍一出发，不管走到哪儿都有人跟着，还有人沿路飞奔着报信。等到了码头，除了老人和几只猫之外所有人都跑光了。于是队伍继续往码头外面走，去城里的酒馆找人，但通常只能找到醉鬼、小偷之类的废物，这类人给海军带来的麻烦远大于用处。在这之后，征兵队伍出动的次数越来越少，然后有个天才想了个办法，给士兵涨工资，吸引更多人手。这一招管用了。所以，如果西西纳上将想从头再玩一轮这个游戏，确实需要多拉帮手。

"等等，"我问，"真的有必要吗？"

阿塔瓦杜斯盯着我，"你说什么？"

"恢复强制兵役。"我说，"太野蛮了。"

阿塔瓦杜斯翻了个白眼，福提努斯有点尴尬，尼卡弗鲁斯则露出一副"我有耐心，也希望你知趣"的表情，"野蛮是野蛮，"他说，"但必要也是必要的。"

"真的吗？"

"当然。西西纳打算再造六十艘船，这些船要有人来开。但帮会禁止海上雇佣兵去接活，因为舰队不给帮会付保护费。所以没办法，只能强制征兵。"

"听好了，"阿塔瓦杜斯说，"这是政事，你在会上别他妈乱插嘴，懂吗？"

我假装没听见，"肯定有更好的办法。"

"肯定有，"尼卡弗鲁斯说，"问题是，目前为止没人想出来。所以只能这么做，你不准从中搞破坏，明白吗？"

此时我还在认真想着我和霍达商量过的事。现在运气来了，我的观众是西西纳上将。

如果退一步，清醒地想一想，你就会意识到，保护都城的是西西纳上将和他的舰队。不是城墙上的守军，更不是议会、议员和帮会。如上所说，他很少进城，这是好事也是坏事：好在他对都城政事能避则避，坏在他无法被任何派系利用起来对付政敌——其实这应该算好事才对，但你懂我的意思吧？所以，我和霍达的小把戏能不能成功，在很大程度上取决于西西纳的看法。因为在利西马库夺权之后，西西纳是唯一有能力扳倒他的人。而反过来，如果西西纳觉得利西马库这个人还不错，有他的加持，利西马库的地位就坚不可摧了。

还有第三种选择：给西西纳也安上意图谋杀利西马库的罪名，把他杀了，换一个好控制的人上来。但我一点也不喜欢这个主意。首先，他人不在城里，没机会被愤怒的暴民撕成碎片。第二，人人都知道西西纳不会参与这种事，我们的指控只会引人怀疑。第三，不管怎么说，他仍然是几代海军上将中最优秀的一位，如果要保住都城，就不能少了他。不过，最后这点我不会对霍达说，仔细想想，我自己也不在乎。我和她早就达成一致：罗珀帝国的都城已经没救了。但前两点还是很有道理的。

那好吧。

信不信由你,我一直演不了西西纳,很早以前就放弃尝试了。他个子很矮,手小脚小,脑袋大得有些不协调。他还有着小眼睛、单薄的塌肩膀、像狮子一样张牙舞爪的银色头发,小胡子和络腮胡连成细细的一条,就像用炭笔画在脸上的。他的声音我宁愿倾家荡产也想拥有,这样我就能完美模仿萨洛尼努斯、西奥德里克和所有古典人物。听说他年轻时拿过斗剑冠军,不过现在他走路都要用拐杖。还有人说他闲暇时喜欢写一些神学评论,说不定还会写诗。他的妻子出身显贵,所以他自然是有情妇的,每五年换一次,现任情妇我认识,我在两年前和她一起演过回归版的《仁慈》,那时她还在给霍达打工,之后被霍达赶走了。

会面很顺利,西西纳简明地阐述了他的诉求,三个阴谋家纷纷点头。轮到我了。帮会会反对的,我说。不,他说,应该不会。无所谓了,我说,我会支持你。

他奇怪地看了我一眼,然后微微耸了耸肩,对我们拨冗见他表示感谢,然后就走了。"做得好,"阿塔瓦杜斯在他离开后对我说,"看来你有时候还是会听吩咐,我很高兴。"

那位女演员叫奥莘缇亚。我成功给霍达递了个纸条,霍达把纸条带给了她。当然,要避开三位阴谋家,找个地方见上一面还是很难。

"没必要,"尼卡弗鲁斯说,"至少一个星期内你都不用见她。"

"但我想。"

他看着我,"这跟你想不想有什么关系?"

我做出一副不好意思的样子。"听着,"我说,"你们应该知道,我和霍达曾经在一起过。"

"对啊，所以呢？"

"我们又在一起了。"

他叹了一口气，似乎想骂人。"你知道安排起来有多麻烦吗？要保证你不被看到，卫兵的执勤表要整个打乱，不可能由着你到处乱逛。"

"求求了？"

这个"求求了"是跟霍达学的。她说得更好，但我也不错。"绝对不能让阿塔知道，"尼卡福鲁斯说，"他已经觉得我对你太好了。他说，如果你想要一只傻乎乎、满身坏习惯的宠物，买条狗就行了。"

事情就这么安排好了，我待在与霍达幽会的房子里，等奥莘缇亚把西西纳叫来。据奥莘缇亚说，他喜欢黑茶、蜂蜜蛋糕和笔直的、硬邦邦的椅子，因为他脊椎不好。

他进门时目光落在我身上，有那么一秒钟，我完全吓傻了。但这不是要杀人的眼神，他坐下来，两位女士倒好茶就离开了，我在他对面坐下。

"谢谢你能来。"我说。

"为什么这么鬼鬼祟祟？"他说，"我记得我们已经谈好了。"

我点点头，"我在想一个问题。"

"你在想问题？"

告诉你，人人都有捧哏的潜力，他时机抓得很好，"之前我答应你，帮你说服帮会，"我说，"如果这是你想要的，我会去做。但我觉得不会成功，就算我出面也不行。"

他皱眉，"可能吧，这件事在情感方面阻力很大。"

"没错，"我说，"而如果我公开支持一样东西，人民却讨厌它，我的威信就会下降那么一点。这是我不想看到的。"

他微微点了点头，表示我说得在理。"所以呢？"

"所以，"我说，"要想个更好的办法。"

他立刻露出了充满优越感的笑容。"就我个人来说，"他说，"我讨厌强制征兵，用这种方式招兵既野蛮又低效，还惹人反感。但不幸的是，在有人想出更好的办法之前，我们只能这么干。"

"如果帮会允许你雇用海上雇佣兵，"我说，"就不用强制征兵了。"

"是的，"他说，"但他们不会松口的。所有海上雇佣兵都有各自所属的水手行会，收入十分之一归行会所有。但在我的舰队，加入行会是触犯军法的。没有行会，对帮会基金就没有贡献。"他叹了口气，"我很清楚，很多雇佣兵整天盼着有机会加入舰队，摆脱行会的压榨。但他们不敢，他们必须考虑妻子和其他家人的安危。"他又冲我笑了一下，仿佛我是个低能儿，"我当然也想要志愿兵，而不是一群被逼无奈的服役人员。但你和我都知道，在这座城市，不能跟帮会作对。你说是吗？"

我点点头。"但你可以跟帮会谈话。"我说，"更正一下，我可以和他们谈话，你不行。"

他大笑，"我也不太想跟他们谈。如果你能让他们听进去的话，就帮了我大忙了，相信我。你们还有蜂蜜蛋糕吗？这小蛋糕挺美味的。"

13

"你玩得太大了。"她说。

"并没有,"我说,"听我说。"

西西纳的马车已经嘎吱嘎吱消失在夜色中,房间里只剩下我和霍达。我时间不多,她不太想听,和我们年轻时的光景一模一样。

"做得到的,"我说,"说白了,只需要把灯光效果做好。"

她听懂了我的意思,不情愿地嘟哝两声,表示我说得对。"但没这么简单。"她又说,"必须先把他们叫过来见一面。如果你那三个狱卒发现你悄悄跟帮会老大会面,他们会把你的肺扯出来。"

我都不知道自己是怎么想到这个点子的。"不会被发现的,"我说,"而且我们要见帮会老大还不简单吗?这点你不用担心。"

"你是说,我要见他们很简单,对吧?"

众神保佑戏剧。它带来了众多福祉,其中一样就是:它聚起了大把的漂亮女人。但赢得了这些尤物后,这一行的报酬却并不高。这就意味着,她们得从其他路子找钱。这套规则不算完美，因为能做到唯利是图、随性生活的女演员其实没有外行人以为的那么多，做不到的那些生活就比较艰难了。不过话说回来，在都城，能保障糊口的赚钱方法基本都差不多：脏、难挨，不可能让人愉快。在萨洛尼努斯的"理想国"成为现实之前，我想生活会一直这样。所以重点就是：每个有头有脸的帮会老大都会给自己配一位著名女演员作为装饰。所以，我们随时都可以把他们叫来谈话。搞定了这一步，剩下的正如我所说，不过是舞台灯光效果的呈现。

"要面对他们，你还没准备好。"她说。此时，我们就着一盏黯淡的小灯等着帮会老大上门。

"我绝对准备好了。"我说，"而且这是你的主意。"

"所以你打算不用脑子只管干？"

"不至于。但如果可以送西西纳一份大礼——"

"办不到的，这些人对利西马库太熟了。"当然，蓝帮老大跟他不太熟。但绿帮老大帕尔泽尼奥（同时也是海上雇佣兵行会代表）在竞技场上跟利西马库打过交道——是同一边的，不是对手，否则他早没命了。两人还同住过一个狗窝。所以她说得对，如果停下来好好想想，就会意识到穿帮的风险很大。但霍达的高论在这里很适用：不要停，不去想。况且我们还有主场优势。

如果没有做演员（虽然做得很一般），我肯定会成为出色的灯光师。我一直着迷于光亮、影子，以及明暗之间千变万化的过渡，想知道运用好了能达到怎样的效果。而材料只需要蜡烛、灯罩，和几张彩色羊皮纸就够了。像影子，你可以拉长它、扭曲它，可以用多个光源做重影，可以让两道影子交叉。似乎只有我注意到——毕竟这东西本身就是实体的反面，有人关注才怪——影子会随视角变化而变换形状，很能迷惑人。至于光，能说的就太多了。凡是灯光照到的东西，感觉都很真实，但落在会摆弄的人手里，光照的欺骗性可就太强了，相信我。

蓝帮老大叫阿斯瑟尔，他第一个到。"怎么这么黑？"他停在门口，脚步有些犹豫。

"进来。"我不客气地回答，用的是舞台专用的悄声说话的方式，声音能清晰传到后排。

确实很黑，但我还是看见了他别在腰带上的刀。阿斯瑟尔没在竞技场打过，但他以前是蓝帮行刑人，工作内容和我爸差不多，不过地位更高。又要抓狼耳朵了，我暗暗想道。不过不用怕，在过去的某一天，曾有人发现狼是可以驯化的，可以让它帮你叼东西，帮你放羊。

"伊勒盖伊卡应该告诉你了吧？"我问，伊勒盖伊卡是行里的新星，专演悲剧女主角，跟好几个蓝帮高层交往过，"如果被人发现，我们就死定了。"

沉闷的敲门声再次响起，声音能传到希尔街去。"帮我开下门。"只要有人可使唤，利西马库才不会劳烦自己呢。

阿斯瑟尔盯了我一会儿，起身开了门。不知道蓝帮老大为绿帮老大开门时，双方脸上是什么表情，我错过了这精彩的一幕，算了。

"倒是他妈的关上门啊！小声点儿，过来。窗边有张桌子，看着点儿。"

两个魁梧的壮汉成功避开桌子，穿过厅堂，在黑暗中凭感觉找到了各自的椅子。"搞这么一出是要干吗？"帕尔泽尼奥问道，"怎么不在皇宫见面？"

"搞这么一出，"我继续用清晰的低语声说，"是为了保住你们的屁股蛋，你觉得值了吗？"

我感觉自己演得有点过头。集中精神，我暗暗敦促自己，注意镜子里的动静。"听说是舰队的事儿，"帕尔泽尼奥说，"别的我就不知道了。"

"那就听我说，"我说，"西西纳向议会提出申请，要恢复强制兵役制度。我们答应了。"

这下两人都说不出话了，我在脑子里打了三个拍子，"这不是你们想要的吧？"

"对，下面的人不会答应的。"

听不出这话是他们俩哪一个说的，不重要。"不答应才对，"我说，"这件事我也不喜欢。"

"但你说——"

"西西纳提出申请，我们同意了。因为不能得罪海军上将，这是基本规则。我那些阳春白雪的同事同意得更快，他们对帮会既不了解，也不在乎。"

"你也跟着同意了。"

"明面上是这样的，我得跟那些白痴共事，没办法。"

我感觉自己越来越抓不住角色了，利西马库就像鳗鱼一样慢慢从我手中滑走。但神奇的是，我的声音依然恰到好处。是的，在今晚，利西马库说了一些这辈子从来没说过的话，但说话的人绝对是他，就算赌上性命你也会这么想。

"所以强制兵役要恢复了，会出事的。"

"有我在就没事。"适当停顿，让他们品一品。好在利西马库即使在精力最好的时候说话也很慢，"今天叫你们来，就是为了确保强制兵役实施不了。"

阿斯瑟尔开口道："你说，我们听着。"

"让海上雇佣兵加入舰队，"我说，"只要你们松口，我就能让西西纳忘记强制兵役这回事，因为到时候他就不用费这个事了。"

"你在开玩笑吧？"帕尔泽尼奥说，"你知道我们会损失多少钱吗？"

我说了个数，"对吗？"

停顿。"差不多。"阿斯瑟尔说。

"很高兴达成一致。是的，这是很大一笔损失，下城的寡妇和孤儿会首先遭殃。所以我们损失不起。"

"所以怎么办？"

"不能让征兵队伍把每一个运气不好的蠢蛋都抓走，不能让蓝、绿两帮跟海军在大街上火拼，总有一方得让步。"

说话期间，我一直尽量不动声色地关注着帕尔泽尼奥的反应。他在发怒，这我看得出来，但仅仅是发怒而已。竞技场上的老友把绿帮给买了，这让他火冒三丈。我简直要在心里开心地唱起歌来，但利西马库不会有这种反应，所以只能克制。

"怎么让步？"帕尔泽尼奥说，"强制征兵要么施行，要么不施行。"

"不用施行，"我说，"只要海上雇佣军能加入舰队。因为人人都想保卫故土，人人都知道这些年来，每一次守卫战都有帮会的全力支持。况且，你们那些帮众早就盼着加入舰队，保住自己那一成报酬不用上交。至于帮会资金，我会另外找地方给你们补偿，一个铜特拉齐都不会少。"

有时候，你必须亮出牌面，看对方有没有比你更大的牌。你也猜到了吧，我不喜欢赌博。

"从哪里找补？"帕尔泽尼奥小心地问。

我几乎能听见台下天使一样的欢快歌声。"容我先卖个关子，"我说，"这个方法你们接受了，对吧？"

既然在大原则上都同意了，我挑了一些我发现的——不多，大概五六处吧——帝国核算程序上的漏洞给他们讲，这都是我被关在塔顶小房间那会儿翻档案时发现的。当时我就在感叹居然没人发现这些漏洞，好好利用一番。跟那三个木鱼脑袋相处了一周之后就不奇怪了。上城人和下城人的思考方式不一样。我生下来就是下城绿帮高层的儿子，这个身份存在于我呼吸的每一口空气、喝的每一口水里，披着这个身份，看什么都能看到巧妙的诡计、狡猾的手段和可以用小刀撬开的裂缝。而上城人只关心怎么把事情办好、办得节俭而高效。

"总之,"我总结道,"如果你们的手下和我从小见识到的那些能人是一路的,要弥补这点损失太容易了。对,我知道,海上雇佣军行会什么好处都捞不到,但这对你们来说是机会。现在正好分散一下业务,赶在别人之前发现新的油水。相信你们有这个能力。"

我几乎立刻就能听到他们的脑筋转了起来。"不会有人发现吗?财政部那边?"

"会,但需要时间,"我说,"可能还会做点修补工作,但到时候你们已经捅出更多漏洞了。那是以后的事,先说现在,大家一致同意了对吧。"

这是在陈述,而不是发问。他们点了头。"很好,"我对他们说,"哦,对了,还有一件事,如果我们三个之外的任何人得知这个主意是我想出来的,我会杀了你们俩。这一点和今晚讨论的所有事情一样,我绝对说到做到。"

之前我让霍达出去了,但她当然支着耳朵,一直在隔壁,把杯子扣在墙上偷听。"你真是上天的宠儿。"她对我说。

"是吗?我怎么没感觉到。"

"肯定是。你知道刚才至少有两次穿帮对吧?"

我点点头。"是的,我演砸了,"我说,"但他们没有起疑心,一定是无敌骄阳给了我第二次机会。"

她瞪了我一眼。她其实很虔诚,只不过不想让别人知道。"演得太浮夸了,简直是在找死。"

"知道!"我不是故意吼人的,"我控制不住,大概有一分钟完全没演出来,但我成功把角色找回来了,没出岔子。他们也没发现。"

"确实没发现，"她表情突然严厉起来，但只有一瞬间，"我承认。顺便问一下，你有决定下一步怎么干吗？"

"我说了，只要西西纳能站在我们这边——"

"都城就是我们的了，完全归我们管。"

有一次，我正在台上走，有个傻瓜忘了关上翻板门，我掉了下去，嘴里还念着台词，突然之间就被地窖里的一堆杂物包围了。我现在就是这个感觉。"霍达，你不是说都城没救了吗？"

"别犯傻，这可是帝国都城啊。都城怎么可能陷落？"

"你之前说——"

"别往心里去，你连那个二傻子都骗过去了，他跟利西马库可是老相识。"

"黑灯瞎火，"我说，"而且只说了十分钟的话。"

"那就除掉他，以及所有老相识，一个一个来。"

我似乎往后退了一步，"你在说什么？我有点不敢相信。"

"其实我也是。"她眨了眨眼，仿佛我刚刚在昏暗的房间点亮了一盏灯，"确实，我们不能大开杀戒，做得太绝。但剩下的可以做，你说呢？我们能成为都城的统治者。"

话说回来，她往常批评我时，说话比所有人都狠。如果连她都觉得我能行，说不定真行。

"霍达，"我说，"你真的想这么干吗？"

"难道你不想？"

"我见识过治理一座城市需要费多少事，"我说，"一点也不好玩。有无穷无尽的工作等着你处理，无数人对你不满，不管你做什么，总会得罪一批人，没人认真把你的话听进去……"

　　她对我笑了。"傻瓜,不需要干一辈子。"她说,"搂够了一大笔钱就撤退,坐上我们的总督专用小艇,头也不回地离开。"她笑起来很可爱,和她天使一般的纯真面庞很般配,"你有心动过那么一分钟,对吧?"

　　杀兔子,多么鲜活的画面。不能停下来,不能想。但脑子里一旦有了画面就很难摆脱。"一步一步来,"我说,"先看看海军上将的反应。"

14

绿帮首先发布了声明，蓝帮在同一天晚些时候也跟上了：帮会注意到，海上雇佣兵行会行规有失公允，渴望在战场上出力的雇佣兵们想加入帝国海军，却阻碍重重。现废除相应规矩，立即生效。

西西纳上将再次求见我和三位阴谋家。帮会明显是听到了风声，他说（没冲我挤眉弄眼，我觉得他的脸根本做不出这样的动作），既然他们服软，我就不需要强制征兵了。说话期间他完全没看我。之后我收到他通过奥莘缇亚递给霍达、再递给我的纸条。（因为我的乖巧，阴谋家们允许我和霍达私下通信了。）上面写着：谢谢，你干得很漂亮。

我的第一反应是，笔迹是伪造的，要么是霍达自己模仿着写的，要么是她托人模仿的。于是我一头扎进档案堆，翻出西西纳本人的字，一模一样。

得停下来认真想想了。

趁我想事情这会儿，暂停一下。我曾经对人民大众有过一些思考，虽然跟现在的情况没什么关系。

戏剧界有个说法，可以追溯到非常久远的年代，但永远适用：**除了观众，人人都爱**。说得太对了。搞到一本炙手可热的剧本，而且天降好运，刚好所有角色都能请到理想的演员；彩排一开始，你就能看出自己手上这部剧不同凡响——惊喜连连、扣人心弦，作品本身就散发着旺盛的生命力。于是你发出邀请，把最有智慧、有品位的人召集起来。这群人一生都在热爱戏剧、研究戏剧，对什么剧成功、什么剧成不了把握得一清二楚，而他们都对你说，放宽心，这部剧肯定能成。初演这晚，空气中充满了欢呼声和飞舞的鲜花。六天之后，这部剧就解散了，因为观众只剩下五个人，其中四个是你家亲戚。

成年之后，我的工作就是取悦、逢迎观众，有个问题还是值得问问的：为什么这么做？为了钱，好吧。但挣钱的方式多了去，大多数都没这么折磨人。认真想想，如果我真的只是想要钱，我大可以待在绿帮，时不时找个小店店主揍一顿就有钱了。

所以钱的重要性仅仅在于，兜里有钱就能留在这一行。而只要留在这一行，你就有赌一把的机会，赌自己能一鸣惊人。但出名之后呢？当然能挣到更多钱。然后做什么？退休？买几个农庄、纺织厂，再买上一艘商船一半的股份，安心享受退休生活？才怪呢。你会继续演戏，因为现在，人们掏钱就是为了来看你，而不是为了某部破剧。取得巨大成功后，你会要求（并得到）更高的报酬，但不是因为你缺钱，而是因为钱是戏剧界唯一靠得住的计分板。如果你每晚挣到的钱是 X，而你最好的朋友兼最强劲的对手能挣 $X+1$，你就会觉得天塌了。于是你加倍努力，再加倍。

但怎么个努力法呢？通过努力，你可以让你本来已经完美的技艺更加完美那么一点点。但你技艺的核心是取悦观众——观众，记得吗？

所有伟大的演员都说，演戏是为了喜欢我的观众。那咱们来聊聊观众吧。

"演戏是为了喜欢我的观众",真的吗? "观众"是个集合名词,把它拆一拆吧。首先是前排观众,这些人有钱,跟你不是一个阶层的,不过如果你是个漂亮的女演员,他们可能会盘算着怎么跟你上床。然后是后方看台,这里坐的是小店店主、小贩、文员、帮会和行会的小头目,外加他们的妻子和吵闹的孩子。你进入戏剧界正是为了避开他们,因为你就生在这样的人家。你真的能摸着胸口向我保证,你的一切努力——辛苦、劳累、无聊是常态,还要忍受挫折、失败、羞辱、靴子上的洞……忍饥挨饿整整一周才能等来报酬,还要用兜里最后五十铜特拉奇买一条假的丝绸领巾而非面包,因为你想打扮得体面些——只是为了给这群人沉闷但衣食无忧的生活带来一些快乐?

不是吧。做这一切是为了赢得他们的追捧。你想左右他们,掌控他们,占有他们的思想和情感。对,他们,就是上文中的那群人。

我以前认识一个人,他爸爸很有钱,富得流油,所以他也活得不可一世。他最喜欢的游戏就是走进一家码头酒馆,摆个气势十足的谱,高呼一声:"啊! 我的人民。"很多人瞪他,但没人打他,连我也不敢。后来他结婚了(活该),只能戒了这个嗜好,再也没机会说"啊,人民。啊,兄弟们。啊,同胞们"。

人民、兄弟、同胞,这些也是集合名词。他们当中有些人稍微了解一下会发现还不错。但也有很多烂人。有趣的是,把那些还不错的人和烂人混在一起之后,最终得到的群体一般都是糟糕的。比简单的好坏抵消来得更贪婪、更懦弱、更愚蠢。原因说不清楚,可能跟炼金术之类的魔法有关吧。可能有专门详细解释这个问题的书。

自成年开始,我就为了观众狠命压榨自己。我到底想干什么,想从他们那儿得到什么呢? 大概想让他们觉得我有趣吧。这要求不高,说白了就是希望你好好看表演,好好享受。所以找时间进剧院试试吧,说不定你会喜欢。

要不试着想想另一个极端吧,这是我爸常用的方法。外面的大街小巷有十几万人,大部分兜里都有钱,只有几个铜特拉奇也算。只要用点手段,他们就会完全听你指挥。你可以巧取豪夺,可以把他们卖给城墙外面的野蛮人,得一笔等价的报偿。有什么所谓呢?你又不欠他们的,他们也没为你做过什么。

我答应她我会想想,所以我就想了……算想过了吧。人民,我的同胞,都城……让他们发笑,让他们掏钱,让他们流血……有什么区别呢?尼卡弗鲁斯、阿塔瓦杜斯和福提努斯本可以在包里揣满值钱的细软,逃到世界尽头;但他们没有,他们留在舞台上继续尽心尽力地演,因为他们是贵族出生,为国效力是他们生来就继承的传统。正如戏剧界的计分方式是钱一样,他们是靠官位计分的。可以斗胆猜测一下,他们也不喜欢那些肮脏邋遢、不知好歹的人民,但心里时刻装着他们。如果停下来,想一想,你准会辞职不干。所以不能停,不能想。

我觉得,每次站在台上看到眼前无数张脸时,我面对的其实只是一面镜子,可能是都城唯一一面能让我瞥见真实自我的镜子。不过我还觉得,有时候我脑子确实不太好使。

15

"别不承认，"尼卡弗鲁斯说，"你在搞小动作。我们告诉你别插手，但你插手了。"

"你们不了解帮会，"我回答，"但我了解，他们知道西西纳想干什么，权衡之后做出了对自己有利的决定。他们不是野蛮人，也不傻，虽然你听说的可能是另外一回事。"

阿塔瓦杜斯冲我笑了。"这点你确实比我们清楚。但我一直以为他们固执得很，最害怕的就是退一步颜面扫地。"

"所以他们才决定不去惹舰队啊。"我说，"《战争的艺术》里就是这么说的吧？不战而胜是赢得战争最好的方法。"

阿塔瓦杜斯笑得更明显了。这人挺有趣的，有他自己的风格。用笑容来鄙视你，用笑容来表示喜欢你，总之永远在笑。

"人们总是指责官府向帮会低头，"福提努斯说，"不满的声音很多。"

"是吗？"尼卡弗鲁斯转过头看着他，"谁啊？"

"至少议会是这样。"

"没必要为他们失眠。"

"议会应该废除了才好,"阿塔瓦杜斯打了个哈欠,"不需要那群人,他们派不上用场。"

"至少官面上,"福提努斯说,"所有新立法都必须由他们表决通过。"

"只要获得帝国紧急特权,就能跳过他们立法。"阿塔瓦杜斯回答,"所以,让他们见鬼去吧。"

"有议会人们会比较放心。"尼卡弗鲁斯淡淡地插嘴。

"你们俩都在说'人们',但你们好像不懂这个词的意思,'人们'是谁?"

是人民,我暗想。"都城的市民,"尼卡弗鲁斯说,语气还是不愠不火,似乎故意摆出一头犯困的狮子的样子,不过效果没他想象的好,"身份还算体面,脑子还算清醒的——"

"狗屁。"阿塔瓦杜斯说,"这样的生物只存在于传说中,和精灵、狮鹫没区别。时代已经变了,你知道的。以前帝国由老派贵族掌控,围城战之后,临时政府上台,变成了谁手上有兵谁说了算——也就是我们。"

"我不是军人。"福提努斯说道。

"以及西西纳上将。"尼卡弗鲁斯说,"舰队不管是人力还是财力都远在陆军部队之上,而西西纳和我们一样,曾发誓保卫议会制度。虽然说不上有几分真心。"

"他都不进城,"阿塔瓦杜斯说,"再说,他为人很现实,要处理的事情那么多,根本顾不上政治斗争。不管我们做出什么决定,他都不会在乎,只要舰队能得到新的战船就行。"

这个话题让福提努斯不自在。"阿塔,你说话之前能先思考一下吗?"

"思考过了。"

"那就更糟糕了。跳过议会颁布法案和推翻议会制度完全是两回事。"

阿塔瓦杜斯又打了一个哈欠,这次有表演的成分。"可能你是对的,"他说,"让他们自生自灭去吧,没人会在意。"他微笑道,"怎么聊到这个了?我们不是在训斥诺克尔,警告他别惹是生非吗?"

我举起手,"我什么都没干啊。"

"我们相信你。"尼卡弗鲁斯说——虽然嘴里说着"相信你",听起来却更像"原谅你","下次别这么干了。"

我以为在这之后他们会把我管得更严一些,但他们显然认为我已经得到了教训,学乖了。老实说,我感觉我在他们眼里依然是个二傻子。城墙外,战场上传来了坏消息,他们没告诉我,但他们喜欢乱扔各种文书,而我擅长阅读,无论纸是正着还是倒着的。

消息是泰尔奔西亚人带来的。这是一群投机商人,和我们做过生意。他们喜欢我们,也喜欢城墙外为了共同目标而异常团结的蛮族大杂烩。泰尔奔西亚人就是这样,对各方都抱有好感。就因为这副让人无法抗拒的祥和友爱的样子,我们才愿意卖东西给他们,卖的全是别的地方没有、只有我们能制造的独一无二、无可替代的精品。他们买到手后,便转手卖给我们的敌人,也就是那些集结在奥古斯国王旗下、加入罗珀帝国灭国远征军的许多国家。对此我们没有追究,因为他们做得低调,又不介意辛苦——准确地说,不介意多走九百七十里去送货。要把东西卖出去,必须穿越大洋,抵达约特莱半岛南端。在那里,货物会被转手给兰昆-里乔恩人,兰昆-里乔恩人翻过大山来到沃米,让沙漠游牧部族的商队接过货物,装进小车穿过沙地,去到伊斯比恩-索顿,再在伊斯比恩-索顿将货物分拆零售给加入反罗珀大联盟的各个国家。

奥古斯国王对此很不满,但他能怎么办呢?兰昆-里乔恩人远在天边——我在一本书上读到，他们那里连太阳都是从西边升起来的。要教训沙漠民族更加不现实，相当于拿着一把双刃大砍刀砍苍蝇。而且他没有海军，如果要派一支军队去讨伐伊斯比恩－索顿人，只能走陆路绕一大圈，几万大军战斗力最强的几年就这么交代进去了。而伊斯比恩－索顿人也并不好打。奥古斯国王凶狠地警告了很多次。但那些盟友只是拍胸口保证会惩治各家管辖区域内的非法贸易，却什么也不做。主要原因是，加入奥古斯这场荒唐的战争是要花钱的，而贸易所得的利润正好能帮助他们支付高昂的战争经费。

　　总之，泰尔奔西亚人的故事就是这样，我没见过泰尔奔西亚人，估计以后也没机会见。但据他们说，奥古斯跟赫斯人谈了一笔交易。赫斯人你还记得吧？他们住在遥远的北方，一年有九个月都要忍受刺骨的寒冷，人数很多，大多住在山脉之间平坦的谷地，当然全是奶白脸。他们以前和我们没矛盾，因为根本接触不到。但他们那些没见过世面的国王和酋长十分贪图各种亮闪闪的小玩意儿，而要佩戴它们，首先要凭军事实力赢得相应的荣耀和头衔。于是奥古斯跟赫斯人协议，借了七万赫斯人雇佣兵，个个都有七尺高，像熊一样强壮。这还没完。大约三百年前，赫斯人征服并奴役了伊尔瑟人，这是一个身材矮小、肤色偏深的奶白脸民族，本来是赫斯人南边的邻居。他们和罗珀人倒是有一些来往，因为他们能出口铁矿。这个小国境内全是荒凉的山脉，但山脚下的铁矿足够让中海沿岸所有国家、所有人都穿上铠甲。于是他们早早地放弃了农耕，转而发展矿业，挖矿技术随着时间的推移而逐步提升，特别是就地切割天然岩石——这项技术我们一直没能掌握。奥古斯跟赫斯人谈了些额外条件，又买了两万伊尔瑟矿工，你猜他想让这些矿工干什么？

　　仿佛这还不够我们喝一壶似的，他还跟埃利亚人说上了话，埃利亚是我们的贸易伙伴，离我们最近、块头最大。这个国家位于一座大岛上，所以只要掌握制海权的是盟友，他们就能高枕无忧。只不过他们和伊尔瑟人一样，自己不种地，要从友睦海那一边的奶白脸那里买粮食。而那些奶白脸部族恐惧奥古斯的大军，为了不被灭族，纷纷加入了他。

兰昆－里乔恩人离得太远，但友睦海沿岸给埃利亚人提供粮食的野蛮人就住在奥古斯的后院，对轻骑兵来说不过是几天路程，要欺负一下还是很容易的。于是他给埃利亚人下了通牒：停止与罗珀人的贸易，否则运粮船就别想了。

埃利亚人是奶白脸，但和奥古斯身边那一群不是同一人种。我们曾经也想欺压他们，但每次派过去的军队或舰队都被揍得很惨。不过，他们是真的对我们没意见，只不过这群人太自负了，对任何想要拿捏他们的人都会摆出高高在上的姿态。我们试过，败了。现在奥古斯想走我们的老路，带着他那群还在拿羽毛当衣服的野蛮人。好啊，埃利亚人说，我们从哈帕格尼人那儿买粮食就是了，对我们没影响；你倒是要跟你的盟友解释一下为什么他们的余粮突然卖不出去，赚不到钱了。

话说得犀利，但哈帕格尼要比友睦海海岸远那么一点儿，而且必须走水路，横穿大洋，脑子正常的人没有愿意这么干的。我猜埃利亚人也没这个打算，只是虚张声势而已。到目前为止，他们一直是我们可靠的伙伴，不过还是会发牢骚。毕竟因为我们的关系，他们也遭遇了一些麻烦和经济损失。于是他们提了一系列要求，大约是要我们给商品降价，调低或直接取消关税，再从他们的竞争对手手上征更多税。在那种情况下，我们要是不同意就太不近人情了。但我们这几年的收入状况也不理想，这些政策给财政带来了更大压力。

当然，这一切并不是三位阴谋家造成的。但消息传出去后，城里许多人都高兴不起来了。赫斯人的雇佣兵倒是吓不倒城里人，毕竟城墙外的敌军营火比星星还多，再多那么一点儿也就那样。但伊尔瑟矿工就不一样了。奥古斯能忍到现在一直没在城墙下挖地道，我猜是因为围城刚开始那会儿，他把军中所有技术不错的矿工都派去破坏城墙，结果那次行动失败得一塌糊涂，矿工全军覆没，从此一直没找到替补。

从政治角度来看，埃利亚人的问题更严重。在都城，与埃利亚人有生意往来的是老派贵族中最核心的几个家族，他们在议会很有话语权。早在都城被围之前，他们就跟埃利亚人做了很久生意，战争开始后也在继续做——这对大家都好。但如果形势所逼，被迫断绝往来，寻找别的生意伙伴，这些家族就会失去巨额收入，这是他们绝对不愿意的。就算现在还没有断绝，埃利亚人所要求的低价也让他们的利润下降得厉害。而他们能交很多税，都城城防和舰队维护都离不开他们的税收，所以也不可能忽略他们的抱怨，像驱赶害虫一样把他们赶走。于是我意识到，福提努斯担心议会的反应、阿塔瓦杜斯突然对议会制改革产生兴趣，就是这个原因。

对于一个喜欢把大量时间花在思考上的人来说，这些事情让我有东西可想。但可惜我还是有太多不懂的了。拿工兵来说吧，我知道我们成功灭过他们一次，所以大概还能再灭一次？除非上一次成功的某些必要条件无法复制。我在脑海中照了照镜子，发现工兵也没那么重要，埃利亚人就不同了。都城能撑到现在，就是因为城里人的生活水平不但没有下降；相反，较围城之前还变好了。所以人民／公众能心甘情愿无视蹲伏在城墙外的猛兽，不至于每晚做噩梦。此外，如果贸易停止，资金枯竭，临时官府就失去了安抚帮会的手段。帮会和官府、蓝帮和绿帮之间暂时的和睦关系会立即瓦解，也就不需要伊尔瑟工兵和赫斯雇佣兵了。等他们把地道挖通，钻进城里，会发现我们在大街上自相残杀。

所以，如果你想跑到外邦碰碰运气，现在时机就不错。早在成为利西马库之前我就有这个想法，想过好几次。你应该料到了吧？不只是我，城里每一个人都一定会在某个时刻想到逃跑。但最终大多数人还是决定留下，因为上面说过，生活确实变好了。火山脚下的土地美丽而肥沃，能长出丰盛的葡萄和草莓。而且，我们很清楚（官府大力宣传过，确保每个人都知道）奥古斯和他的奶白脸大军发誓要消灭罗珀人，所以城破之后一定是屠杀，奥古斯还悬赏追杀所有身在外邦的罗珀人。不是每个人都能像我一样，把增白棒用得出神入化。在大洋另一边，在冷酷无情的外乡，我们要跋涉到哪里才算安全，到了之后又要面临多少考验？此外，如果敌人占领了都城，他们多少会得到一些战船，即使没得到，只要西西纳的海军不再掌控海权，奥古斯很快就能建造或购买自己的舰队。制海权转移，埃利亚人肯定不会再给我们提供帮助（谢谢啊）。不只是他们，在萨尚帝国的这一侧，所有久经考验、值得信赖的盟友都会抛弃我们。再看看我的个人情况吧，据我所知，戏剧只存在于有罗珀人的地方。所以外面天大地大，我却没有谋生技能。算了，相比饿死，我更愿意死在刀下。

"今天是什么日子？"阿塔瓦杜斯问我。

如果我脖子上有羽毛，此时肯定全部立起来了，就像逃出水塘的鸭子。"请告诉我。"我说。

"今天是扬升日。"

"啊。"

原来他在笑是因为这个。扬升日是赦免节庆典的开始。对于百分之九十九的罗珀人同胞来说，这个日子只有一个意义：竞技场新一个赛季的比赛开场了。

容我再偏一下题，聊聊我的一些见解、偏见和道德准则。有几件事——

很少——是我接受不了的。其中的一些，像战争和霍乱，是大多数人都讨厌的，所以不是大问题。但其中还有一两件是别人无所谓，我却不赞成的。

我还是直接说吧：我不赞成角斗。在我看来，这项运动野蛮而可怕，对观众只会产生坏的影响，让他们变得残暴，根本找不出可说的优点。得表扬一下我自己，我知道这只是我的个人意见，只跟我一个人有关，旁人不用理会。很多人会用差不多的话来批评戏剧，可能他们也没说错。另外，毕竟竞技场和我的生活根本不沾边，所以我的意见没有价值，也不应该有价值。这个见解在别人眼中可能是偏见，甚至偏执。有意见很正常，但到处散播自己的意见就是没教养了。

我不爱看角斗比赛，但我爸爱看，而我爸的身份总能为我们搞到最好的座位——基本上是北部看台的第二排。在这个位置，场上一切都能看得一清二楚。我小时候一般会坐在他旁边，听他用嘹亮的大嗓门播放实时评论。我敢打赌，场上的角斗士肯定能听到，不过我爸不在乎。有时，会有人在赛后跑过来感谢他，我猜这是他应得的吧，因为他真的很懂比赛，评论得很不错。如果被他发现我在看比赛时闭上眼睛，他就会给我一耳光，让我脑袋嗡嗡作响。可能这就是我不喜欢看角斗比赛的原因？我也说不清。不过，我确实从来不觉得两个陌生人打生打死有什么好看的。别忘了，《斯卡费奥与番提思》第三幕的最后一个场景才叫尸横遍野，连庆典周的竞技场都无法生产这么多死人。而我却觉得那是艺术。所以如我所说，我的见解一文不值。

利西马库自然是赛事主席，他要主持开幕式，接下来一连五天都要出现在帝国包厢，以前职业选手的身份时时关注赛况，并在最后担任颁奖嘉宾。

"我做不到。"我说。

"狗屁。"阿塔瓦杜斯说，"你当然做得到，不过是坐着看比赛而已，其他什么都不用做，我都羡慕呢，可惜我没时间。"

"下面的人看不到你的，"尼卡弗鲁斯说，"都盯着场上，和你一样。一旦角斗开始，所有目光都会跟着角斗士走。"

"要看那么多场杀人比赛，我会吐的。"

三位阴谋家都是见过世面的，很难有什么事能让他们意外。但我做到了。在震惊中沉默了一会儿后，尼卡弗鲁斯开口道："不准吐出来。"

"你是绿帮的角斗士冠军，"福提努斯说，"四十六场比赛，赢了四十二场，平了四场，没有败绩。"

妈呀，遇到铁粉了。"真的抱歉，"我说，"但这是生理反应，我控制不住的。"

尼卡弗鲁斯闭着眼睛，有一会儿没说话，似乎在问自己造了什么孽才会遇到我，"我们在包厢正前方安排三排卫兵。"他说，"如果你要吐，就低头悄悄吐。"

"这不行。"阿塔瓦杜斯坚决地说，"看在别人眼里，会觉得他是害怕被刺杀，卫兵关系到政治，派卫兵的政治影响很不好。"

"他说得对，"福提努斯说，"观感会很差。"

"总比铁一样的壮汉一见到血就吐得翻江倒海来得好。"尼卡弗鲁斯恼火地说，"包管让所有人起疑心。"

"东部看台后排那个位置可以清楚看到帝国包厢内部的一切。"福提努斯指出，"小时候我和我父亲经常坐那里。"

"行吧，"尼卡弗鲁斯举起两只手，"不派卫兵，希望他自己忍着点，到时候别像个大姑娘一样。"

"这个，"我拿出全身上下所有的勇气说道，"是不可能的，我到时候肯定会不舒服。"

"除非利西马库快死了，否则他是不会错过扬升日的开幕式的。"

"那我就去。"我说。

我们达成了妥协，我也不知道哪儿来的力量，让我决心生生忍下那可怕的一天，而他们则允许我看到一半突然重病。

对了，还有一件事。关于利西马库性倾向的传闻完全没有平息的迹象，所以他们准备给我配一位名气够大的女伶做伴，正好阴谋家小队里已经有现成人选了。

"我从来没去过竞技场。"去竞技场的路上，霍达对我说，我们坐了一辆封闭式马车，"我很期待。"

"能期待是好事，我一想到就反感。"

她是真的喜欢。看到一个可怜的傻瓜被人砍断手时，她悄悄对我说，剧院里最棒的打戏也不过如此，而且血还是假的。之后，我们看到卫冕冠军将一个对手刺了个对穿，踮起脚转身，迎着从后面爬过来的另一个人，砍掉他的脑袋，接着再次转身，将第三个人开膛破肚。她激动得站起来一边尖叫，一边挥舞着纱巾，和我爸爸从前的动作一模一样。我也噌地站起来，跟着大叫——是时候展现演技了。

"脚下功夫太厉害了，"我们重新坐下后，她说，"我们演戏时最搞不懂的就是脚步动作，从来只能站着打，怪不得看着那么假。应该雇一个他们这样的人指导一下。"

"小声点儿。"我说。

"啊，抱歉，不过太过瘾了。我这些年竟然错过了这么精彩的节目。"

脚步动作我是会的，在我爸凶猛而精准的拳头下学的。他说，步法就是一切。步子灵活就不会挨打。这句话太对了，我学了个十足十。所以我步子灵活地逃避了很多年。而现在，我似乎回到了起点，再次看着一个人杀死另一个人，再次假装自己看得很开心。人们都说，童年是一生最美好的时光，这只是别人的见解,不是我的。

我们前方的座位上,三个阴谋家看得全神贯注。我觉得看角斗是福提努斯最大的爱好,不奇怪,像他这种七岁之后就没打过架的人都这样。尼卡弗鲁斯是在观察动作,想从中学一些技巧。他是个严于律己的人,会强烈意识到自己的不足,不过身份所限,公开场合一般无法表现出来。阿塔瓦杜斯欣赏的则是鲜血和杀戮。行吧,正如萨洛尼努斯所说,厌倦杀戮的人也厌倦了生活,至少这话够直接。至于霍达,我觉得她占齐了上面三种,不过我不想猜测确切比例。顺便说一句,只要穿上马裤,她就是一个击剑高手,有一次把一个人的眼睛挖出来了。她发誓那只是个意外,但我觉得她是打兴奋了。

我看得没劲,觉得是时候进入突发重病的环节了。我经历过的唯一的重病就是高山热——不开玩笑,相信我——所以我就这么演了。

在我的解读中,利西马库早就出现了高山热的早期症状,只不过作为绝顶硬汉,他对此一点也不上心,经常无视。这样一来,我这个角色就很好演了。我闭上眼睛,回忆高山热的痛苦。这很容易,我立刻就想起了发病时会发抖,从膝盖开始蔓延到上半身,然后是肌肉抽搐。我意识到自己已经出汗了,太好了,不用偷偷拿口水涂脸。接着我摇摇晃晃试图站起来,失败了,慢慢往前倒下,像一棵倒下的树。

要倒得真实自然,就一定得选一块松软的地方。我选了阿塔瓦杜斯。他的全部注意力都在斗剑上,根本没回过神。我朝他身上倒了下去、把他推出座位、差点让他一头撞上赛场栏杆。他大吼一声,场上的角斗士多半听到了。我猜一开始只有几个人循着声音张望,接着更多的脸转了过来。因为在大概一秒钟之后,整个竞技场安静下来,只能听到几把剑的碰撞声。在没有观众的情况下,场上几个傻瓜依然在奋力打斗。

有人抓住我,让我双脚离地,然后,竞技场大乱。

我得承认，我没有完全遵守约定。本来和三位阴谋家说好的是，我明天生病，而不是今天。之后我向他们解释，如果完全按照约定来演戏，他们知道会有什么结果，到时候就更没法糊弄了。还是现在这样最好，我突然真的发病，整件事才没穿帮。他们狠狠训了我一顿，但最终只能接受，结果还是不错的。也就意味着，我说得没错。

此时，我们都没法思考。因为一群刁民在窗外唱着无敌骄阳的颂歌，祈祷我康复。阿塔瓦杜斯说估计有四万人，不过我觉得他夸张了。还是尼卡弗鲁斯要实际点，他认为人群把日出广场填满了。在我本就不寻常的一生中，这是我经历过的最奇怪的事情。

阿塔瓦杜斯坚持说我差点把他锁骨打断，我叫他别那么娇气。

16

我说我得看医生,不看医生会很奇怪,肯定会有人注意到的。特别是医生中最出色的那几个,他们会问为什么帝国的顶梁柱病得这么厉害却没有找他。尼卡弗鲁斯说我尽说蠢话,而且越来越没大没小了。

"看到了吧?"霍达坐在我床前,因为害怕仆人突然进屋,我也不敢坐起来,"他们爱死你了。很可悲,但确实爱。"

人群在窗外待了一晚上,又是吟唱又是祈祷,被吵得整晚睡不着觉能帮助我康复吗?不知道,但人民就是这样。

"我怎么感觉你想借机怂恿我干点儿什么傻事?"

"记得墨斯特拉利娅临死前,"她说,"一万人站在她窗外,举着点燃的蜡烛为她守夜。于是她冲到阳台上,最后一次向人民敬礼。"

"你在守夜人群中吗?"

"当然没有,我一直不喜欢她。但那个场景很美。"

"你知道,"我说,"我们离绞刑架只有这么一点点距离。而且,好像只有我在认真仔细地做分析。"

她看着我，"你干得挺好啊，"她说，"放轻松，你现在完全进入角色了，跟着直觉走，不会出岔子的。"

她那么聪明，但也有得意忘形的时候，"我在想，"我说，"把都城卖给奥古斯，怎么个卖法？不可能写封信给他，找个小崽子给他五个特拉齐，让他把信送出去。"

她皱眉。"安排一场会面，"她说，"就你和他。"

"你说这话没用啊。"

"别吵，让我想想。必须是他先发出邀请。"

我想再打个岔，但是忍住了。"继续。"

"必须是他表示想谈和平条约，并且只和你谈，不见其他任何人。"

"确实，这样那三个傻瓜就没法跟上来了。"

"总能找人搭上线，"她的目光越过我，脸还是那么美，"如果传闻有一半是真的，那都城里就到处都藏着间谍。"

不需要一半，有十分之一就让我不安了。所以确实，我也相信城里有很多间谍。毕竟外邦人天天坐着商船来来往往，看多了容易紧张。

"交给我吧。"她说，"我来安排。"

"别，求求了，别动手，"我差点跳下床来，但及时想起自己在扮演病人，"你会出错露馅，整个计划都会败露的。"

"对我有点信心行吗？基本常识我还是有的，"她冷静地说，"我会先悄悄打听。没人会知道问问题的人是我。你把我想得也太没脑子了。"

就这样无惊无险等到赛季结束，我奇迹般地好了。感恩如期而至，城里高阶祭司全部来到室外，用那套祭司的礼仪举行圣礼祝告，为竞技场专门编写《神圣变容》。我又坐在了竞技场的帝国包厢，这次我不介意，因为没比赛，没人被杀。但我确实也不喜欢他们新立在竞技场正中央的雕像——照着我的样子做的，真人三倍的比例。之前这个位置本来有一座青铜三脚架，后来被闪电劈了。这东西是人民付的钱，具体说来就是，都城的平民或是自愿，或是被帮会威逼，把自己可怜的几个铜特拉齐扔进街边的帽子里。不知道蓝、绿两帮哪一边做得更过分，我没问，也没人告诉我。我的雕像——抱歉，利西马库的雕像——样子很可怕，雕的是他巅峰时期，用一把巨矛干掉对手的样子。

"定下来了，"她说，"我安排好了。"

有些品质放在一个地方是优点，换个地方就说不定了。在剧院，你嗓门儿大，讲悄悄话也能让后排观众听见，这是很厉害的天赋。"众神啊，霍达，"我压着嗓子说，"小声点。"

"你不用知道细节。"她继续愉快地说，"但你会收到你们俩单独见面的邀请，约好时间地点。这个计划总算有进展了。"

"你做了什么？"

"我们说好的事啊，难道你忘了？"

我不想再跟她说话，因为她兴致太高了。"当然，我们得想想具体怎么实施，"她继续道，"但时间还多，可以慢慢想。你得多多观察打探。我在想，要打开城门肯定不容易，但可以带一队士兵出城夜袭，带着他们冲进事前布置好的陷阱，你觉得怎么样？"

每当你自认为很懂这个世界，就会发生一些事情让你认识到，你错了。明明前一阵才有四万人在我窗外为我祈祷。但突然之间，有人想杀我。

跟霍达说完话之后，我心情烦躁地往回走。我们会面的来回路线是固定的：一辆封闭马车，一名马车夫——永远是那一个，不会换人，两名侍卫——也不会换人——一个在马车里陪我，一个在马车后方的座位上。因为是封闭式马车,所以我也不知道自己去了哪儿,估计是铜门附近吧,因为会走一大段下坡路,接着又是上坡路。我记得我当时第一个想法是:"咦,怎么停车了?"坐在我对面、总是跟我大眼瞪小眼、仿佛木头人一样的侍卫突然往前微微倾了倾身体,接着车顶传来一记闷响,有东西敲烂了车门。

侍卫没有动。"出了什么事?"我朝他大喊,接着我发现敲烂车门的是一根长长的栅栏木,不仅刺穿了门,也刺穿了侍卫。

此时我依然以为是遇到了罕见的车祸。我站起来,拍了拍车顶想叫马车夫。但紧接着车门就被撬开了,门框断成了木头茬。有人钻进车里,我依然以为是侍卫或者马车夫。"他受伤了。"我说,因为光线太暗,我看不清来人的脸。"我没事,但他——"

他手上拿着刀,我这才反应过来。

我脑子里出现一个声音,很轻,但非常清晰:要把别人的刀抢过来,你应该这样——是我爸在我十一二岁的时候说的。我和他练了一次又一次,总有一天,你会庆幸我教了你这个,他说。

我抢过刀,他想抢回来,我对准他眼睛刺了进去,直到伤口没过刀柄。

这是我第一次干这种事儿,细节就不说了。

后来福提努斯告诉我,杀手不是罗珀人,是四名雅兹格人,身上没有文件。都城的雅兹格居民都会向官府登记自己来到都城所坐的船。他们人不错,和我们有很多生意往来,对我们很友好,在这场战争中站在我们这边。据福提努斯说,很可能是有人雇他们干的这一票,这是大生意。

"但就是不知道,"尼卡弗鲁斯说,"他们的老板是敌人还是城里人。说不定两者都不是,现在只能瞎猜。"

我杀了一个,车顶的侍卫又杀了两个,剩下一个逃离现场,被人追到老阶梯那里时倒下死了,死因是心脏病,你敢相信吗?他们用一辆驴车堵了道，又用栅栏木冲破马车，以为这样能把里面所有人撞死。"一点都不专业。"阿塔瓦杜斯说。他说得对，换成我爸绝对不会这么干。"这么看，"他继续道，"雇他们的人没去帝国原来那些行省寻找行业翘楚，应该就在码头找了几个想挣快钱的外邦人。不过这个雇主到底是谁，还是说不好。"

我指出，幕后主使肯定知道我在那个时刻会坐那辆马车，经过那条路。阿塔瓦杜斯说这也不算什么线索，都城到处都是敌方间谍，他们对都城一草一木的把控大概率比我们更精确。"但如果我是你，"他又说，"我会好好琢磨一下你那个女朋友。她知道我们所有的安排。"

"她绝对不会——"我说了一半，突然想起我对她毫不怀疑的理由，继而想起这理由不能告诉他们。

"这事儿得压下去，"尼卡弗鲁斯说，"免得又发生暴动，也免得城里的雅兹格人被人们碎尸。如果有人想杀你的消息传出去，局面会非常难看。"

压下去？愿众神保佑他的天真。暴乱照常发生了，死了二十名罗珀人，一条街的小店遭遇了纵火和洗劫。大约四十名跟事情毫无关系的雅兹格水手和商人一夜之间被杀，我们没办法，只好把剩下的雅兹格人关进兵营，保护他们安全。人们这么关心我，我挺感动，如果能只送花、不杀人就更好了。

第二幕

1

我一觉醒来，发现六个人站在我床前：五名士兵和一个胖子。

"站起来。"胖子说。

士兵拔出了剑。我爬下床寻找鞋子，发现鞋子都被踢到床底下了，大概是士兵干的吧。算了，不穿鞋也没什么。

胖子领着我走过又长又窄的旋转楼梯，来到那个小房间。这是我平时待得最久的地方，有时读东西，有时躺在沙发上发呆，三位阴谋家也会来这儿找我说话。小房间里，另有四个胖子等着我们。正好，房间里只有四张椅子，一张沙发。我只能站着。

"这就是他？"四个胖子中的一个问道。带我来的人点了点头。

"真好笑，"另一个胖子说，"他没有想的那么高。"

"绝对是他，错不了，"第三个说，"我在竞技场看过他比赛，他化成灰我都认识。"

"出了什么事？"我问。

还有一个胖子没说过话，他不是这几个当中最胖的，也不是最高的，连衣服也不是穿得最好的（不过总体来说他们个个都穿得很光鲜，光鲜而端庄），但很明显他是这群人的老大。"你认识我吗？"他问。

不认识。我差点就这么回答了，但脑子突然敞亮，是的，我见过他，甚至有好几次把枕头塞在胸口，尝试扮演他。但没有观众认识他，所以我们取消了这个角色，"你是格里墨。"我说。

他笑了。"对你来说，是议员格里墨。"他说，"议会领袖，不像你。你看，我们之间的区别在于，我有一份正经工作。"

完了，我被识破了，行吧。

我本想说点什么，但格里墨继续道，"这几位是议会四党派的党魁。他们联手组成了联合政府。"

他停顿了一下。我想说，挺好啊，我的身份被识破，也没我什么事儿了。

"管事的发生了一些变化，"他接着说，"军事要员下台了，议会重新掌权。"他咧嘴一笑，"顺便说一句，是因为你。这可能是你为都城谋取的最大福祉，而实际上你又什么都没做。"

"慢点说。"另一个胖子说，格里墨转过去点了点头，又转向我，"你遭遇刺客，"他说，"让我们有了托词。很明显，官府中有人在策划阴谋，要推翻这个国家，把都城交到奥古斯和他的野蛮人手中。但不用恐慌，几位阴谋家已经被抓住，扣押起来了。议会将负责确保一切顺利过渡。"

我意识到可能我根本没穿帮，在他们看来，我依然是利西马库。"他们，"我说，"尼卡弗鲁斯、阿塔瓦杜斯和福提努斯，他们现在如何？"

格里墨目光灼人，"你想见他们？"

"是的。"

他点点头，站起来走到窗户边上，打开窗户，向外一指。我顺着手指看过去，看到皇宫内院的门，有人在门上钉了两个巨大的铁钉，两颗人脑袋挂在上面，头发拴在钉子上。

"我们去拜访福提努斯那会儿他没在家，"格里墨说，"但他不会离开太远。我们的人已经安排在了码头，而他很可能正在找船坐。他没那么聪明，我了解他，他是我隔了三层的表亲。"

我离开窗前。在剧院，断头是最麻烦的，再怎么努力添加逼真细节，看起来还是很好笑，每次拿上台，后排总有那么一两个人会发出嗤笑。神奇的是，真的断头看起来和假的一样奇怪，一样不真实。

"你有两个选择，"格里墨继续说，"加入我们，否则我们来得就太迟了，你已经被叛国贼残忍杀害，我们赶到时已经追不上了。总之，你是死是活对我们没影响。"

"我不是利西马库。"

短暂的沉默。"什么？"

"我不是利西马库。"我用我自己的声音对他们说，"我是个演员，叫诺克尔。几周前，利西马库被抛石机一发砲弹打死了。尼卡弗鲁斯他们几个找到我，让我扮演他。他们说如果我不干，就杀掉我妈。是真的，戏剧界人人都认识我，他们会作证的。"

死寂。然后格里墨笑了。

"知道吗？"他说，"你差点把我骗了，可惜的是，你历史学得不好。"

"是真的，"我对他喊道，"我是个专做名人模仿的演员，我能扮演各种人，在晖日剧院的一场滑稽秀上，我还试过扮演你。"

我觉得他根本没听进去。"AUC447年，米斯特拉贡陷落，"他说，"帕乌萨尼亚国王曾在追杀他的人面前称自己是国王的替身，那些人相信了他的话，放了他。后来，他集结军队杀回都城，想夺回故土，结果战死。别跟我玩儿这些小儿科把戏，小子，你就是利西马库。对吧，托提雅？"

那个见过利西马库角斗的胖子点了点头，"我可以向你证明。"他站起来，"这里，"他戳了戳尼卡弗鲁斯在我脸上割出来的伤疤，"我是亲眼看见他留下这条疤的，十年前，在新年一场对阵阿图卡的比赛中。还有这一条，是在之后一年与普雷修斯对阵时留下的。当时裁判判两人平手，但肯定有暗箱操作，明显应该是他赢才对。把衣服脱了。这里，"他继续道，"这是奥古斯的小兵留下的，当时他冲出城去营救那个奶白脸工兵，被背刺了。"

格里墨凑到我面前，用指甲挠了挠我脸上其中一道疤，"这可不是油彩和火漆做的，"他说，"你就是利西马库。"

"尼卡弗鲁斯用一把剃刀给我割出来的。"我说。

托提拉摇了摇头，"这条疤有些年头了。"

"我们用硝石粉做了旧。"

"不可能。人人都知道新伤疤不可能做旧。"

"老天，"我说，"我的声音也不像利西马库吧？"

"不知道，没见过你，我听着就是利西马库的声音，因为你他妈的就是他啊！"

"行了，"格里墨说，"别再说了，你努力过了，装得很不错，但不管用。我们继续说正事，行吧？"

我妈曾经说，别做怪相，否则怪相会永远长在脸上。我该听她的话的，"好吧，"我说，"你想怎么样？"

格里墨仰靠在椅子上。"我刚刚给了你两条路走，"他说，"与都城现在的合法官府合作，或者被我们杀掉，埋在粪堆里。我们知道，你一直都只是个挂名领袖，围城刚开始那会儿你什么都没干过，不过因为是贴身守卫，刚好吸引了大众的视线，满足了他们对大英雄的想象。对此我们没什么意见，你也可以在我们这里挂名，这样我们的工作也会容易很多。否则我们就只好对外说是尼卡弗鲁斯杀了你，这样人民会愤怒，会无比悲痛，但总有一天会平静下来。对了，顺便告诉你，军队站在我们这边，西西纳更是我们的人。所以别想着他可以帮你，你只要打扮打扮，挥个手就好，别的事儿除非我们安排，否则一律不用管。我猜你做得到，对不对？过去七年你一直都是这么做的，对吧？"

我想打听一下，"是你派人暗杀我的吗？"

他困惑了一会儿没说话，"众神在上，当然不是。我们干吗要暗杀你？我刚刚说了，这件事对我们很有利，得了个便宜借口。但想杀你的人不是我们。"

"应该是尼卡弗鲁斯和那几个军事要员干的，"另一个我不知道名字的胖子插嘴道，"所以我们才觉得机会来了。既然他们这次越界了，正好借机铲除。"

"他还没说他怎么选呢。"托提雅指出，"得听听他的决定，你们说呢？"

我忍不住笑了。"要么听你们的话，要么头被拧下来？"

"对。"

我露出大大的笑脸。"我站在你们这一边，"我说，"身体和灵魂都是。革命万岁。"

托提雅不耐烦地看了我一眼。"别用革命这个词，"他说，"这样就对了嘛。"

戏剧界有个人人都知道的传说，或者应该叫作鬼故事，叫作灵异演出：有一部戏剧，是有史以来写得最好的剧，戏剧该有的亮点它都有——精辟的独白，无与伦比的主角，精彩的、不容错过的配角，以及最棒的笑料。但没人敢重演这部剧。知道为什么吗？因为它闹鬼。剧中的女主角是史上最经典的强悍型女主角，但没人愿意演她。

故事又说，刚上演时，演女主角的演员在初演的那天晚上被她的替补毒死了，临死前她诅咒了这部剧。所有扮演女主角的演员都会被她的鬼魂占据，变成她。视野被替换成她的视野，记忆被替换成她的记忆，演戏方式也只能完全按照她的来，以此弥补她没能出演的遗憾，最后等到幕布落下，又会以她死去的方式死去。故事很不错，我多年来一直想拿这个故事为蓝本写一出剧，但不知道为什么，没有经理愿意接受。

你相信演员会陷在一个角色里，永远走不出来吗？有个老头子这辈子什么都没干，除了在《姘夫的悲剧》中扮演一个掌礼官。不是什么重要角色，但拥有全剧最棒的一段经典独白。他演得实在太传神了，他三十多岁那会儿，每次有剧院上演这部剧，人们都会说，叫那个谁来演掌礼官，结果连观众也接受不了别的演员了。于是，四十年来，他每晚都要把那六十八行押韵的骈句念一遍——别觉得枯燥，至少能挣到钱。不过据说，到最后他忘记了自己的名字，只有别人叫"维萨尼奥"（就是掌礼官的名字）才有反应。真是悲哀，人们说，他就这么虚度了一生。不过我和他兄弟聊过一次，得知在现实生活中，他属于那种走到哪里，哪里就会冷场的人，而且即使在这类人中，他也是最烦、最无聊、最讨人嫌的。他很清楚自己的德性，但这又是天生的，没办法改变。只有成为掌礼官的时候，大家才会喜欢他，会掏钱看他，会耐着性子看完无聊的桥段等他出场。据他兄弟说，只有在台上他才算一号人物，脱下那身戏服，他就是一坨屎。

2

议院——或者叫议会——历史悠久，可以追溯到罗珀帝国建立之初。那时候的议会还叫罗珀公众会，由一百一十六人把持着，并且代代相传，永远是那一百一十六个姓氏。这里面有个好故事：很久以前，安蒂罗尼库斯大帝刚刚当上帝国第一位皇帝的时候，他让人把所有议员铐起来带到他面前，像对待寻常犯人那样。然后，一百一十六人中最年长、最尊贵的那一个站出来对他说，他什么都不是，和垃圾没区别，连自己父亲是谁都不知道。对此安蒂罗尼库斯回答，是的，但我的家族从我这儿开始，而你的家族到你这儿灭亡。接着他展现了一把帝王的仁慈，赦免了他们的死罪。十五年后，他们在安蒂罗尼库斯洗澡时捅死了他。高尚——别为了短短两个字的赞美而白白放弃除掉敌人的机会。

史书没有记下那名最尊贵的议员的名字，但我敢打赌——赌注随你挑——这人就是格里墨的祖先。其实很可能我会赌赢，因为长期在议会任职的那几个家族常年内部通婚，血缘关系错综复杂，就像绕着忍冬长起来的藤蔓植物。所以谁跟谁都是表堂/叔伯/侄甥关系，很多时候三者都是。不管那个议员是谁，他和格里墨绝对有很多相似品质：骄傲，能填满中海的自大，以及与生俱来、永远用不完的勇气。

但我很快发现，格里墨还有一些那名议员没有的品质。现在的塔顶小屋被人从外面反锁了，门口站着卫兵。我在屋里胡思乱想了几个小时后，他派人叫我去见他。由此我得出结论：要活命，唯一的办法就是让自己有利用价值。不过具体怎么有价值，我还想不出来。

格里墨选了升C调礼拜堂作他的办公室——如果在这里吹出一个升C调，一口气保持足够久，墙壁就会微微震动，哗哗掉落石膏碎屑；至少传闻是这样，礼拜堂也因此得名。旧式礼拜仪式中的颂歌和圣餐祷告词大多都是由升C调作为基本音律的，所以这里常常只有最高祭司一人，别的人都不愿意来。最高祭司直接听令于皇帝，围城之初，最后一任最高祭司一听到野蛮人打来的消息就坐船逃走了，没人想念他。在过去七年间，除了偶尔有人进去打扫房间，擦拭还挺精美的彩色玻璃窗，给几件朴素而巨大的家具除尘之外，应该没人进过这座建筑。

格里墨坐在一张用海象牙做的窄窄的、看着就不舒服的高背椅子上。我知道海象牙是世界上除金属和宝石外最值钱的材料。除此之外，这里能坐的椅子只有……我一眼就从形状看出，这是一张纺车椅。我对纺车椅太熟了，低矮，摇摇晃晃，只要试图站起来就有往后倒的危险，我小时候家里就有两张。但这一张又有所不同，是用鲸鱼骨做的，装饰有套球——你知道套球吧？大球装小球，小球里装更小的球。不知道是哪个可怜的匠人用一个小钩和一根小棍子穿过外层缝隙，雕琢内层和更内层，就这么耗费一生的时间。椅子腿上雕刻的是山脉、吃草的羊，以及跟着双管哨笛跳舞的牧羊人和牧羊女。我猜这把椅子曾经的所有者是个喜欢跳舞和纺线的皇后，很明显对田园生活充满向往。

他抬眼看着我。"坐下。"他说。

我看了看椅子,"我会坐垮的。"

他笑了,"你肯定不知道吧,这椅子是为卡波诺普希娜皇后制作的,为了让她顺利地出入皇宫各处,过半房间的门都重新加宽过。"

我坐下来,确实很结实。"你叫我来——"

他端详了我一会儿,似乎我是一道算术题,或者是某位天才临死前留下、之后再没有人可以解开的定理,"我和同僚谈了谈关于你的事。"他说,"最后我们投票表决,三比二。"

听着感觉不是好事。"投的什么票?"

"你是利西马库,还是滑稽秀演员诺特克。"

"哦。"我说,"哪边赢了?"

"有三票认为你是利西马库。"

"你投的哪边?"

"但这与现实关系不大,"格里墨继续说,显然忽略了我的问题,"除了皇宫的这个侧翼,城里人人都相信你是利西马库,所以从实际角度来看,你是不是冒牌货根本不重要。我们也不在乎,因为不管你是谁,你都得听我们吩咐,否则我们就杀掉你那位女伴。"

他停顿了一下,以便我听懂这句威胁,我应该等他停顿之后继续说的,但没忍住。"其实,"我说,"我就是利西马库,如果你愿意,我可以证明给你看。她那样的货色多了去。不过这也与现实关系不大,诸位想给我安排什么,我都接受。"

"小子,"他说,"你想让我相信你,比让猪打喷嚏更难。"

"彼此彼此。"

这让他笑了。"当然,"他说,"现在只有你、我和卫兵,就私下告诉你吧,我对我那些可敬的同僚更不信任,我们一个月前才刚刚组成同盟。在这之前我们都恨不得对方去死。关于信任,太多人说过太多鬼话了。实际上你根本不需要这东西,没有其实更好。"

"就像真相一样。"

他对我皱了皱眉。"至少现在,"他说,"我们需要彼此的帮助,这是唯一重要的。所以我打算把你推上皇位。"

我爸会一种打人的招式,特别喜欢跟别人炫耀。他会精准地给别人一拳,等那个倒霉鬼站在那儿被打傻了,他就会用手指戳一戳人家,就像在砍树时试探还有多久树才会倒。

"不是已经有个皇帝了吗?"

格里莫摇了摇头,"他在大约十八个月之前去世了,算是解脱吧。他在很多年前陷入那个叫啥来着……对,深度昏迷。之后就只能躺在床上,张着嘴,连眼皮都没法动一下。我觉得奥尔比亚附近应该有一些皇帝的远亲,你知道奥尔比亚是哪儿吗?"

"不知道。"

"我也不知道,不过有没有都一样,他们是继承不了皇位的,虽然皇位本身也没意义。事实上没皇帝我们更轻松,但人民不这么想。"

"人民爱戴皇帝。"

他点头。"所以人民都是蠢货,"他说,"但他们确实爱戴皇帝,也爱你。而你现在又没有任何正式头衔,不是大臣,不是议员,也不是将军,我们想借你做任何事情都缺个名分。"他停下来喘了口气,"所以对外,事情就是这样的:皇帝临死前召见了你,将御玺交到你手中,在你的额头上涂上圣油,完成了涂油礼,并使出最后一口气喊出'利西马库一世万岁'。然后你就是皇帝了。可以吗？"

"利西马库二世。"

"什么？"

"已经有一个利西马库一世了，"我说，"在大概三百年前，我想顺着他往下排。"

他皱眉。"这么一说，"他说，"确实有这么回事，学校里讲过他。他是修了座桥还是干过什么？"

"他修了水渠。"

"都差不多。那么，这个皇帝你是当还是不当？"

有句老话说：如果掉下悬崖了，就学着飞起来。我从来没飞过，但我见别人飞过很多次，去过剧院的人都见过。当然，如果仔细看，就能看到演员衣服下面绑着一根带子，连着舞台上方的滑轮。但那又怎样，他们确实在高空穿来穿去，这就是飞了。"这是叛国，"我说，"和渎神。"

他瞪了我一眼。"狗屁，"他说，"老东西又不是被谁谋杀的，他是自然死亡，我以我的名誉起誓。皇帝没留下血脉，这种情况从来没发生过，但在人人都能读到的法令上早就有明确规定，议会将负责选择皇帝，而我们选择你。"

我倒没这么想过，"但要撒那么多谎，"我说，"又是圣油又是最后一口气……"

"这个啊，不过是一些装饰性的细节，和诗人写诗一个道理。只要我们选你当皇帝，你就是皇帝了，这是法条规定的。"

"我……"

"对，你。"

很久以前，一只毛毛虫梦想着变成天使，扇动薄薄的翅膀在天空徜徉。

一天，它醒来，发现自己拥有了薄薄的翅膀，可以飞了。不存在谎言，不用涂抹油彩欺骗观众。一边是个人见地，一边是无可争议的事实；一边是一个下流的滑稽剧演员，一边是帝国制度所承认的议会。而议会刚刚宣布我是利西马库，并通过合法程序任命我为皇帝。你站在谁那边？

"我没有选择。"我说。

"确实没有。"

"我当。"

"万岁。"他打了个哈欠，"加冕之后，你要做的第一件事就是取缔帮会。"

我爸还会一招，就是左手佯攻下巴，让对方本能地朝后躲，然后对准暴露出来的腹部来一记暴烈的右勾拳。"取缔什么？"

"帮会。"他重复道，"必须铲除他们，他们快把都城榨干了，以前的破坏力就很强，合法化之后更是明着兴风作浪，所以你得重新宣布他们为非法。这就是我们要你做的。"

"你疯了。他们暴动起来会把都城撕碎的。"

"有可能，"格里莫轻声说道，"但这是必要的。而且这么跟你说吧，这条法令从你这儿出来，肯定比从议会出来更容易让人接受。"

地面向我袭来，看起来很平，硬邦邦的。我想道，如果鸟儿能做到，难度肯定不大。"听凭差遣。"我说。

几年前，我在大学历史系做过一次餐后表演。表演很成功，我模仿了校长和几位高级教员，其中一位在结束之后还专门跑来感谢我，因为他从此会在下属中间变得前所未有地受欢迎。总之在那之后，我就时不时去历史系蹭吃蹭喝，听一群把世界上能学的知识全学完了的大学士讨论一些缥缈的学术问题。其中一个问题是：御马监伯爵这个官位是谁设立的，克里欧蒙二世还是斯特拉波四世？一拨人认为有充足的证据（他们把每一条都详细说了一遍）表明，是克里欧蒙设立的；另一拨同样拿出充足的证据，证明是斯特拉波。有人开了一瓶好酒，喝完之后，又有人说，要不投票吧。于是他们就投了。克里欧蒙九票，斯特拉波七票。这样我们就都知道了，是克里欧蒙设立了御马监伯爵的官位，这是个严谨而科学的事实。不信的话，就去查历史书吧——当然要最新的版本来才行——书上囊括了人类所有知识的最新进展。查了你就知道我是对的了。

知道一件事情是对的但又无法证明，信念不就是这样吗？信仰无敌骄阳的人有数百万，被这么多人相信的东西肯定是真的。如果你有异议，那肯定是因为你还没有领悟什么叫真正的"真"。我爸曾说，就算之前不是真的，但是当十五个有头有脸的人在法庭宣誓作证，说受害者在小巷里被人刺死的那一晚，我爸在都城另一边和他们打牌时，这事儿就变成真的了。

而最重要的真相，就是离当下最近的真相，就像当下握在手里的鸡蛋一样。从逻辑上来看，你肯定记得一分钟之前发生的事，否则就是脑子有问题。但如果是二十年前做过或说过的事，记不太清楚就情有可原了。所以，如果真相自相矛盾，一分钟前的真相肯定比二十年前的更真。

二十年前——以及更久之前——我是诺克尔。现在我是利西马库，而明天这个时候，我就是利西马库二世了。要证明？给你看伤疤。

"我恨你。"她在我耳边说。

新娘在新婚之夜这么跟新郎说话，是不是很好玩？不过这应该是真心话，至少这一刻是真的。

"这一刻"指的是我在走道上领着她，走过列席两旁的尊贵宾客，来到尽头的帝后双皇座。这两个座椅是他们从储物间里找出来、安放在新殿第一层长廊中的。既然叫新殿，你应该猜到了，它位于整个皇宫最古老的建筑群当中,有将近一千年历史,而长廊就是很长很长。格里墨选择这里,是因为这个地方空间最大。我忘了前来观礼的人有多少,肯定超过一千人,全穿着自己最好的一身衣服,见证伟人利西马库在这一天结婚、登基。

(这是我想的聪明点子。我建议说,得让我尽量受到更多的人喜爱。

为什么?

因为只有这样,等我废除帮会时,他们才有可能在一把火烧掉都城之前犹豫几秒钟。

说得对,他们承认道,所以呢?

所以,我说,加冕仪式能俘获民心,皇家婚礼也能,就两个都办吧。

沉默。接着有个人——好像是议员纳希卡——说,这主意不坏。

行吧,格里墨说,就这么办。当然,得找个新娘。

十几个议员开始细数自家女儿、侄女和别的女眷,好像这件事儿跟我无关一样。确实,家里出一位皇后是好事,但另一方面——)

"平民皇帝,"我说,"需要一位平民出身的皇后。"

格里墨看着我,"听起来不错,什么意思?"

我指出,皇帝和别的罗珀贵族不一样,理论上是可以自己选择妻子的,没必要为了金钱、头衔、家族地位而结婚。与帝王之尊相比,所有臣民都远低于他,以至于公爵、伯爵、农场工、捡屎佬对他来讲根本没区别。从帝王的角度来看,跟贵族还是平民结婚都一样。坎道鲁斯大帝跟挤奶姑娘结婚,智者帝王玛锡安的妻子尤多拉曾经当过妓女。这是我们历史上最受欢迎的两位皇帝,因为他们的妻子不仅是平民,还是平民中最最普通的——

"好了,懂了。"格里墨说,"你想说到哪儿去?"

我又指出,另一方面,也不能太普通了,上不得台面。还是需要一个知道如何在人民面前保持形象的,既出身平民,又有那么一点上流气质——

于是我们走过长长的走道。走路——这是演戏最重要的技能之一。走路的姿势可以表达很多信息。作为演员，必须知道如何踱步、信步、蹒跚、蹦蹦跳跳等等。由此表明自己的身份（英雄、反派、少女、喜剧角色、王子、农民、士兵、打架厉害的女战士、老太婆……）。一句台词都不用说，只是用脚就能表现出这些。对有些演员来说很简单，另一些则需要在镜子前琢磨、练习数个小时。我刚开始演戏那会儿，一名伟大的演员有一次遇到瓶颈，想不出自己的角色该怎么走路，把自己逼得差点哭了。之后他想到一个办法，在屁股里塞了一枚四分之一铜泰勒币，紧紧夹住，终于走出了角色该有的姿势。不知道霍达是怎么练出的新婚皇后的走路方式，但她做得很完美。而我则跟往常一样，依靠脑子里的那面镜子，我感觉效果也不错。

蓝、绿两帮老大负责捧着皇冠，这也是我的主意。不用说，两个人差点在前厅干上一架，为了决定谁捧皇帝的皇冠，谁只能分到皇后的。我叫他们抛硬币，结果绿帮赢了。蓝帮老大说这不行，如果因为这个而冒犯到蓝帮帮众，他预测在天黑之前，鲜血就会填满都城的阴沟。行吧，我说，绿帮把皇帝的皇冠捧到王座下的台阶，交给蓝帮，再由蓝帮转交给礼官；然后蓝帮奉上皇后的皇冠，交给绿帮，等等等等。绿帮老大又说，如果我强迫他为蓝帮老大递皇冠，他可以，并且十分愿意派五千全副武装的帮众冲到大街上。最后我们妥协了。两顶皇冠会被放在小推车上，我记得前厅正好放了一架，这样蓝、绿两帮一起推小推车，不分前后。

但争执远远没有结束。帝国象征皇权的珠宝共有七样——绶带、加冕披挂、加冕服、皇冠、帝国宝珠、长靴和权杖。加起来重达七十二磅[①]十二盎司[②]，比重型步兵上战场穿的装备还重一倍。好在身体可以均匀承重，先穿

---

① 英制中的质量单位。1磅=0.4536千克。

② 英制中的质量单位。1盎司≈28.35克。

加冕服，从头和肩膀套进去；接着是加冕披挂，这东西就是一件用金线刺绣、宽大无比的长袍；接着是绶带，一条七尺长、缀满珠宝的围巾，在你身上以繁杂的方式绕来绕去，让人想起布勒米亚常见的那种用身躯把猎物缠死的蛇；长靴是紫色的，过膝盖，我怀疑历代罗珀帝王的小腿都挺细，因为我只能把这该死的东西穿到它三分之二的地方，脚就没办法往里面伸了；皇冠在头上也有点晃，就像停在雕像头顶的鸟。她的皇冠更是可以直接落下来遮住眼睛。

这一切都无关紧要，祭司低声念着那些神圣的文字，仪式就这么完成了。下一个环节，利西马库，你是否娶这个女人，霍达，作为你的……也很快搞定。不得不说她把自己那一角演得很完美，呼吸有点急促，但说出的话又刚好能清楚传到长廊另一头。不过这也不意外，不到一年前，她在《只是一生》中曾一连四十七次嫁给帝王。我是第一次表演结婚，但不谦虚地说，糊弄得不错。

加冕仪式和皇家婚礼都不兴鼓掌、欢呼。人们安静地坐着，完全不发出声音。我觉得挺可惜。

3

"三个原因。"我对她说。

她假装没听见。现在只剩下我们俩,在帝国寝宫,不知道哪个脑子有问题的在床上铺了三寸厚的玫瑰花瓣。

"第一,"我说,"格里墨和他那帮笑眯眯的刽子手说,如果我不听话,就杀了你。"

这话说完,她依然拿后脑勺对着我。行吧。

"第二,我想,如果你成为皇后,他们要杀你总会难一些。如果他们真打算杀掉你,我们需要私下说话的机会,躲开那几个对我们没好感的议员,还有成群的皇家卫兵。"

她依然穿着加冕服和一只靴子,另一只被她踢到房间另一头去了。皇后长靴是有四百岁的老古董,上面绣的珍珠加起来足够买下希尔街豪宅那一侧所有的房子(也就是面向上坡,左手边)。

"第三。"我说。

"哦,闭嘴吧。"她转过来冲我吼道,"知道吗?我对你的声音烦透了!"

"其实不是我的声音……是利西马库。"

她眨了眨眼。"确实是利西马库,"她说,"我听得太多,都习惯了。不过没区别,"她继续道,"这声音我已经听了一整天,不想再听了。所以请你闭上他妈的嘴,谢谢了。"

真奇怪,这样一个善于表现,从兴奋、喜悦到痛苦绝望都不在话下,并以此闻名都城的女人,现在居然在用生闷气来表达真实情绪。不过也对,白天的工作已经结束,现在又没有观众付钱,还演什么呢。

"你在椅子上睡。"

我想指出,我是罗珀人的皇帝,皇帝不睡椅子,但最后忍住了。我也没有帮她扫开玫瑰花瓣。

事实上,这把椅子非常舒服,我躺进去合上眼,几分钟后就沉沉睡去。不知道睡了多久,但感觉不太久。

"既然你把我连累到了这个地步,"她说,"我猜又要靠我来救出我们俩了。"

"不算连累吧,"我打了个哈欠,"我是皇帝,你是皇后。货真价实。"

"嗯,但只要违逆那群可怕的家伙,他们就会杀了我们。"

"这个问题我也在想,"我说,"是的,他们很可能会杀掉我们,但过程不会像他们想的那么简单。"

"放屁。"

"不一定哦,"我说,"他们是都城的掌权者,没错。但在这个皇宫,事情就有点微妙了,你看到那些卫兵了吧?"

"很难看不到,"她说,"都是奶白脸。"

"和普通奶白脸不一样,"我语气柔和,"他们是李斯特拉戈尼亚人。"

"那又他妈的如何。"

"三百年来，皇帝一直选择李斯特拉戈尼亚人当皇家卫兵，"我继续解释，"因为这些人信奉绝对的忠诚，我们下的命令，他们一定会服从。"

她没回答，以今晚的标准来说，已经是鼓舞人心的反应了。

"只要我们活着，"我继续说，"他们就会保护我们，直到流干最后一滴血。当然，我们一死，他们的效忠对象就会转移，变成下一任皇帝，哪怕新皇在前一秒钟刚刚割开我们的喉咙。虽说如此，他们的效忠程序还是很严谨的，想杀我们的人必须先杀掉他们。"

几秒钟的安静。"你老大格里墨应该不准你拥有私军吧？"

"呃，"我说，"只有四十六人，算不上军队。本来有五十个的，但有四个生病回家，替换他们的人还在路上。我跟他们的队长说上话了。"我解释说，"他人很好，看过你演的《海盗新娘》。听他的意思，不管发生什么你都可以找他，我觉得肯定靠得住。"

"你得找时间带我认一认他，"她说，"不过就像你刚刚说的，只有四十六人，等他们英勇殉职——"

"确实。"我说，"但总算设置了一点难度，我只想表达这个。要杀掉我们，他们总得越过这个障碍，不至于打个响指就让我们消失。更关键的是，只要听他们吩咐做事，我们就是安全的。你能做到吗？"

她想说话，又犹豫了一下，"看情况啊，不是吗？"

"我不需要看情况，"我说，"我的工作就是签字，在阳台上招手，剩下大部分时间只需要吃吃喝喝就行。已经不算最糟了。"

"诺克尔，"她很少直接叫我名字，"记得我们一起排练《熔炉审判》那会儿吗？"

"干吗说到这个？"

"人人都说那部剧肯定火，绝对能演上一整年，而我说，人们不见得喜欢。最后我们演了一周就停了。"

"什么事情对你来说都没有好结果，有时你是对的，但这证明不了什么。快别说丧气话了，否则我就要继续睡了。"

"我有没有跟你说过，我结过婚？"

没有。"不重要。"我听见自己这么说，"听着，你还没意识到吗？事情已经弄假成真，我们已经不是在演戏，而是真的当上了皇帝和皇后。这不是你一直以来的梦想吗？"

"梦里不是这样的。"

"能有什么不同？我们拥有想要的一切，但不参与治国，只要表情举止出问题就会被杀。老天，求求你读点历史书吧，真正的皇帝和皇后就是这样的。这就是他们的工作，在真实历史中。"

"你不想知道我丈夫是谁吗？"

众神在上。"不想，"我说，"别说了，让我睡会儿。"

当然，想再次睡着是不可能的。椅子没有几分钟前那么舒服了，我只能躺下去，思考接下来怎么办。

有一点我其实不愿意细想。帝王的新婚之夜有特殊的含义，是最高统治者、天堂的副主、无敌骄阳的兄弟与他充满敬爱之心的人民的结合。所以我听着我可爱的新娘像野猪一样的鼾声，睁着眼睛躺在一张椅子上度过这一晚，也许是应该的。

第二天一大早是授职仪式。我们俩又要穿上那一身笨重的行头，不过这次的场地是泪滴神殿的蓝色礼拜堂。穿着可笑的服装，在一群观众面前以漂亮的姿势行走、端坐，一句话不说，全让别的人说完了——这连表演都不算。只有还在学习表演的人才会分到这种角色。或者就是你演技不行，经理连一句台词都不放心让你说。仪式结束后，我得站在神殿门前的台阶上发表登基后的第一篇讲话，在讲话中阐明今后统治帝国的方针概要。

蓝色礼拜堂面前是一座广场，广场另一头就是神殿恢宏华丽的正门，一条回廊围住了广场的三面，我们要从这里走过去。我趁这个空当给她说了说讲话内容：议员们叫我取缔帮会。

她停下脚步，定在原地，后面一长串侍从和侍女差点连环绊倒。"你不能这么说，他们会把我们撕成碎片。"

"不会有事的，别担心，我有办法。"

所幸，教长、教士和大执事在此时一起走了过来，我没机会知道她对这句话做何反应了。

该讲话了。

（格里墨在那天早晨把稿子给了我。"太多了，我来不及背完。"我说。

他看着我，不知道当时投票他投了哪一边，也不知道此时他有没有改变想法。"当然背不完，"他说，"大声读出来就行了。"）

"我从来不读稿，"我迅速进入自己该演的角色，"如果利西马库识字，帮会一半的人会被吓坏，另一半也会觉得我变节了。"

他耸耸肩。"随便你，"他说，"你想把稿子转化成你自己的话，没问题，只要整体意思不变。"

脑子里吹起胜利的小号，"交给我吧，"我说，"我会处理。"

泪滴神殿的台阶——有好几次我都在想，对某些戏剧而言，这个舞台堪称完美。回声刚刚好，因为三面都有高高的建筑。视野也棒，如果上演古典剧，连搭景都省了，只需要在柱子上绑一块背景幕布就好。大门正好是舞台的中心入口，两旁的柱廊则成为左右入口，神殿正面，与楣平行的二层露台在剧中需要用到阳台的场景时正好派上用场。抱歉，你可能觉得我很可悲，总是拿自己的鼠目丈量一切。但这在我看来是生存本能。走到哪里,哪里就会被你看成自家门口那条街,有这样的能力,你就永远不会迷茫。要打伏击战也容易很多。

要演讲了。

进场,行走,停下,摆出大人物姿势,开口。剧本就是这样的。我觉得太唐突、太嚣张了。所以趁着待在前厅等上台的时候,我转过身跟我的新朋友说了几句悄悄话。

(新朋友是李斯特拉戈尼亚护卫队队长,记得吗?霍达的忠实粉丝,名叫"唯一要素",我问他能不能简称他为"阿一",他说都可以。我又问,你是什么东西的唯一要素?他回答:万物。哈哈,好吧。)

所以上台的时候,四十六个护卫有三十个簇拥着我,剩下十六人留在后台,围着霍达站成一圈。我让三十个卫兵分成两队排在门口。一排面朝观众,另一排面朝大门。历代帝王选择李斯特拉戈尼亚人当护卫是有道理的,他们长得又高又壮,有个响当当的名声:吃人。用他们挡住你最可怕的敌人非常合适。不过在我正前方,只有宏伟的玫瑰纹大理石台阶和人山人海,都是我的同胞。如果他们想冲上来剖开我的肚子,不需要越过烦人的卫兵。就这样,我传达了一个明确的正面信息:我绝对信任你们。只有暴君才带护卫,帝国国父不需要。(不用说,即使是四十六个李斯特拉戈尼亚人也挡不住一群愤怒的暴民,一秒钟都挡不住。)

虽然这样,我还是咨询了队长阿一,如果有人扔砖头,多大力气、多远距离会把人砸死?最多三十五码,他说。从台阶顶部到人群至少四十码,果然幸运会眷顾勇敢的人,但万万不能得寸进尺。

走到舞台正中,停下,摆出大人物姿势。

好戏开场。

"同胞们，"我说，"你们都知道，我一般不做什么演讲，但有些承诺还是要做。现在我就要许诺了，如果说话不算话——大家都知道上哪儿找我，另外——"（撩开绶带，露出脖子和胸口）"——看，没穿铠甲，不需要。你们就是我的保护，有你们我就是安全的。

"七年前，我宣布帮会合法化，告诉你们为什么吧。我出身帮会，喝着帮会的奶长大，在竞技场上代表帮会战斗是我的骄傲。我一生只做这一件事：为帮会而战，只要还剩一口气，我就不会停下来。都城不是由城墙、房屋和神殿组成的，组成这座城市的是人民。那么，是谁一直照顾着人民，给他们吃喝，保护他们平安？是帮会。所以我答应你们，只要我还是皇帝，帮会就永远是都城管理中最重要的一环，为普通人提供体面的工作、食物、衣服和安全。我说话算话。

"只有一点是帮会需要改变的，除去这个小缺陷一切就完美了：有两个帮会。蓝帮和绿帮，绿帮和蓝帮……只要存在对手，他们就会打架，这是最自然的道理。蓝帮打绿帮、绿帮打蓝帮是都城解不开的诅咒，在场有谁没有因此失去过一两位亲朋？这道裂痕让我们内讧，反对帮会的人看了会说，帮会有什么用？用处小、麻烦大，就是一群歹徒和恶棍，还是赶紧除掉他们吧。我希望你们认真想想。每次蓝帮带人砍绿帮，或者绿帮放火烧蓝帮的房子，都是在自掘坟墓。必须停止。

"所以从今天起，不再有蓝帮和绿帮了，取而代之的是紫帮。是的，你们没听错。四百年来，除了帝王，任何人公开穿紫色衣服都会以叛国罪论处。但从今往后，你们全都可以穿。这是我的颜色，我的帮会，也是你们的。以后只有一个帮会，紫帮，帮会老大就是皇帝本人。我的帮会就是你们的帮会，我的城市就是你们的城市。帮会和城市，我们共同拥有。

"为了证明我不是说着玩的，我再宣布一件事吧：很快，紫帮所有职位都会进行选举，选举人就是你们，所有的人民。不存在裙带关系，不存在厚此薄彼，谁来管理帮会基金，谁负责福利和仲裁，谁负责值夜，保证你家和你们街区的安全，都由你们来选。如果觉得现在正在做这些工作的人做得不错，也可以选他们。当然也可以另外物色新人选，一切取决于你们。无论如何，他们得服务于你们，如果做得不好，就可以让他们下台。我保证，'老大'这个称呼可以废了，他们将成为你们的仆人，而不是主人。

"好了，我要说的说完了。如果你们不爱听，我就在这儿，我这辈子为你们而活，如果希望我为你们去死，只要你们一句话，我也可以。有没有想试试的？"（较长的停顿，但又不算太长。）"那就这么定了。紫帮万岁，帝国万岁！"

死寂，接着有人欢呼，接着是排山倒海的欢呼声：紫帮！紫帮！紫帮！可惜"紫"是个双音节词，如果是单音节，气势就更足了。我转过身，潇洒退场。李斯特拉戈尼亚护卫在我身边聚拢，像一件铠甲。

4

"我都是照你说的做的啊。"我说,"我取缔了蓝、绿两帮。"

我这辈子从来没见过谁这么生气。但队长阿一带着十个护卫站在我和他之间,他们看他的眼神就像忠诚的狗看陌生人:动一下我就杀了你。

"完全没有照做。"格里墨说。

"天哪,你没听见吗?"我说,"我刚刚把两个帮会废除了,没人动哪怕一根手指来反对我。但如果用的是你的方式,现在暴徒就会拆下房椽砸皇宫门,而我们只能躲在这儿瑟瑟发抖。"

"所有职位开放选举——"

"我说'很快',就是说不是现在,永远不选也没关系。你应该认真听的,说不定能学到点儿东西。"

如果眼神能杀人……幸好不能。

"真的走到了举行选举那一步,"我继续说,"人民确实能得到投票的机会,可以给你投票,也可以给贵族派、平民派或者公众派投票,不管怎么投,我们都可以维持现状，而且还不必跟帮会硬碰硬，因为你们会成为帮会实际上的管理者。"

有个古老的说法叫"等硬币落下"。站在旧城的灯塔上往下扔一枚硬币，如果落在某个倒霉鬼头上，他的头盖骨会像蛋壳一样碎裂。现在硬币落下，落在了格里墨头上。他看着我，一言不发。

"与此同时，"我继续道，"可以按层级做个筛选，较低职位可以保留原班人马，职位高的全部处理掉。可以以叛国罪逮捕他们，可以安排他们意外身亡，只要做得快而低调，哪种方式都行。在这之后，我们就可以公布紫帮的临时上层架构。最上面是我，你排第二。在这之下的职位由你安插，选举结果出来之前，这班人就是帝国的临时管理者。而只要国家还处于紧急状态，选举就要推后。所以你赶快安排点儿紧急情况吧，应该没难度。"我很有风度地停顿了一下。就算在竞技场，杀死对手之前都要给他一秒钟喘息的机会，看他能不能重新站起来，"我刚才在外面说的就是这个意思，清楚明白，但你没认真听。"

我用余光瞟了一下队长阿一，他站着没动。我意识到，只要激一激格里墨，引导他说出一些带威胁性质的话，或者做出一些看起来像是要伤害我的动作，我就能摆脱他了，说不定还能连带摆脱所有跟他拉帮结派的议员。我肯定是无辜的，一切都是一名过于尽忠职守的卫兵干的。而他只是在履行职责——不是一般的职责，是保护帝王的安危，怎么好怪罪他呢？要怪就怪格里墨吧，跟我无关。我想了想该说什么才能得到我想要的反应，只要精心选出几个词，连在一起就行。挑逗别人的情绪是我的老本行，做起来远远没你想象的那么难。所以要做吗？如果把格里墨换到我的位置，他会毫不犹豫地做，如果是阿塔瓦杜斯——愿众神让他的灵魂安息——有这个脑子的话，也肯定会做。霍达……当然会！要了解一个人，就看看他周围都是什么人吧。

最后，我还是决定不做。

很久以前，一个遥远的地方曾有一位国王，他说，只要抓住敌人的蛋蛋，他们的思想与心灵就会跟你走。"你有什么想说的吗？"我说。

"太聪明了。"

"谢谢。"

"我看错你了，"他说，"我以为你就是个二流子演员，假扮一个二傻子角斗士。"

"不算大错。"

"没想到你这么阴损。"队长阿一的手指动了一下，但没有进一步动作，格里墨应该没注意到，他心思在别的地方，"这办法太聪明了。我终于明白你登上高位是有原因的。对于一个出身帮会的粗人来说，非常厉害。"

"人人都有个出身，"我尽量温柔地说，"史书上一半的皇帝都是从最低级的步兵开始干的，他们慢慢发迹，升到高位，发动兵变。帝国的美妙之处就在这里，人人都能当皇帝。不是当议员，不是当长官或祭司，甚至不是医生，不是某个部门的文官头子，是皇帝！对啊！太他妈漂亮了。我爱这个国家，这就是原因之一。"

格里墨深深吸了一口气。"你做得很好，"他说，"不过下一次，希望你能事先和我们通个气。"

我点头，"下次你会认真听的。"

5

我们坐进帝国马车，沿着皇家环道返回皇宫。一路上，两旁全是欢呼的人群，不知道他们有没有听到我的演说，有没有听懂我说了些什么。

欢呼声太大意味着无法思考，所以霍达没机会说出她的想法。直到我们回到寝宫，锁死了门，又安排了十个李斯特拉戈尼亚人站在门外，她才开口。

"你究竟是被什么——"

"绝望！"我不是故意跟她吼的，"站在那么多人面前，一个不注意就会死无葬身之地，你也会绝望的。你见过一个人被人群活生生踢死吗？我见过，不好看也不好受，我绝不能让这种事发生在我身上。所以我冒了个险。"

她点点头，这个动作由她做出来，相当于又送花环、又发奖牌了。"但你不应该跟格里墨耍滑头，你要得过头了，简直忘乎所以。"

我躺在床上，闭上眼睛，这辈子从来没这么累过。

"确实过头了，"我说，"我入戏太深，停不下来，有种一定要说点儿什么漂亮话的冲动。"

"不能这样，激怒他对你没好处。"

"我知道，"我叹了口气，"建立紫帮的主意简直绝妙透顶，这是事实，怎么就没人愿意承认啊。"

"换我的话，会改成金帮，紫帮听着很蠢。"

"紫色是帝王的颜色。"

"我知道，你刚才在上面解释了。但听着还是蠢。"

"我刚刚救了我们所有人的命，为帝国拔除了顽疾，你却只是说，紫色听着很蠢。"

"就是蠢啊。"

"只要把蓝色和红色混合一下，就能做出廉价的紫色染料。如果换成金色，就只有臭烘烘的有钱佬才用得起了。"

"那就白帮吧，白色也不错。"

"城墙外住着二十五万奶白脸，你觉得我们自称'白帮'合适吗。"

"紫色，"她用丑角的说话语气说道，"紫色，紫色，紫色……唾沫能喷遍前三排观众。"

我很不喜欢睡觉，无论是在床上睡还是在椅子上，因为拿不准醒来之后世界还存不存在。我不介意提前知道会有坏事发生。这种情况我这辈子经历过太多次，已经习惯了。显然，有期待、有盼头是好事儿。但对于未知，不知道事情会往哪个方向发展，无从知晓是好到极点还是坏到极点，并且什么也做不了——我太讨厌这种感觉了。

如果世界即将迎来末日，我会收到提前通知吗？我躺回椅子里——不知道为什么，这个动作已经从奢华的享受变成了受刑——想道：如果最坏的情况变成现实，在压倒性的人数优势下，杀光门外的十个李斯特拉戈尼亚护卫大概需要十五秒到一分钟，打开门需要一到两分钟。门很结实，由交叉加固的橡木板组成，每一块都有三寸厚，另有三根大拇指粗细的销子。所以，我只有一到三分钟时间。有时候，三分钟的感觉比一辈子还要漫长，但在这个场景下却很短。

我想着能在三分钟内做完的少得可怜的事儿，睡着了，不久后又被一阵轻轻的敲门声惊醒。不是砸门，是指关节小心叩门的声音。当然，要打开三寸厚的橡木门，最方便的办法就是找一个人从里面打开。"谁？"我用演戏专用的低语声问道，免得惊醒霍达。

"柯博哇牙队长，陛下。"

谁？啊对，柯博哇牙是"唯一要素"在李斯特拉戈尼亚语中的叫法。我跟队长阿一编了一套暗号，就是为这种时候准备的。如果他想进来，而外面是安全的，他就叫"柯博哇牙队长"。如果他敲门的时候被一群刺客用刀抵着脖子，他就是"护卫队队长"。"等一下，"我说，"马上来。"

霍达抬起头，"怎么了。"

"睡你的。"我取下销子，抬起门闩，开了一条一掌宽的门缝，刚好能让我看清阿一队长那张很有欺骗性的呆愣的脸。

"议员大人向您致意，"他说，"并请您去见他们。"

这得想一想。"进来吧。"我打开门。

我觉得这是我这辈子把人震惊得最厉害的一次。除了为了保护皇帝，流干自己最后一滴血之外，他显然从未想过自己有机会踏入寝宫，况且皇后还没起床呢，很可能穿着睡衣，很可能什么都没穿……

"来吧，"我不耐烦地说道，"别在那儿愣着。"

我猜如果他有得选，他可能宁愿面对强敌，被杀到全军覆没也没问题。但这个选项不存在，他只好服从。霍达打了一个哈欠，抱着被子问道："他妈的谁来了？"我回答，阿一队长来了。"哦，对。"她说着，在枕头上翻了个身。

"再说一次？"我说。

"陛下？"

"刚才通传的内容，再说一次。"

他逐字逐句重复了一遍。

"不是吧？现在就要去？"

阿一盯着我身后墙上的某个点，"没说什么时候，陛下。他们只是说，有请。"

很难不喜欢一个随时准备牺牲自己保护你、为此被撕成碎片也在所不惜的人，即使他长得出奇地高大，又害羞得令人恼火。而且，只要我在他眼中不再是"天堂的副主""无敌骄阳兄弟"之类的奇怪形象，我们就能正常交谈几句。这种时候他总是很聪明、很踏实，是个好人。"你怎么看？"我问。

他想了一会儿。"昨晚发生了一件事，"他说，"具体不清楚。我想知道，但没人跟我说。"

"听着不像好事。"

"是的，陛下。"

我回头看了看，霍达又睡着了，她每天早上都像缩在壳里的蜗牛。"这个地方你比我熟，"我说，"帮我找个地方，要能让你手下所有人都能沿墙站岗，但又不会显得太突兀，需要的时候可以集合起来一路杀出皇宫。"

他花了大概一秒半，"孔雀回廊可以，陛下。"

"是不是中间有一块方形草地，还有一座喷泉那里？"

"是的，陛下。"

"出口在哪儿？"

"一个通向象牙厅，另一个通向玫瑰花园。要撤退的话，也可以退到草坪上排成一圈。"

"可以，"我说，"告诉议员我二十分钟后在孔雀回廊见他，然后叫上你的小队，把他们带回来。"

要穿的东西那么多，却只有二十分钟。所幸我可以迅速从一套夸张繁复的服装换到另一套，这本领早就练出来了。"你在干吗？"她用胳膊撑起上半身，问道。

"出去一下。"我说。

"穿成那样？"

"要见一些人，处理例行公事。"

"我也去。"

"不行，这是规矩。"

"操他妈的规矩。"

"这东西应该操不了。"

她怒视着我，"看了你昨天那场大戏，我无论如何也要跟你一起去，不能放你一个人自由发挥。"

也不是不行。而且换个角度来看，比起留她一个人在寝宫，人人都能来拜访一下，她还是和我、和阿一队长，以及一整队护卫待在一起安全些。"那你快穿衣服吧，得抓紧了。"

她对我骂了一句脏话，便钻进那一堆可笑的衣服里去了。我觉得她没必要凶我的。不过她确实厉害，我比她先开始五分钟，但她很快就穿好了一整套，队长回来接我们时，她已经优雅端庄地站在那儿了。

口信说的是"议员"，无法判定是一个议员，还是全体议员，还是二十人的代表团，还是五人委员小组，还是格里墨一个人以一个泛指的"议员"自称。考虑到现在的情况，我猜等着见我的大概有十五到十八人——几个首席法官加上派系领袖，差不多是这个数。

走进孔雀回廊时，所有人都站起来迎接，阿一队长和手下们立即散开，在他们所有人两侧排好后，我发现少了一个人。

"格里墨在哪儿？"

回答我的是一个长得又高又瘦的人，鼻头让人想起圆形凯旋拱门。我之前见过他一次，但没记住名字，"格里墨不再代表议员。"

"啊，什么时候的事？"

"昨晚。我们议会厅召开了紧急会议，决定——"

"你他妈是谁啊？"

他看着我，我觉得他也看到了站在我身边的阿一队长。我个子很高，阿一比我还要高一个头。他又朝四周看了一圈，不管往哪儿看，都能看到我的卫兵。"我叫马特库鲁斯，"他说，"护国联盟的首脑，另外，议会刚刚任命我为——"

"他还活着吗？"

我似乎问到了痛处。"是的，当然。"马特库鲁斯说，但语气似乎在表达，"当然"才怪。

"他在哪儿？"

"为了他的个人安全，我们认为有必要将他保护起来。不用说——"

"我知道'保护'是什么意思，谢谢。带他来见我，马上。"

身后传来"嘶"的一声，似乎有人倒抽了一口气，应该是霍达，我没理她。马特库鲁斯看了我整整一秒的样子。鉴于我要一次又一次忍受这过家家一样的内斗，一秒钟的违逆已经是我忍耐的极限了。

他点点头。"陛下。"说完他转过身，给一位议员丢了个眼神，后者起身离开。我转向队长阿一，但刚转到一半他就已经行动了：他打了个响指，往前一指，五个卫兵就跟在了离开的议员身后，自然，那人看起来苦恼极了。

"我代表议会告诉——"马特库鲁斯想说话，但我打断了他。

"在格里墨回来之前，"我说，"你别说话，其他人也一样。"

于是，众人一声不吭，忧心忡忡地静坐了十五分钟。在这期间，霍达凑上来悄悄对我说："你疯了吗？"

"安静。"我悄悄回答。

"你不能这么跟这些人说话。"

"我非这样跟他们说话不可。"我说，"否则角色就不对了。"

困惑。"什么角色？"

"我。"

于是她放弃了，开始玩衣服上滑线的线头。在这之后不久，五名卫兵和那位满脸忧伤的议员回来了，带着格里墨。格里墨下巴肿了，一只眼睛睁不开，左手吊在一根带子上，表情恐惧，洁白的议员长袍上有一块巨大的污渍，位置在裆部。

"这就是你说的'保护'，对不对？"我说，"做得很一般啊。"

这一刻，没人知道会发生什么。有时你能在演戏时制造出这种效果，很吓人。所有人都在看我的下一步行动。

"谁也别想着跟我解释，"我说（仿佛我天天都在处理这种事），"我大概知道发生了什么。队长，劳烦你带队护送这十几位大人去象牙厅，让他们待在那儿。我要和格里墨议员说几句话。"

就像进入屠宰场的羊——其实这场景我见过很多次，我以前租过一间在六楼的屋子，窗外就能看到饲养场，这些傻乎乎的生物显然不知道自己要被带去哪里，去了又会遭遇什么。阿一队长分了大概一半的人跟着议员，另一半留在原地。我拉了拉阿一的袖子，让他跟我站到旁边去合计一下。

"如果这些小丑命令军队来抓我，你觉得会怎么样？"

他努力思考了一阵,不知道是在考虑我的问题,还是在把想说的话翻译成罗珀语,总之显得很厉害,每次都是。"难说。"他说。

"这算什么回答。"

"抱歉。我认为如果他们使出这一招,只有四分之一的兵团长官会听令。毕竟你不仅是皇帝,你可是利西马库啊。我认为军队里有四分之一到三分之一的人是你的狂热支持者,为了你不惜跟自己的手足拼命。如果发生这种事,支持议会的那四分之一大概率会退让。执行一条理论上有完整指挥链的命令是一回事;但为了执行命令,和同胞拼个你死我活,还很可能输掉,不是当场被杀就是事后上绞刑架,这就完全是另一回事了。这就是我的看法。"他说,"不一定对。"

行吧,是我自己要追问的。"谢谢,"我说,"那些混蛋有办法给宫外传消息吗?"

这次他完全没想,"没有,陛下。"

"那就好。"

我走过去坐在格里墨身边,如果不是最近和他混得挺熟,他这模样我可能根本认不出来。我知道他们对他做了什么,以我爸的标准,算是轻轻教训了一下吧,但落在他这样的人身上,足够从身体到心灵毁掉他很多次了。

"发生了什么?"我问。

他转过身来。"他们说我驾驭不了你,不能再由我来管你了。"他说,"我想跟他们讲道理,结果——"

"懂了。"

"平民派想杀我,"他声音里的痛苦能让砖块流泪,"被伊纽斯和拉瑟奥拦了下来,他们说我是个有用的人质。我被扔进一间黑乎乎的牢房,他们说只要我敢吭声,就打断我的手脚。"

"别担心了，"我温柔地说，"我把他们全部关起来了，现在谁也联系不上。"

他盯着我，接着伸出手，把我的手紧紧握住。

"就算我想，"我说，"我也没办法把他们全杀了，所以我的打算是：以叛国罪起诉领头的那几个，公开审判，让所有人都来看看，这几个人一心想废除帮会，是人民的公敌，找个拱门把他们的脑袋钉上去。在你苦苦恳求下，我会赦免剩下的人。另外，兵团里可能会站在他们那一边的长官也处理掉，换成我们的人。怎么样？"

他点点头，感觉是找不到话说了。我有点儿心疼他，听完我刚才的话，他的整个世界都坍塌了，再也回不到从前。在我们这一行，这种情节叫悲剧。

6

不知道帮会的事儿进行得顺不顺利，我找不到人问。皇宫里除了队长阿一，我几乎没有认识的人。在寝宫厚厚的橡木门外，在皇宫某处，有几千名文官管理着帝国的日常事务，但我不知道该怎么联系他们。皇宫里总是很安静，没人大喊，没人在走廊上奔跑。人们要交谈都会把脑袋凑在一起轻声说话，穿的都是羊毛毡材质的靴子。门外什么事情都有可能发生（暴动、敌人攻破了城墙、世界末日，等等），而你什么都听不到。日子过得一成不变，唯一的新面孔就是外邦大使。

于是我对阿一说："我想要个文员。"

他艰难地看着我，"他们都不敢跟你说话。"

"怎么不敢？"

他低头看着手，这意味着接下来的话是我不爱听的。"他们不知道明天这个时候你还是不是皇帝，"他说，"所以不想跟你走太近，除非避不开。"

可以理解。"给我找一个你能逮到的、资历最深的文员，尽快。"

她在床上睡懒觉，此时抬头看着我。

"别念叨。"

"真有趣，我正想说，这做法真聪明。"

"我不这么觉得。"

"随便吧，"她用胳膊肘撑起上半身，这慵懒的姿势别人学都学不来，"我这是在夸你，换我我也会这么做。"

我坐下来，"换成你，接下来你打算怎么办？"

"当然是了解外面的情况。蒙在鼓里就什么都做不了。"

"同意。"我把脚放在一张价值连城的象牙茶几上，茶几的一只脚被我压断了。她笑道："他回来之前我们能干点什么？"

"不知道……想想如果他找不到文员该怎么办吧。"

"还是来玩'试演'吧。"

我忍不住大笑。你还不知道吧？"试演"是我和霍达在剧院等待上台期间常常玩的组词游戏。规则很傻、很复杂，如果不了解规则，就完全搞不懂我们在玩什么，所以我就不啰唆了。总之我们玩了一局，玩得很尽兴。我赢了，她一口咬定我作弊。之后队长阿一就回来了，身后跟着他的一个手下和一名文员。

我演过很多次宦官，但见到还是第一次。皇宫里，高层管事的大部分是宦官，这是杜绝裙带关系的唯一办法，但不怎么管用。没办法把傻帽儿子塞到重要岗位，那就把傻帽侄子塞进来。我突然觉得文官系统挺残暴的，不过再想想，在大部分贵族家庭里，每一代第四个儿子生下来就会被杀掉，而没人觉得有问题。看这个宦官的样子，应该挺不想跟着阿一来见我的。

"名字？职位？"我问。

他长得又矮又瘦，宽宽的圆脸，一头卷发。"我叫斯帕拓。"他说话声调很高,听着很优雅,"御马监伯爵的常务副秘书。"

我看了一眼队长阿一,他点了点头,看来是个牛人。"你可以,"我说,"你知道我是谁吗?"

"是的,陛下。"

"很好,我刚刚当皇帝,需要一个人教我。给我讲讲现在的情况,以及你们是怎么处理的。你可以吗?"

"当然。"

"棒极了。那立刻开始吧,去问问蓝、绿两帮是不是在街上打砸抢,如果是,官府又有些什么应对措施。我还想知道军队的看法,对于帮会重组,对于议会的人事变动。"我停了停,"这些事情你了解吗?"

"是的,陛下。"

"那好,"我说,"做好这件事后,再给我做一份所有文官的清单,军队和海军系统的也各做一份。另外,你最好帮我找十来个可靠的文员,处理报告和信件之类的文书。"

他一点儿都没慌,"是的,陛下。"

"很好。哦对了,给你说一声,这位队长会一直跟着你,如果他觉得你在搞鬼,就会把你给一刀捅死。至少这段时间是这样,算是你的试用期吧。"

他的眼睛似乎睁大了点儿,但很轻微,看不真切。行吧,要做行政工作,淡定是很可贵的品质。"明白了。"他说,"还有什么我可以效力的吗?"

"有。帮我找一个房间办公,不要太大,队长要能监控进出的人员,这一点可以听听他的建议。"

他们离开后,她问:"现在管事的变成你了,是不是?"

我点头。"只有我来啊,不然——"我留了一两秒钟让她思考,"看看议会搞的什么烂摊子吧,我们差一点就被他们害死了,所有事情都得控制在我们手中。"

她打量着我,仿佛是在画廊为一部戏剧挑选角色。"好,"她说,"如果你想这么干的话。"

"我可一点儿也不想。但就像我说的,我们没有选择。"

"没有选择,是因为我们还困在这儿。"

这我没想到,但现在没时间想这些无关的事儿。"你觉得我们从一楼的窗户溜出去就能逃掉吗?我觉得完全没希望。"

她笑道:"而且你想留下,当然想了,你可是他妈的皇帝啊。"

没必要这么嘲讽我吧。"你也是皇后啊,"我说,"这是每个女孩的梦想吧?"

"我没这种梦,至少不是这样。"

"我也没有,"我告诉她,"当了皇帝我才知道自己以前多么不知好歹,真的,幸福的时候你根本意识不到。"

7

　　我小时候——又要讲我那野蛮生长、跟现在的事情毫无关系的童年了，我知道你厌倦了，但请再听一次——曾经有个绿帮高层和我父亲共事过，两人是朋友。他管着六个街区，地盘与父亲相邻。他们在很多方面都很像，不知道为什么能当朋友——或者说正是因为像吧！我叫他卢托叔叔，每次他来我家，都会给我一块蜜糖蛋糕或五十铜特拉奇，给母亲买几束鲜花或几码绸缎，再给父亲买一瓶好酒。在我的记忆中，他长得高大浑圆，浓密的白色毛发从他的衣领前面喷涌而出，像常春藤一样爬满他的脸，然后在头顶上炸成一团华丽的乱麻。我对他没什么感情，只觉得他是一个会时不时给我带点好东西的好人。

　　之后有一天，我在屋里听到一阵无比可怕的嘈杂声，男人和女人的声音混在一起，大多都很愤怒，我跑到窗口往外看，但我妈及时把我抱了回来。这我可不乐意，我当时十二岁，觉得自己已经是大人了——那个年纪的蠢孩子都这么觉得。我从她腋下遛开，径直冲向打开的房门。

我看见我爸站在大街上，卢托叔叔在他面前的地上，双手抱着我爸的膝盖抽泣。他背后有一大群人，有拿斧头柄的，有拿砖头的，天知道还拿了些什么家伙。卢托叔叔在流血。

"所以，你到底做没做？"我爸说。

"天哪，"卢托叔叔说，"这重要么？我们是朋友。"

我爸背对着我，我看不清他的脸，但他肯定知道我跑出来了，因为他说："儿子，过来。"

人群的架势让我有点却步，但有我爸在，我知道我是安全的。我绕过人群，站在他旁边。

"看到这个人了吗？"他问，声音很大，所有人都能听到，"他私吞了帮会基金，"卢托叔叔摇着头喃喃说着什么，但不敢看我爸，"你觉得这件事如何，儿子？"

"不好。"我说。

"大声点儿，儿子。我听不见。"

"很不好。"我说。

"我也这么看。"我爸说，"如果有人做了这样的事，就不能放过他，对不对？"

"对，爸爸。"我说。

"你认为我们应该怎么处理他？"

我看了看人群，又看了看我爸。然后照着卢托叔叔的嘴巴，使出全部力气踢了一脚。

我爸微笑着把我拉开，靴子脚跟狠狠撂在他老友的耳朵上，接着往后退了一大步，让人群接管剩下的工作。人群做完这件事只用了大概三分钟，其中有两分钟都是在揍一具尸体。我爸拍了三下手，所有人都收回了脚。他用大拇指打了一个手势，人群就散了。他低头看了看地上血肉模糊的一摊，用手肘夹住我，把我拎回家，关上了门。

过了大约一年，他告诉我他那一脚已经把朋友踢死了，这是在老朋友背叛帮会后，他能为他做的最后一件事。其实我看见卢托叔叔在那之后还挣扎过好几次，但我没有说出来，因为我知道我爸也看见了。在那之后他就再也没提过这件事。

我踢的那一脚对最终结果没影响，所以我不用愧疚。当时的我认为自己会成为绿帮优秀的一员。如果你在那时问我，我从卢托叔叔的死当中学到了什么，我肯定会回答：永远不能私吞帮会基金。

如果是现在才来问我，答案就完全不一样了。当然，小时候的我也没说错，事实依然是事实，但我想我现在的回答也是对的，只不过是小时候不愿意承认的真相。

因为真相不是一成不变的，甚至可以说，随着我们自己的改变，真相也会跟着变。那个踢了父亲最好的朋友的十二岁男孩，绝对不是刚刚加冕登基的我。这是无可争议的事实，是可以得到客观印证的：身高不同，体重不同，人生观更是一个在东，一个在西，相互冲突。揍了帮会叛徒的孩子，用一个花招废除帮会的皇帝，这是两个完全不同的生物，但同时又是同一个人。

真相其实有很大弹性，几乎任何需求都能满足。那个叫诺克尔的孩子，那个曾经是诺克尔的成年人，变成了利西马库，继而变成皇帝陛下利西马库二世。你可能想说，我又不叫利西马库，但这根本不是问题。人称"无敌"的克里欧冯四世在十二岁时可不叫克里欧冯，他的乳名由八个音节组成，意思是"尤克辛的蓝马"。后来他当上皇家卫队队长，刺杀了雷鲁斯二世并成功篡位，之后便改了名。之所以选择克里欧冯这个名字，是因为伟大的马恩赛特王朝在五十年前终结，末代帝王是克里欧冯三世，人民对这个名字依然怀着敬爱和信任。这是完全合理的一国之君的做派。克里欧冯四世帮助帝国抵挡了阿兰姆·诺–维伊的入侵。而生活教给我们的道理中,有一条是绝对正确的:只要结果是好的,手段好不好不重要。

就这样吧。如果真相是绝对的、无法更改的,我这样的人要怎么面对自己?

别误会,我不恨我爸,我从他身上学到了很多:帮会的运作方式,大群民众的思考和行动方式,如何打斗、如何使唤人做事(不管是好言哄劝还是凶巴巴地欺负人),如何利用别人达到你自己的目的,以及在做到上述所有事情后,如何让人们依然爱你。没有他教我的这些本事,我是绝对当不了皇帝的。要是能看到自己的宝贝儿子坐在皇位上,他肯定会打从心底为我骄傲。他很爱我,这点我从来不曾怀疑。而除此之外,你还想要求什么呢?

据斯帕拓所说,最新的消息就是一切正常。没有动乱,没有愤怒的暴民打砸抢烧,应该说完全没出现暴民。大概因为议会在决定对付格里墨那会儿,也对帮会采取了行动,让站在他们那一边的高级军官逮捕并扣押了蓝、绿两帮高层,连每个街区的老大都抓了。这一招真够狡猾的,可能他们比我想的要聪明,也可能他们真的听懂了我的演说。当然没有暴动了,因为低级帮会成员无法组织暴动。两派的小头目们都知道不能擅自行动,因为他们从生下来就明白,任何大型抄家伙活动都至少需要街区老大点头才行,没有高层授权,始作俑者会在大街上被乱脚踢个半死,这还是最轻的惩罚。在我爸那个年代,以这种方式钳制帮会是不可能的,因为官府根本不知道哪些人是头目,可能蓝、绿两帮各知道那么一两个,但大部分身份是隐藏起来的。现在能把所有人挨个拎出来,还是因为帮会通过漫长而艰苦的斗争,为自己争取到了合法地位,成为官府的一分子。

对议会忠心不二的军队长官是计划第二部分要处理的对象。整理这份清单的文员很贴心地在每个名字后面写出了推荐的替代人选，所以我只要在每一页最下面签字就行了。文官系统中的议会支持者是计划的第三部分，只能靠斯帕拓帮我寻找替补了。不过这件事不着急，反正这部分人数本来就不多，大概十几个的样子，而且职位都不高。

"等等，"我说，"议员家族中的小儿子都当了文官吧？加起来肯定有几百人。"

斯帕拓白了我一眼，一半是谴责，一半是鄙视。这眼神没毛病，在他看来，他在做一件我永远无法理解的事，"文官对帝王绝对忠诚，这是职位使然。"他说，"另一方面，议会不过是一群不相干的老古董。"

"但我杀了他们的父亲和长兄啊。"

"杀了就杀了，没什么出奇的。文官经营这个国家，皇帝给了我们这么做的权力，而议会负责添麻烦。"他又瞪了我一眼，仿佛在说，你怎么还是不懂？这种眼神我越来越熟悉了。"是的，我们对家族仍然保有一些忠诚，这是天性。但我们对文官系统的效忠重于一切。"

应该说，"对帝国的效忠"吧。我差点儿插上一句，幸好忍住了。

"这就像结了婚的女人，"他继续说，"离开父族，去到丈夫身边。进入这一行也一样，成为文官，就成了世上最伟大体系的一分子。"

啊，省省吧，不过我爸对绿帮也是这个态度。"所以你们要制定政策？"我突然想到，"你们不是只负责执行吗？"

他的眼神似乎在说，真是个纯洁的好孩子，愿老天保佑他。"我们对那些不切实际的理念没兴趣，如果你说的政策是指这个的话。议会倒是喜欢，所以他们才会在过去三百年间走向衰落。而皇帝的大部分时间都被各种章程、仪式占用，只有到了最危急的时刻才能抽出空来。"

"那你们干什么？"

"我们给皇帝提供建议，再遵循他的选择加以执行。"

我点点头，"围城算危急时刻吧？"

"当然。"

"所以现在你听我的。"

"当然，"他面无表情地说，"不过我们处理的事情大部分是按部就班的日常事务。鉴于危急时刻所带来的各种麻烦，我们不愿意让你再为琐事烦心。"

比如说组织劳动力、收取和分发关键物资，确实是琐事。我突然在想，尼卡弗鲁斯、阿塔瓦杜斯和福提努斯应该从来没想过花点儿时间跟这个人聊聊。如果聊了，他们说不定不会死。我又想到了帮会。现在看来，取缔蓝、绿两帮是对的。因为都城里还有第三个隐藏帮会，这是我小时候不知道的。而都城容不下这么多互相角力的势力。

人最好稍稍表现得笨一点，这一招我用了一辈子。"谢谢，"我说，"这样安排听起来很合理。"

"这套制度顺利运行了一千年。"

"从来没出过错。"我说，"尽快把计划第三部分的名单给我吧。另外，我需要一个秘书，不是你们文官那种书记员，一个能帮我写信的文员就好。"

"你之前已经说过一次了，"斯帕拓说，"我有一位人选，你什么时候有空见他？"

8

尤苏萨斯上场。

　　大约在三百六十年前,罗珀人建立了一块殖民地——帝国有很多这样的殖民地,而这一块位于友睦海贫瘠的海岸。不知道为什么,这个地方被帝国遗忘了,大概是文书工作失误吧,某一份清单写漏了它的名字,或者跟另一个相近的名字混淆了。于是在那之后的一个半世纪里,移民们只能靠自己。头五年就死了三分之二的人,剩下的被当地蛮族救了。蛮族耐心地教会他们如何种地、如何用木板和黏土盖房子、如何制作兽皮、如何精炼铜矿、如何开采燧石,以及其他有用的技能。后来都城终于想起这一茬儿,派了一名总督去征收过去一百五十年欠下的税款。总督见到的是一群野蛮人,和当地蛮族唯一的区别就是肤色。他们给自己的民族取了新名字:科里班人。罗珀帝国重新接纳了他们,教他们做回文明人,清楚认识到自己丢人的过去。到最后,科里班人中最聪明的那一群已经可以在都城定居,做一些正统罗珀人不愿意做的低贱工作。尤苏萨斯就是其中之一。据他说,他父亲是个小酋长,"尤苏图"这个姓在科里班人当中相当于皇族了。他父亲有十六个妻子、四千只羊。他小时候睡在一间在我们看来连猪圈都不如的小房子里,最珍贵的财产是帝国分发的军用靴。

注意,上面这一段全是过去式。因为科里班人已经被奥古斯杀干净了。只剩下一百来个还活着,都住在都城。

见到尤苏萨斯的瞬间,我感到一阵狂喜,太开心了。因为我意识到斯帕拓低估了我,正如我希望的那样。我让他帮我找一个秘书,他便亲自挑选了这个人。这是个聪明的年轻人,但运气不好,出身太低,从来不敢有什么奢望;他的一切都是文官系统给的,所以绝对可靠,可以完全按照他真正的上级的意愿来管我、调教我,并把我的一言一行如实汇报上去。从此以后,负责训练、驯服我的人就是他了,一切都很完美。

尤苏萨斯长得很矮,宽肩膀,脑袋大得不符合比例,手更是像煎锅一样大。他的肤色比较浅(文官们对此有个高雅的说法,叫作"石灰色伴彩"),皮肤上有壮观的文身,文的是两只姿势潇洒的孔雀在打斗,从脸上一直打到脖子露出来的部位。他告诉我,孔雀代表高贵的出身。这个我熟,忘了是多少年前那会儿,我在《奥隆尼亚,科里班的公主》中跑龙套,尤多克希亚(记得她吗?《弗蕾塔夫人》最棒的女主角)第二幕上场时,背上就会画上无比华丽的孔雀图案。当时有人出来纠正说,科里班人只会在脸上文图案。是的,但如果文在脸上,露台的观众就看不清了。话说回来,尤苏萨斯的孔雀远远没那么惊艳,甚至不那么逼真,但还是挺震撼的。而且这是真正文上去的,不需要每天晚上画一遍。

"你不介意吧?"他有点吃惊。

"介意什么?"

"人人都说我应该戴上面纱,"他说,"我主,"他飞快接了一句,似乎刚才忘了自己在跟谁说话，"但我觉得戴上面纱看着更糟。"

"是的，戴面纱会很傻。你应该告诉自己，十年之后，文身会流行起来，人人都会文，变得和你一样。"

他笑了。接着，他意识到无敌骄阳的兄弟正在向他释放超乎寻常的善意，这让他像关门一样闭上了嘴。确实是个聪明的小伙子。

"坐下，"我说，"不，坐过来，让我听见你说话。我想问你点儿事。"

"是，我主。"

我给自己倒了一杯酒，差点给他也倒一杯，但即使我是利西马库，作为皇帝给文员倒酒也太奇怪了。"你对文官系统了解多少？"

"非常了解，我主。"

"那挺好，"我说，"你家里人都死了，你的族人被消灭了，文官系统是你唯一的归宿。"

他还不知道怎么做板着脸的表情，不过快学会了。

"是的，我主。"

"你是什么感觉？我是说对于老家发生的事儿。"

话题离舒适区越来越远，连天上的星星看着都不同了。"我的感觉？"

我点了点头，"这么简单的问题，说吧。伤心？愤怒？想自杀？或者觉得损失不大？"

"伤心。还有愤怒。"

"害怕吗？"

"是的，我主。"

"我也是。"我说，"让我告诉你原因吧：我们在这儿争夺都城的管事权这会儿，奥古斯正带着五十万野蛮人摩拳擦掌，准备像屠杀你的族人一样杀光我们。你会为此担心吗？"

"是的,我主。"

"能不能别这么叫我……抱歉,我说到哪儿了?哦对,我也担心。但城里人好像已经忘记这件事了。他们似乎觉得,既然我们还活着,生活还在继续,一切维持着原状,所以我们算是赢了。但我们没有赢,应该说事实正好相反。"

"陛下?"

"其实这么叫更难听,算了,当我没说过。"我躺在椅背上,拿起一叠纸,这是在格里墨的桌子上找到的,他现在几乎不去那里办公了。"看到了吗?"

"我主?"

"报告,"我说,"议会外事委员小组提交的,时间是大约九个月前,写得很枯燥。但如果捏着鼻子读完屎一样的外交辞令,你会发现内容非常恐怖。"我把报告交给他。

"你拿去读,"我说,"看看你脑子有多聪明。"

他在接下来一次见我时把报告还给了我。"怎么样?"我问。

"我懂你的意思了。"他说。

"告诉我你都看出了些什么。"

"奥古斯在收紧勒住我们的绞索,"他说,"他在军事上已经做到了极限,所以改用外交手段来切断我们的食物供应。"

"只是外交手段?"

"不是,我主。他很聪明,开始自己建造工坊了。"

我轻轻拍手。"我没看错人,"我说,"你脑子很好用。"

"他没有亲自做这些事,"尤苏萨斯继续说,"但背后操纵者肯定是他。在北方和东方各处修建工坊、雇用手艺一流的匠人,钱只可能是从他那儿来的。连萨尚和艾克门都出不起这么多钱。"

"而且这两个国家正在交战，拿不出余钱。继续说，为什么他要这么做？"

"目前，我们很重要。全世界都想要我们做的东西，这些东西在别处买不到。'都城制造'是身份的象征。如果你是什么地方的蛮族酋长，能拥有来自都城的一盏提灯或一瓶酒，就算你不喝酒——"

"就像你爸手下所穿的帝国军用靴。"我说。

他笑了。"大约在一年前，奥古斯从萨尚买了一万名罪犯，这些罪犯都来自艾克门一个偏远的东部城市，那里有精致的瓷器、瓷砖和金属制品，全被萨尚军队一把火烧光了。而这些东西也是我们的特产。"

"但风格完全不同。"

"人是可以学习的，不然奥古斯一口气买这么多匠人做什么？他的手下对这些制品没兴趣，可能少数人感兴趣吧，但肯定会被说教，别沉迷于这些对你没好处的东西。奥古斯想抢走我们的生意，这样我们就只能饿死。"

我点点头。

"又或者，"尤苏萨斯又说，"他希望我们自掘坟墓。外邦人不再找我们买东西，为了保障贸易收入，我们就要派出舰队去攻打别人的城市。这一步我们没有选择，非走不可，但肯定会得罪外邦人。他们会去强大的邻居那里寻求庇护，而强大的邻居就是萨尚或者艾克门。"

"但两国正在交战，没空管他们。"

"战场在陆地上，"尤苏萨斯说，"两国都有强大的舰队，眼下正闲着。要打这种艰巨的持久战，盟友永远不嫌多。所以我们的舰队迟早会对上他们，不是萨尚就是艾克门，很可能三方混战。罗珀人的舰队是全世界最强大的，但这是帝国在全盛时期、疆域和他们差不多大的时候留下的遗产。就算击沉敌方六十艘船，六个月后又要面对六十艘新造出来的。反过来，如果我们损失了二十艘船,除非奇迹降临,否则不可能在六个月内重新造二十艘,很可能要花上一年,这还是在原材料齐全的情况下。木材和别的那些东西都得走海路从外邦进口,而如果我们和萨尚人打了起来——"

我举起一只手,示意他停一停。我都没想到这么多,只想到了抢我们生意那一步。"够了,"我说,"你是怎么想到的?就是跟萨尚和艾克门开战等等。"

"很明显啊,"他说,"想一想就想到了。"

"正确。"我说,但我自己想了想,完全不觉得明显,"我猜文官们早就针对类似情况准备了应急计划吧?"

"我觉得没有。"他有点茫然,"首先,我都不知道这种事应该交给哪个部门。"

众神啊。"所以偌大一座都城,只有你我两人有足够的智慧看出这么明显的事儿?"

"我不是这个意思。"尤苏萨斯说,"应该很多人都想到了,特别是那些高级官员,但只是私下里想一想。官面上,都城一切正常。我们不鼓励听风就是雨的行为。"

"我猜就是这样,"我说,"好吧,这一点要改了。你觉得我们应该怎么办?"

他看着我,"奥古斯和他的工坊?"

"是的。"

"我不知道,这是个大麻烦,看不出有什么明显而容易的解决方法。"

"嗯。"

他低头看着双手。"所以高级官员才不想理会,"他说,"他们自己把这一切都想清楚了,跟我一样,然后得出结论:我们无能为力。"

"和死亡一样。"我说。

"什么？"

"我们都会死，"我说，"作为最聪明的动物，面对这么可怕的事，你肯定认为我们会倾尽一切资源——智慧、金钱、时间——来寻找战胜死亡的办法。但我们没这么做，而是接受了它。人长到十三岁就不再去想死亡了，往后一生我们都会努力忽略它，把注意力放在其他事情上。因为如果一直想着死亡，人就废了。议员和文官们做的不过是同样的事。"

"我想是的。"尤苏萨斯说，看起来不太开心，"但世界就是这样的吧，我觉得。有些问题确实是无解的。"

我站了起来，"这你就错了。"

"陛下。"

"啊，别这么看着我。我知道这句话很蠢。但是人被逼到穷途末路就会发现，能做的事情绝对有，超乎你想象。后巷小流氓也能当皇帝，你觉得这件事的可能性有多大？"

他笑了。行吧，这是一句不错的台词，被我演绎得很生动。"说得对。"他说。

"而要做到这样的事，"我对他说，"其中一半要靠运气，另一半靠一种自觉：如果不抓住这么点运气充分利用，我会死得很惨。无敌骄阳给予我们恐惧，就是为了让我们放聪明些。那些不知道恐惧的人绝对不是无畏，只是无知罢了。人的最佳状态永远出现在他被吓出屎的时候。"

这便是我的退场念白了，不过没地方可退，只能重新坐下。尤苏萨斯看了我一会儿，然后说，"你有主意了。"

"没有。"我坦白道，"我现在只能盯着天空，等着好运降下来。但只要交上一点儿好运，我就会做好迎接它的准备，到时候就要用上你了。"

9

"你在搞什么鬼？"她问。

我这几天没怎么见她，她显然无聊得不行。如果安于皇后的身份，这就是世界上最无聊的工作。唯一需要做的，就是穿着华丽的衣服走来走去、被一百多名侍女包围。侍女们也都是贵族出身，所有人几乎都不聊天。一个曾经撑起了一家剧院的女人只要坚持上几个小时就一定会发疯。于是她赶走了所有侍女，自己找了一间位于塔顶的静室。在这里她可以把脚跷在桌子上读诗，她挺喜欢诗的，但读了两天之后也厌烦了。这会儿，她已经准备砸东西解闷了。

"我在偷文官。"我说。

她赞同地点点头，"那位个子小小、脸上画着鸡的年轻人不简单。"

"是孔雀。"

"行吧。他也是文官的一分子？"

"他是关键。"我说，"目前所有官方办事渠道都走不通了，所以他得经手所有事情。"

"就像下水道主线。"

"这比喻不错。在都城,一条政令要想生效,必须盖上帝国玺印。不是御玺,御玺只有一枚,帝国玺印算是除此之外最高级的吧,目前有三十枚,长得一模一样,分给了三十个主要部门。"

"目前还听得懂。"她打了个哈欠。

"到明天这个时候,"我说,"如果顺利的话,就只有五枚了,五枚被收在一起。"

她的眼睛睁大了一些,"聪明啊。"

"我也觉得。文官当中有六个科里班人,尤苏萨斯就是其中一个,另外五个正各自坐在一间房间里,等人把玺印送到他们手中。尤苏萨斯负责召回所有部门的玺印,找了个审查之类的理由。此后,二十五枚玺印会神秘失踪,剩下五枚全掌握在科里班人手中。到时候他们会忙到脚不沾地。"

"这样就能偷来整个文官系统。"她对我笑了,"所有事情都要经过五枚玺印,而你的人可以控制一切。他们不会放过你的。"

我耸耸肩,"记得弗德里克和巨人的故事吧。巨人抓住弗德里克,把他带回山洞打算第二天早上吃掉。弗德里克趁夜弄瞎了巨人。巨人高大而强壮,但因为看不见,所以抓不住弗德里克。要驯服巨人,就得把他的眼睛挖出来。"

"这一招确实厉害,是那个谁想到的吧?"

"是的,他很聪明。但我脑子也不差,我看出了他很聪明。"

"当然,亲爱的。不过,顺便问一句,干吗费这个事?"

"哈?"

"你刚刚偷来了文官系统。为什么?你想拿这个干什么?"

这就是难受的地方。聪明人很多，而有些人，你十分希望她能笨一点儿，"两个人同在一个房间，但只有一把刀，你宁愿对方拿着刀，还是自己？"

"把刀扔到窗外啊。"

"没有窗户。"相信我，要是有"窗户"就好了，"要么把刀抢过来，要么活在危险当中。所以我一路上不停收集东西：皇位，议会，军队，现在轮到文官了。"

"你漏掉了帮会。"

"对，还有帮会。"

"但这些都不重要，"她说，"只要他还在城外，就没有意义。这个你也清楚。"

"好啊，"我站起来走到窗户面前往外看。从这座高塔上看，视野能直达海边。"要不这样，我们弄几件宽大的厚外套，在衣兜里塞满——"

"值钱的细软。"

"对。然后打扮成来皇宫干活的流浪乐师，趁没人的时候偷偷溜出去，一路跑到码头，跳上第一艘愿意带我们远航的船。从此过上幸福快乐的生活。"我停了停，"这是完美计划，我们怎么拖到现在都还没行动？"

她看着我，"我们溜不出皇宫的。"

"正是这样，两个鬼鬼祟祟的人在都城任何地方都寸步难行。"

"在深夜——"

"还要躲过那么多卫兵。你可别让我给他们放一天假，我告诉你，不行的。他们保障我们睡觉的时候不被刺杀，这就是代价。"

她抬起头，拿出了她最甜美的一副面孔，"我们试试吧。"

"什么？"

"就现在，当试演了。看我们能跑多远，我敢打赌能跑出皇宫。"

"现在是大白天啊！"

"对啊，白天能跑出去，那就证明这个时机不错。"她停下来看了我一眼，"你是想逃的，对吧？"

"说什么呢，当然想逃！"停顿，"其实，我正想问你一样的问题。"

"我？"

"对。"

"哦，省省吧。"

"皇后，"我说，"世界上最棒的工作。"

"才怪。"她笑了，"我在这儿待了……多久来着？两个月？"

"没那么久。"

"我记不清楚，这地方时间过得糊里糊涂的，反正感觉又像两个月，又像二十年。我这辈子从来没这么无聊过。"

"确实，但就算——"

"再让我在这个皇宫待下去，我一定会杀人的。你知道我现在每天都干些什么吗？"

这问题我也常常问自己。"什么都不干？"

"正确。"她的眼睛在冒火，这个眼神放在剧院，连露台上的观众都能看清楚，"我不明白为什么有人想当皇后，那些人怕是连半个脑子都没有吧。不然说不通，这工作有什么好的？穿笨重古怪的衣服？坐出优雅的姿势？众神在上，这些事我在画廊就可以做，还能赚钱。"她随手拿起一只茶杯，砸在脚边的地上。这是一件古董瓷器，非常稀有，上面有蓝色和白色的花纹。"我要是想做皇后，雇一个作家给我写一出关于皇后的本子就是了，至少我做皇后的时候是在舞台中央，我会有事可做，下面的人也会听我说话。但做个真皇后就——"她找不到恰当的词了，这不是好兆头，"你自己想想吧。"

"行。"我说,"对我来说,做皇帝也一样。"

"你啊,哈哈,"她说,语气让人有点讨厌,"你跟我比起来舒服多了。你可以离开居住区,不用整天跟一群傻乎乎的富贵女人较劲儿。"

"嗯,我不用,"我说,"我整天提防着被人杀呢,就像狩猎区的鹿。我都不知道自己原来这么聪明,这么有想象力,这么懂变通。因为一旦没了这三项品质,哪怕只丢失其中一项,几分钟后我的脑袋就会被挂在某座拱门上。众神在上,我倒希望过点无聊日子,想想都觉得幸福。"

我们看着对方。

"我们需要乔装。"

这就伤脑筋了。上一次拥有属于自己的衣服,感觉已经是上辈子的事了。现在,我甚至不知道我穿的衣服平时都放在哪儿,都是有人送来的,而只要我脱下一身衣服,又会有人迅速带走,这样的流程每天要走好几次。而就算我找得到衣服也没用。内衣除了丝绸就是织得无比细密、穿在身上完全没有粗糙感的亚麻。除此之外,我的衣服全是各种各样的庆典装,有外套、有袍子,每个样式都有十几件一模一样的。长筒靴和绶带没有多余的,用了大概有三百年了,闻着很臭。她比我好些,皇后服装里面的漂亮裙子,都是可以直接外穿、走在大街上也不会奇怪的款式。但不奇怪是一回事儿,不引人注意就办不到了。就算在皇宫附近,金线刺绣、缀着珍珠的衣服也会让人起疑心。

"我们可以自己做。"我建议道,"用床单。"

她看了我一眼,似乎在说,我没时间听这种傻话。"哦,是吗?"

有道理。床单的材质只比皇家礼服稍稍朴素那么一点儿。"别叫我敲晕几个侍卫,偷他们的衣服,"我说,"我惹的麻烦已经够多了。"

"这座建筑里总有仆人吧,"她说,"我指的不是贵族子弟,是正经仆人,需要靠干活谋生的那种。"

"有的，"我说，"我见过。"

"既然这样，"她说，"我们溜出去找到他们睡觉的地方，偷走他们多余的衣服。"

她说得并不认真，所以我也懒得回答。我拉了一下红色的铃绳——我有六根铃绳，颜色各不相同，红色的铃绳可以叫来尤苏萨斯。

很快，他就战战兢兢出现在我面前。"因为一些个人原因，"我对他说，"我和皇后需要两件旧外衣，马房里的洗马工穿的那种。"

"我主？"

"你帮我找两套，亲自去找。别告诉别人你找这东西做什么。"

"我主。"

"尽快。谢谢。"

他鞠了一躬，退下了。"我感觉不好。"她说。

"我也不好，"我对她说，"他知道我们想搞鬼，不过我觉得他是信得过的。但话说回来，格里墨信得过他在议会的童年挚友，尼卡弗鲁斯信得过格里墨，而他们的理由可能要充分得多。"

她疲惫地坐在一张摇椅上，跷起脚，"那完蛋了，行吧。"

"今天不行，"我说，"但如果我们一整天都表现正常，说不定他就忘了。"

"你觉得可能吗？"

"不可能。"

尤苏萨斯回来后，我叫他把两件外衣放在床上，然后退下。我们仔细检查了衣服，要把衣服藏起来可不容易，皇家寝宫根本没有放东西的地方。想藏在床下面，但我们试了试，床垫太重，根本抬不起来。床底也被封死了（底部全是浮雕，雕的是圣典和神话传说中的场景）。最后，我站在一张椅子上跷起脚，我勉强把衣服藏在了床罩上方。

"可以穿在庆典袍下面。"她说，"穿出去，找一个有柜子的地方。"

"好主意，哪里有柜子？"

她想了想，然后做了个鬼脸，"去皇宫外面找。"

外套从床罩上滑了下来，落在地板上。我捡起来，扔到房间一角，她满脸厌恶地看着这堆臭烘烘的布料，"萨洛尼努斯曾说，"她说，"不被看见的生活不值得过。我们的生活可被看得太清楚了，想藏两件衣服都藏不住。无论如何都得离开这儿。"

我在她旁边坐下，牵起她的手，但她缩了回去。"我同意。"我说，"但我们得静下来想想办法。"

"想快点。"

我想东西很快，一拍脑袋就有了。只需要你擤个鼻涕的时间，我就能想出一个愚蠢透顶的主意。

10

回到之前我给你介绍过的场景：在山顶的小村庄里过着安逸的生活，开门就能见到山谷美丽的风景，水道流出用不完的热水——

真有人是这么生活的。其实我这辈子从来没离开过都城，但我知道，萨尚国有一座大城市就建在火山脚下。城市在一座岛上，岛屿形成完美的天然港口，那里的人随时准备在火山变得活跃时，坐上船逃离。逃离行动每年都会完整演练一次，大家从生下来就知道如何判断火山喷发的迹象，喷发后要做什么、往哪里逃。而由于天然港口的存在，这座城市贸易发达，人们只需要付千分之五的税款，城市管理者就能用这笔钱在内陆购买大量不动产，这样，等到末日来临那天，岛民们就有了去处。末日是肯定会来的，他们都知道这一天不可避免。跟死亡比起来，唯一的区别就是在这之后生活还能继续。

我猜，如果没得选的话，你也能接受这样的生活吧？毕竟你可以预知会发生什么灾难，又知道到时候该警惕什么、做什么、往哪里逃。同理，只要你自认为了解了这些，生活就可以过下去，就算临到头发现自己完全搞错了。

都城就有点像这座岛，只不过是反过来的。我们住在山顶，被火山口三面包围。而我们同样拥有完美的天然港口，可以靠贸易过上好日子。码头停着密密麻麻的船只，没人知道该去哪儿、该干什么，没人制定相关计划。我猜，如果那座小岛上的火山在多年前喷发过，人们没有逃走，而是组成人墙，每人端着水桶直面这可怕的灾难，情况会完全不同。

真相是，人太容易得意忘形了。有件事应该是忘了告诉你，为了迎接我加冕登基，奥古斯拿出了他迄今为止建造的最大的一台抛石机，瞄准纱市扔了一块巨大的石头。他不但没能命中，甚至没有把石头扔过城墙。弹射臂直接折断，整架机械失去平衡，倒在地上，把砲兵压成了肉泥。城墙塔上的都城守卫看见了全过程，给全城狂欢的庆典又增添了一点儿兴致。

"我们之前就发觉奥古斯的砲兵们想努力把抛石机造得更大，"我召见的工程兵团的一位上校对我说，"但这东西的尺寸不能无限放大，否则一造出来就会散架。木头、绳子、钉子能承受的压力都是有限的，我们认为他们已经做到极限了。"他愉快地笑了一下，"如果你愿意，我可以给你看图纸和算术。"

"不用，你告诉我就够了。"我说，"但他们现在造出的机械还是能把石头扔过城墙。"

"是的，"他承认道，"但扔不太远，只是刚刚飞过城墙。"

"破坏力足够了，"我说，"我就——"我止住话头，差点儿脱口而出，*我就被砸死过一次*，"我就差点被一发砲弹砸中，就在大概一个月前。我本来要去城墙边上的一座房子参加晚宴，幸好太忙了，没去成。当晚那座房子就变成了瓦砾堆。"

"你没去是我们所有人的幸运。"上校说，"但解决办法很简单，把住在城墙边上的人迁走，就不用担心这个问题了。"

我看了他一眼。"老天，"我说，"我怎么没想到？"

事后我研究了一下替代人选，但联席参谋们告诉尤苏萨斯，没有合适的，现在这位工程兵团上校已经是最好的了，所以只能用他。

几天之后，我偶然抬头看到塔顶小屋的窗外，我记得我的第一个想法是，今天的晚霞真美。然后我意识到，时间早就过了傍晚了，而且晚霞应该在西边才对。

我差点把红色铃绳从墙上一把扯下来。其实没必要的，大概一秒钟过后，我听到了这辈子最吓人的砸门声。我问是谁，回答是"柯博哇牙队长"，看来一切平安。

尤苏萨斯跟着他一起来的，我指了指窗外，尤苏萨斯点了点头。

"火，"他说，"制革厂着火了，狗杂种们在扔火弹。"

在这种情况下，没必要问狗杂种是谁。早在七十年前，制革厂就不再生产皮革了。这地方现在成了住宅区，大部分是之前住在旧花市、流离失所的居民。他们在这里用木板搭起了上百座小屋，房顶有稻草，也有木瓦。城墙离这里有一段距离，当然了，比起笨重的大石头，火弹要轻得多，扔得也更远。

"我不想打扰你休息，"阿一队长抱歉地说，"但他坚持要见你。"

我没空理他。我想找一件外套披在睡衣外面，只找到一件发霉的男式大衣。"你待在这儿！"我冲霍达喊了一句，她刚刚醒来，正想抬头。

"出了什么事？"

"制革厂着火了。"

"行。"她说完，头又埋进了枕头里。

出去的路上他们告诉我，都城救火队队长叫迪欧科斯，但他被抓起来了，因为他支持议会。另外，救火队一般不会踏足巴特尔十字以东的地方，因为那边是帮会的天下，而帮会不喜欢他们。

"我知道。"我说。

我很清楚这里面的门道，因为小时候遇到过一次。我爸隔壁地盘的一户人家着火了，一般这种事情是当地老大负责处理的，但那个人热爱喝酒，一到晚上就成了废人。于是我爸被人从床上拖起来，帮忙组织救火。他三下五除二就搞定了。如果说帮会有什么拿手活的话，那就是救火了，这是管理地盘的必备技能。我当然跟在我爸身边，做他的副手兼跑腿，所以整个流程我都清楚。放在以前，我可以放心把救火的事情交给制革厂老大，他们会处理得妥妥当当。但现在是非常时期，有个穿着我的内裤、用我的剃须刀刮胡子的白痴取缔了蓝、绿两帮，间接谋杀了制革厂的帮会老大。

"抱歉，"跑到大街上时，阿一队长小心地问，"我们在干什么？"

"去救火。"我说。

"你是说，你亲自去救？"

我停下来喘气。安逸日子过久了，真丢人。"是的，"我说，"与此同时，你——"我指了指阿一手下的一名中士，他也跟着跑了过来，"回去把剩下的护卫叫来，一个都别留下，然后到制革厂找我们。别看他，照我说的做就好。"

阿一队长点了点头，中士跑开了。"向您致敬。"尤苏萨斯说。

"闭嘴。"

没办法，我不去救还能靠谁？我知道该怎么救火。当然，肯定有别的人也知道，但我不认识他们，也不知道哪里去找。而制革厂的大火不会乖乖待在制革厂。如果刮起南风，整座城市都会被点燃。我停下来闭上眼睛，在脑中努力拼凑出我爸的模样。

首先，肯定需要木桶，然后是钩子和长杆，用来把稻草屋顶拽下来，这几样是现成的，就放在当地的帮会大厅。另外，还需要凿子、铲子、大锤和斧头，用来拆房子,清出一条防火线。跑到制革厂时,我们发现护卫已经先一步到了。烟浓得化不开,热浪像烈日一样灼烧着我的脸。"其他人呢?"我在此起彼伏的噼啪声中喊了一句。

接着我意识到一片嘈杂中少了一种声音,这才明白发生了什么事。"去帮会大厅,鸣钟。"我说,"把长钩拿来,它们应该全都存放在房梁上。你们几个,把那一排房子拆掉。"我指了指,但护卫们茫然地看着我。我突然想起他们专业不对口,并不知道如何快速拆掉这些破旧的下城小屋,虽然这对帮会的人来说是常识。"行吧,别管房子了,去找一点木桶,最近的水井在那边,骄傲与毅力酒馆后面。"

尤苏萨斯和阿一盯着我,搞不懂为什么我知道这么多。"如果把这一排拆掉,"我说,"火就不会往那边蔓延,烧不到王子门那边放木材和沥青的仓库。如果南风吹起来,我们就有准备了。"

我听到一阵奇怪的嗖嗖声,似乎有什么东西从头顶飞过。我一开始以为是鸟。"他们还在扔火弹!"阿一话音刚落,一团巨大的橙色火焰就在离我们十五码的地方炸开。我吓得魂儿都丢了。

"我们阻止不了。"我听见自己说道,接着就听见了帮会大厅的钟声。

钟声停下来后,人人都知道该做什么了:以最快速度跑到帮会大厅,什么都别带。当地老大会在那里告诉大家下一步去哪儿。但我又想起来,没什么老大了。等这条街上的居民跑到那儿,会发现大厅空无一人。唉,我这脑子。

我们赶过去时,大厅门前的小广场已经挤满了人。人们看见护卫,主动让开路让我们过去。我跳上最高一级台阶,深吸一口气。时隔这么多年,台词有点生疏了,况且我只听过一次。我硬着头皮开了口,还好,一开口就想了起来。

"你们几个——"我抬手一指,"把拆房子的工具拿来,有两排屋子要拆,卫兵知道是哪两排。女人都去水井边上,防火线需要不间断泼水增加湿度。你们几个去拿长钩,跟大火相邻的四排屋子,凡是稻草屋顶的都要拆,做完了如果还有时间,就继续往后拆。一边做一边问卫兵,他们会告诉你们下一步行动。好了,所有人麻利点。"

人群得到指示,各自跑开。我这才意识到,我刚才在扮演我爸:声音、手势、动作都是他的翻版。只不过经过了戏剧处理。

这晚很漫长,我完全没干活,一直在跑来跑去下达命令、使唤人。不过我忙着想事情,根本没注意时间,所以不觉得难熬。帮会老大遇到这种事都是这样的,必须在脑子里看到全局,不放过每一块拼图,不仅要清楚它们当下的位置,还要考虑它们应该在什么位置;如果情况急转直下,它们又会怎么移动,以及如果要应对,需要动哪几块——必须从所有角度同时思考所有这些事。我勉强做到了,因为我爸曾经给我演示过,也因为我见过真正的专业人士——霍达、莫马斯、奥勒西利亚和其他剧院经理——怎么组织起一台戏。我曾经就这个问题请教过奥勒西利亚,她说,你得先在脑子里过一遍,另外,她家里有个微型剧院模型。男演员三寸高,女演员二点五寸。出演前一晚上她会用微型剧院把每一步都计算准确。我没这么厉害的工具,但我可以把制革厂想象成一座大舞台。有左右提词台,有台前、台中和两翼。虽然不像,但区别也不大。萨洛尼努斯不是说过吗,整个世界就是一座舞台。世界当然不是舞台,但是在组织救火的时候,你得假装它是,挺管用的。

至于结果,每个人感受不同。我觉得我做砸了,死了四十六个人。其中十七个人死得冤枉。我们当时像蓝屁股苍蝇一样乱哄哄地在荣耀小道上奔忙,结果风向一转,把大火吹向了格林赛德,而我还没来得及疏散那边。另外,打水、浇水的队伍堵塞得厉害,因为我安排了三组人,三组人都在一口井打水, 完全忘了沿街走五十码就有一条上好的排水管, 在上面敲个洞就能取水。还有些别的失误, 太丢脸, 我就不说了。我清楚记得自己站在贫穷与寂静酒馆门前, 绝望地看着大火像一堵墙一样向我们逼来, 被拽到地上的成堆的稻草屋顶离大火还有大约十五码远, 就因为热浪而自燃起来。就在这时, 全身湿透的阿一队跑过来, 喘着粗气告诉我, 结束了。

"没有啊," 我说, 但我知道我在撒谎, "只要再找点儿木桶——"

"不。结束了。" 他说, "火势得到了控制。我们成功了。"

我指着大火, "这叫成功——" 然后我才想起, 大火的前方是一块宽敞的空地, 只有碎石、泥巴和脏兮兮的水洼。阿一队长是对的。

之所以全身湿透, 是因为他每隔几分钟就会往身上倒一桶水, 再重新冲进大火。如果身上是干的, 他会被活生生烤死。就算这样, 他的头发、眉毛也被烧没了, 脸上和手上全是水泡, 唯一还没被烧熟的部分就是他的笑容。

如上所说, 每个人对结局的感受不同。天快亮的时候, 我意识到自己已经累得无法思考, 再这样下去只会添乱, 于是将指挥权交给几个不认识的帮会人员——他们才是这次救火行动真正的英雄——然后跟着阿一队长、尤苏萨斯和两个护卫一瘸一拐地走回皇宫。我们五个都狼狈得不成人形, 我想到一个问题, 不知不觉说了出来: 这副样子怎么向皇宫侍卫证明我们的身份?

"别担心," 阿一轻轻地说, "我有办法。"

我太累了, 连表达感激的力气都少得可怜。"别傻了," 我说, "皇宫又没有后门可进, 所有人都知道。"

"嗯," 他冲我笑了一下, "一会儿你就知道了。"

这就好玩了。与此同时, 尤苏萨斯正冲我的另一只耳朵喋喋不休, 说着什么 "一场大胜、时机简直太好了" 之类的, "皇帝亲自领导人民救火, 拯救都城。" 他说, "真正的、字面意义上的 '拯救'。这是历史上头一次, 因为别的皇帝根本不懂救火，也不想干这种事。明天这个时候，你就成神了，想做什么就做什么，没人能阻止我们。"

"就这样吧。"我说。

"这下谁都别想质疑帮会了。"他依然没闭嘴，"救火是帮会老大的工作。谁救的火？紫帮老大。太完美了，就算我们自己安排一场大火也做不到这么完美。这样也不会留下把柄，没人能指责我们故意纵火，因为全城人都看到火弹在天上嗖嗖飞过。要把权力集中到我们手里，我想不到比这更好的手段了，简直可以写进传奇——利西马库与都城大火。一定得找人做个雕像。"

如果不是一小时前看见尤苏萨斯从一间燃烧的小屋里救出一个老妇人，我会一拳把他门牙打碎。

"还有你这身衣服，"他继续道，"选得太好了。如果穿着典礼袍、披着绶带去救火，就变成了作秀，人们肯定不会理你。但皇帝穿着码头工也会穿的大衣，亲临现场组织救援——"他顿了顿，"所以你穿这件衣服是这个原因，你当时怎么知道的？"

"闭嘴。"我对他说，"我听得头疼。"

"这外套得洗干净，再好好修补一番，"他忽略了我那么直白的命令，"以后要和公众说话时就穿这一件，这就是你的标志性穿着、你在众人眼中的形象。一件老旧的外套加上丝质披风，寓意很不错。"

"阿一，让他闭嘴。我的话他听不进去。"

但阿一只冲我傻笑，看来这个表情已经固定在脸上了。我妈说什么来着，别做怪相，否则脸会变形。"对你总没有坏处，"他说，"你之前就很有人望，而现在——"

"现在发生了最美妙的事儿。"尤苏萨斯说。

我最终还是原谅了他，不过花了些时间。说话这会儿，我们走到了一座长长的灰色石砖建筑门前,面对着一扇巨大的橡木双开门。

"我认识这个地方,"我说,"这是骑兵营东翼。"

阿一点了点头,"跟我走,"他说,"我们来这儿不合规矩,最好别大声说话。"

他沿着建筑往前走过了七扇门,在第八扇面前停下来,推了一下,门就开了。进去是一道黑暗狭窄的石梯,石梯尽头左转,又穿过一扇门,"这是主马厩的二楼。"他悄悄说。我们在木条钉成的地板上吃力行走,每一步都会踩出可怕的嘎吱声。"小心点儿,注意低头,别撞上房梁。"

我努力在脑子里回忆骑兵营的平面图。没错,隔壁就是皇宫,但相邻的是哪一边?该怎么走?我感觉我们在马厩二楼走了一小时才走到另一边,阿一在黑灯瞎火中摸索一阵,摸到一把我看不见的门闩,随后打开门,一道黄色的日光照进来。

我们跟着他进了门,来到一个宽敞的阁楼,屋顶裂了一道口子,被人用羊皮纸封了起来,阳光就是从这里照进来的。"这里,"阿一说,"就是皇宫东翼的盥洗室屋顶,所以才这么热。"

确实热,昨晚站得离大火太近,全身都被烫伤了,再次站在热浪中,皮肤刺痛得让人发狂。"所以,"我问,"只要像我们一样溜进骑兵营的马厩,任何人都可以进入皇宫?"

阿一队长的表情突然郑重起来。"有失体统,"他说,"我会立刻处理。"

"别,"我说,"就这样吧,反正只有我们知道这条路。"

"其实不止,"他怯怯地说,"所有李斯特拉戈尼亚人都知道。我是说……实际上,是我们在四十年前打通了这条道。"

"哦,是吗?"

"恐怕是的。具体我不清楚,但我知道当时的皇帝不那么受欢迎,所以他想要一条只有我们和他知道的密道。之后就有了这条道，直到现在。"

"现在这是我们的秘密了。"我说。

"是的，但别人也有可能找到。"

"应该没可能，"我肯定地说，"别封上，说不定之后还能用到。"

如果他是一条狗，此时就会脑袋一偏盯着我了。"了解。"他点了点头，"现在我们要去议会大厅，这边走。"

我努力不着痕迹地把每一段路、每一处拐角记在心里。阿一领着我来到一扇马蹄铁形状的大门前，派了两名护卫先进去探路。确定没有人后，我们推门而入。门的另一边是一条宽敞的走廊，左右两边各有大约十五扇门。

"财政部。"尤苏萨斯在一旁解说，"每天这个时候都有很多人在这儿办公。"

记住了，我在心里回答。在这之后，我们爬了许多段窄窄的螺旋楼梯，穿过了许多窄窄的走道。我的方向感本来就不怎么样，此时更是完全罢工了。不过之前的路我还是清楚的，从盥洗室到财政部，我有信心可以自己再走一次，或者可以直接找个侍女问问。

"到了。"阿一为我打开一扇门，说道，"只要穿过那边那扇仆人进出的门，就能通过仆人通道直接走进你住的高塔的一层房间。"

我累坏了，一整晚没睡，又爬了那么多楼梯，小腿疼得要命。"我想洗个澡，"我说，"我全身都是烟味。"

"我马上安排。"尤苏萨斯打了个哈欠。

我忘了，皇帝洗澡需要十六个人伺候。

"别费那个事，"我说，"叫人送一盆水和一条浴巾去我的房间就好。众神在上，你也赶紧睡一觉吧。"

我走进寝宫，坐在一张椅子上。

"你他妈的在玩什么把戏？"

我转过头，"我又干什么了？"

"干什么？东跑西窜逗英雄啊。"

我任凭脑袋耷拉在胸前，"我们去灭火了，有什么大不了的？"

"你不是英雄！"霍达的低吼声很吓人，像一条嘶嘶作响的蛇，"你只是个扮演英雄的演员，一旦演砸——"

"但我演得很好。"

"但你有可能演砸，太容易了。而且根本没必要这么敬业，叫士兵出面去救火就是了，我是说正经士兵，军队里的，不是我们的护卫。但你不乐意，非要亲自冲过去——"

"士兵不懂救火。"

"开什么玩笑？他们属于军队啊，怎么可能不懂救火？"

和往常一样，她又说对了。皇帝肯定会派军队的，就算这个皇帝是利西马库。我们付了军饷，此时正是用他们的时候。而亲临现场、摆出帮会老大的架势，不负我爸当年对我的期望，这是只有我才会干的事——应该说已经干了。

"天哪，你身上好难闻，快去洗个澡。"

我想告诉她密道的事，有了密道，要逃跑就容易了。但她说得太快太急，我插不上嘴。

尤苏萨斯的预言成真了。下午晚些时候，一大群人聚在皇宫外面，明确表示我得出来跟他们招个手之类的，否则就不走了。于是我只好露个面，那欢呼声啊。

我跟一些退休演员聊过，他们告诉我，你最离不开的一定是掌声，可能你现在觉得没有掌声也无所谓，但告别舞台后你就想念了。这一行的全部意义就在于此。每晚都有几百个人告诉你，干得不错，让你不用自己琢磨这个问题，陷入自我怀疑。只有演员的人生才能拥有这样接连不断的肯定和鼓励，而对他们来说，离了这东西就无从知道自己的工作做得怎么样了，这还怎么活？

对此我回答：你仔细观察过看戏的人吗？过着舒适生活的富人、脑满肠肥的商人，总之都是些人形垃圾，他们的意见值得你在乎吗？

而他们回答：观众意味着人民、大众、文明的总和。他们的意见是唯一值得在乎的意见。

他们说的我完全理解：就是剧终谢幕的那一刻。当然，越重要的角色越晚出来，先是小龙套，接着是大龙套、女配角、喜剧角色、主角，总之会严格遵守这个顺序。你面带微笑在后台等待，比你低一级的角色上台鞠躬，欢呼声可以告诉你很多信息。等到你上台的时候，声音是变大了？变小了？还是和刚才一样？人生最美妙的经历，莫过于你上台的时候欢呼声更热烈了。《圣典》里有那么一两个先知曾试过直面无敌骄阳，听取神对他们的看法。在剧院，我们每天都能直面一次。

当然，很可能观众的欢呼声是献给这台剧，而不是给你。但没必要执着于这点区别，说掌声都属于自己，就像偷了钱又说没偷一样，人总有不那么道德的一面。尤其对我而言，剧本本来就是我写的，虽然我说过（看上面），我不是作家。

总之，无论皇宫外的人是在为什么而欢呼，规模都是前所未有的。我的臣民、我的同胞兄弟挥舞着小块的紫色布料，高喊着我的名字，齐唱"紫帮、紫帮、紫帮"（她没说错，听着确实很傻）。我站在阳台上，双臂张开，沐浴在这一刻的荣耀中。然后有人冲我放了一箭。

11

　　我有点想不起具体情况了，只记得自己低下头，想到，咦，大腿上长了一棵小树苗，接着发现鲜血把典礼袍浸红了一块（红色在紫色布料上根本看不出来，还好血液会反光）。阿一队长也注意到了，迅速把我拖走，塞到安全的室内。之后的暴动和流血事件我就没看见了，我总会错过最精彩的戏码。

　　水果常常遇到，偶尔有臭鸡蛋；干我们这一行的都习惯了，但中箭是从来没有的事儿——啊，如果是在玫瑰剧院上演比较烂的剧，倒是有一些可能。我模糊地记得几个人抬着我，把我放在一张椅子上，几个李斯特拉戈尼亚人按着我。我以为我遭到了刺杀，而他们跟刺客是一伙的。我好像也没有太郁闷。行吧，我当时想着，管他呢，多半是我自找的。但阿一队长没有割开我的喉咙，而是跪在我身边，仔细研究起了箭——箭他应该是见过的吧？干他这一行肯定会用到啊——然后他抬起头，冲按住我的四个护卫点了点头。接下来是一阵要命的剧痛，这天杀的东西就被他拔了出来。他闻了闻箭头，又大喊道："给我找一只鸡来，马上！"我意识模糊，但听到这句话还是觉得奇怪,他脑子抽风了吗?但别的护卫都没什么惊讶的表情,好像这道命令下得很有道理一样。鸡很快就来了,不知道这么短时间内是从哪儿找来的。总之,鸡被他们抓住脚倒提着,生气地咯咯大叫。阿一队长把箭头插在它的脚上,开始大声数数。一,二,三……所有人都看着鸡,没人看我。数到十的时候,鸡转过头,又咯咯了一声。(我之后才反应过来,如果箭头上有毒,鸡就该死了。)众人舒了一口气。那个该死的医生跑哪儿去了?有人吼了一声,在这之后我就迷迷糊糊睡着了。

第三幕

1

我醒来时，她就坐在我旁边。"嗨。"我说。

"你真是天生走运。"她说，"往左偏四分之一寸，箭就会射穿你的动脉，你就没命了。"

"到底怎么回事？"

她挠了挠鼻子，"我们也不知道。市长认为是某个心怀怨恨的帮会人士，所以他搜罗了蓝、绿两帮剩下的小杂碎挨个儿排查，需要查的不多，因为暴民和他的看法一样，他们能找到的前头目全被撕成了碎片。"

"有人想杀我？"

她恼怒地看我一眼。"是的，"她说，"军方认为是敌人雇来的职业杀手。他们从技术层面做了一大堆分析，箭头的类型，用来射箭的十字弓品种啊之类的。没在暴动中送命的外邦人都被他们抓起来了，这拨儿人也没剩多少。据军方说，如果真是职业杀手干的，他肯定早就计划好了逃跑路线，所以很可能根本抓不到。"

"都城什么时候又有市长了？他不是被议会那帮人杀了吗？"

"那是很早以前了。现在有了新市长，成天跟在你屁股后面那个文员亲自挑选的。老实说，我对那个人不太放心，他太喜欢自作主张了。"

"你说市长？"

"我是说文员，他叫什么来着。"虽然讨厌他，但是不记得他的名字，这在她那儿算是表现不错了。"要我说的话，没戴那么大的帽子就不该做那么大的事儿。"

"你别管他。"

"放心，我不会对付他的。我个人觉得，"她继续说，"是议员干的。恨你的人有很多，但最恨你的应该是他们。"

"没人恨我。你听到欢呼声了吧，我可受欢迎了。"

又是看白痴的眼神。"我告诉军方我觉得肯定是议员，他们说他们会调查，但我觉得只是说说。可惜了，出了这么大的事，我们本可以名正言顺黜免他们所有人。"

"我好累，"我说，"你能不能走开一会儿？"

"不行。"她说，"我是你忠诚的皇后，我必须待在这儿。而且坐在这椅子上跟受刑没区别，我的腿已经抽筋儿了。"

2

　　我半梦半醒躺着的时候，阿一队长和尤苏萨斯因为意见相左争了起来，声音传得很远。阿一说再也不能让他在阳台上向人民招手了，没商量。尤苏萨斯说不可能，他必须上阳台，如果从此以后一露面就躲在侍卫后面，人民就会觉得他害怕了。他不该害怕吗？阿一问，有人要刺杀他啊。要不穿一件链甲？尤苏萨斯建议道，或者那种带金属内衬的外套，叫什么来着？双桅帆大衣？双桅帆是一种船，阿一纠正道。无所谓，你知道我在说什么就行。尤苏萨斯说。[①]

　　这么说，以后除了要穿那一堆又重又闷、简直是折磨人的典礼服，我还得在里面套一层铠甲，这东西特别重，我一穿上就会像猪一样不停出汗。不过这已经是最不需要我担心的事了。

　　身体刚刚好转，我就召见了军方。他们派了几个代表来：陆军统帅埃尼

---

　　①"双桅帆船"（brigantine）和"锁子甲"（brigandine）在英文中只差一个字母，尤苏萨斯想说的是"锁子甲"，但是不熟悉武器，所以说错了。

亚斯将军、城防总指挥珀蒂纳克斯将军，还有那个我之前见过的白痴一样的工程兵团上校。他们告诉我，是的，敌人这段时间一直在用火弹进行轰炸，但不用担心，因为帮会和都城救火队协作，把火情控制得很好。确实，下城有几处地方几乎天天都有火灾，但工程兵团已经给最破败的区域规划出了整体拆迁的方案，把都城最容易着火的部分都圈进去了，等拆完那一片，火弹就没威胁了。你说得对，的确有些影响士气，但好在受灾那一片不过是贫民窟——

我打断了他们，问道：为什么现在敌人可以把火弹扔过城墙了？呃，工程兵团上校说，大概是因为他们解决了——或者说部分解决了——重量和速度之间的矛盾。这就像石头和羽毛比起来，还是扔石头扔得更远一样。再加上他们又改进了抛石机，要么是改造了弹射臂，要么是装火油的罐子用上了新配方黏土，不确定是哪种——

"所以他们可以把一罐火油扔过城墙？"

"对的。"

"高过城墙多少？"

他不知道。"挺高的，我觉得，"他说，"否则不可能越过城墙之后还能飞这么远。"

"那你帮我做一件事。"我尽量心平气和地对他说，"弄一些很高很高的长杆，再弄一堆网，你明白我要做什么吧？"

"无意冒犯，"上校说，"要沿着城墙做一圈保护网，需要很多长杆和网，我们没那么多。"

"那就想办法。"

"好吧。但网的高度怎么确定呢？"

工程兵不是帝国最聪明的一群人吗？

"你能算出来吗？你知道火弹飞过来的角度，知道抛石机大概的位置，也知道火弹落在地上的位置。如果网不够高，就去找更长的杆子。"

（世界上充满了傻瓜，这是亘古不变的事实。但我真心想不明白，为什么有这么多傻瓜能升到高位，决定别人的生死安危。）

保护网确实有效，但效果没持续太久。之后几天，火弹越过保护网，再次飞进了城里。于是我们再次加高杆子，然后轰炸就停了下来。

"情况很不错。"报告完城墙上的情况后，埃尼亚斯将军总结道。在我的坚持下，他每个星期都要来我这儿做一次汇报，他渐渐习惯了这项流程。"但我们不能只是防御。得采取行动，主动出击，狠狠地教训他们。"

我点点头。"怎么教训？"

"组织一次全面进攻，针对他们的炮兵队。"

"这样啊，"我说，"如果你被蜜蜂蜇了，你觉得把蜂窝捅掉是个好主意？"

"抱歉，陛下，我不是很——"

"全面进攻就算了吧，"我说，"如果失败，我们会损失几百名士兵，没人可以替补。如果成功，奥古斯丢了面子，总会想办法在我们身上找补。我记得很久以前就有人下过结论：正面交战对我们没好处，至少不能陆战。可能海战还有点儿意义，但他们没有船。"

看埃尼亚斯的表情，仿佛我刚才在说胡话，可能他是对的。

"我们有船，"我说，"要不这样吧。如果你觉得确实有必要教训一下奥古斯，就让你的士兵坐船出海，绕到奥古斯的人不会防备的地方，让那里的人好好吃点儿苦头。兵法不就是这样吗，如果你打我们正面，我们就绕到你背后，打你打得更痛。"

他似乎觉得这个建议有点儿缺德。"我得跟西西纳舰长商量一下。"

"行，"我说，"给他写封信吧。把备选目标给我列一张表，挑那种可以让我们自由进退，不会冒太高风险，能大肆破坏一番，又不用担心奥古斯短时间就能赶到的地方。另外，如果有的选的话，优先选择为奥古斯提供战争物资的地方，不只是食物，衣料、绳子、工具、木桶都算数。木桶是个好东西，没有木桶打不了仗。奥古斯的木桶是哪儿来的？"

他沉默了一会儿，"我得查查。"

"如果这件事做漂亮了，"我说，"奥古斯的日子就难熬了，而且他只能干瞪眼，除非把大量兵力从前线调到后方，在所有沿海城市布防。你注意到了吗？他的地盘大多数都是沿海地区。"

我越说，他听得越难受。"那就得动用我们的海军储备了，过度动用是很危险的。"

"不至于。现在整个海军都是储备状态，本来就用不上。"

"另外，"他继续道，"我们还得把很大一部分陆战部队派出城，严重影响城防。"

"别想这种问题。"我说，"尼卡弗鲁斯和阿塔瓦杜斯用几百名工程兵，外加一群刚刚拿起武器的园丁就守住了都城，我亲眼看见的。抱歉，我不是故意要吼你，事实上我和你意见一致：得好好教训一下他们。说得很对。而我提供了一个不错的办法。"

如果这件事儿定下来，传到外面不就成了一切都是他想出来的吗？他意识到了这一点，表情很精彩。如果不是他这么蠢的话，我都要同情一下他了。

尤苏萨斯给我送来了列表。表做得不错，有地点（附上地图）、来回航行的预估时间（来回时间不一定一样，跟洋流之类的有关）、已知布防点、大致的反抗激烈度，以及各个地点作为进攻目标的军事、经济价值。我叫来了阿一队长，我们三个一起看了一遍。阿一想往北进攻一百里、友睦海沿岸的一家箭支工坊。这是个不错的选择，不过他们对我们不怎么用弓箭，因为射程不够。尤苏萨斯指出，只要沿着海岸烧毁几座小镇，就能扰乱大营的粮道。聪明啊，我说，但他们改走陆路就行了，不是什么难事儿，一星期就可以恢复正常供粮。要不，我建议道，这里怎么样？这几座小镇和城市基本上没有防御，奥古斯的工坊就建在这儿，都是为了抢走我们的生意而建造的，我们做什么他们就在这里仿什么。

"这个办法挺好。"霍达从我肩膀后面冒出来说道。

不知道她什么时候进来的，我都没听见。"值得试试看。"我说，"这些工坊建起来快七年了，这七年间我们从来没对他们造成任何实质性伤害，唯一做到的就是消磨他们的耐心。如果能让他们知道，主动权并不完全在他们那边，也许他们会考虑一下撤兵的问题。当然，奥古斯就不指望了，他太执着。但他总有必须依靠的支持者和盟友。如果这些人意识到这个游戏再玩下去划不来，我们就算赢下了一局。至少，这次行动能让将军们有活干。我十分担心他们无聊之下给自己找些蠢事来干。"

于是，我们决定进攻洛卡利亚。这地方曾经是友睦海西南沿岸的一座小城，七年前还属于帝国，忠实地向帝国交税；帝国需要辅兵的时候，他们也会提供服役人员。都城一切时兴的衣着、食物和音乐他们都会紧跟。我还模糊地记得，多年前有人带了个戏班子过去，当时是淡季，戏班子演了几出老掉牙的通俗剧。这地方的金工一直不错，因为附近的山坡上有几处富矿。后来奥古斯来了，他宣布，他们摆脱了帝国的压迫，归他管了。少了帝国这个头号客户之后，这里的人穷困了一段时间，但奥古斯在洛卡利亚建了个巨大的工坊，制作锅、三脚火炉、门铰链、钉子、碳架和所有我们擅长制造的玩意儿。我们的海军再次造访那会儿，他们才刚刚重新过上好日子。

我读了报告。报告内容简明扼要，一句话概括就是：任务完成。四十艘战舰载着三千名重型步兵，于一天黎明突然出现在洛卡利亚的海岸。我猜洛卡利亚的市民应该老远就能认出帝国战舰吧，就在七年前，战舰一来就意味着大家有钱赚了。可能他们又一次以为，战舰是来帮他们赶跑新的压迫者的，不然解释不了为什么他们不但没有撒腿狂奔，还在城里冲军队挥舞花束。

我没有叫士兵屠杀平民，不过也没有明令禁止。士兵就是这样，一个不注意就会杀红眼，就像钻进鸡窝的狐狸。他们说这种事时有发生，战争就是这样。我只能听着。他们还说，为了让敌人心怀恐惧，这是必要的步骤，而我想达到的目的就是这个。"敌人"是什么？七年前他们是朋友，"他们"与"我们"原本是一体的，不分彼此。但现在身份转换了，对吧？而且七年过去，很可能我们也变了。甚至这个过程只需要七个星期左右——住进皇宫之后，我对时间就没有感知能力了。我彻头彻尾变了一个人。人是会进化的（应该用对词了吧？），就像毛毛虫变成蝴蝶，而真理会和我们一起进化。老话说得好，不打碎鸡蛋，做不了煎蛋。

3

不同场景下，人们捧场的方式各不相同。在剧院，观众会笑，会拍手，会欢呼、往台上扔花朵；在战场上，敌人对你精妙计谋的赞美，就是全力战斗直到撕烂你的喉咙。我猜敌人之间的情感交流就是这样的吧。

奥古斯自然没有奉上大捧玫瑰，再给我们一个大大的拥抱。他的表达方式是对城墙发起全面攻击。这是继围城之初以来他第二次这么干，从午夜开始猛烈的砲弹就像雨点一样飞过来，防护网全被撕烂了，城墙震动不断，但效果仅此而已。天刚刚蒙蒙亮，我们就发起了反击，把他昨晚推到我们射程范围内的抛石机和射石砲全部点燃了。第一轮我们胜利。

不过我当时没得到消息。我是被尤苏萨斯和市长叫醒的，一起床就穿上了讨厌的软甲和那件该死的发霉外套，被驱赶着出了宫，钻进一辆窗户被挡住的马车。"我们去哪儿？"我问。但没人正面回答我。

不过昨晚的轰鸣我也听见了，很快就猜到了大致情况。我永远忘不了围城刚开始那段时间，几乎每隔一天就会听到一次轰鸣声。大地真的会跟着震

197

动,你不但能听到巨响,更能感觉到。到最后会让人无法忍受,但还是得继续忍着,什么也做不了。我记得第一次轰炸开始的时候,我们正在克劳恩门那边一个上等人家表演《阿西斯和菲罗斯塔图》。从那之后人们就渐渐熟悉了流程,学会了有序走到室外而不发生踩踏。当时演阿西斯的是奥利塞里亚,她正在念一段重要独白,念完的时候房子里已经没人了,只有我们这些演员像傻子一样站在台上,每一次石块落到附近,舞台还会在脚板下面猛地弹跳一下。

我们在弗尔岔路换了一辆开放式马车。"得让人民看见你。"尤苏萨斯说。

自然,街上一个人都没有。"哪儿有什么人民?"

"城墙上的士兵。"

"你个疯子,我可不上城墙,天上全是砲弹呢。"

"到城墙附近就行了。"市长解释道,"干活的人全在那儿。砲兵在调试大炮,搬运工在搬石头,石工、木匠都在。只要看见你,他们就会跟别人说,最后全军的士气都会高涨起来。"

行吧,我想,当皇帝不就是为了给人看吗。"之后就可以回去了吗?"

"陆军部的联席参谋要开个会,"尤苏萨斯说,"然后你还得见见帮会的那群高层,我们需要义工,大量义工。"

"之后呢?"

"之后看情况吧。"市长说。

情况就是,奥古斯的石头扔得更密集了,他大概把所有弹药全运来了。城墙上的守军毁掉一排大炮,他就立刻重新补上,只要凑齐一整排,就会立刻向我们齐射。每毁掉一架我们的大炮,他就得搭进去好几架,但他不在乎。如果一切如他盘算,明天这个时候他就不需要什么攻城器了。我们当然也有备用器械,有几十架,都已经上好铰链,一眨眼就能完成拼接和组装,随时待命。但他也打中了不少备用器械。

这天,他的弹药比我们先用完,但我们剩的也很少,看样子奥古斯要带着云梯和攻城塔上来攻城,而这点弹药不足以覆盖城墙面前这一块空地。他以为我们的远程城防在猛攻下会瘫痪,但攻城塔还没靠近城墙,就被我们砸烂了。我们还打中了三架带护板的破城槌,他统共有五架,另外两架被我们用抓钩钩住、拉翻了,变成一堆朽木。奥古斯有五十万兵力,而我们的守军只有两万。

两万守军中有九千是弓箭手。弓箭手大奖的规矩应该是尼卡弗鲁斯定下来的。有专门的射箭比赛:一年开展四次,冠军能得到金牌和大笔钱财。如果真是他制定的,那我简直想夸他一句天才。士兵们常常在空闲时间一连练习几个小时,许多平民也在练。所以在危急时刻,我们还能找出额外三千多名训练有素的神射手。当然,奥古斯那边有拿大盾的士兵,还有用马匹拉动的巨盾。但等他们靠近,空地上已经到处都滚动着发射出去的砲弹——其实就是大一点儿的圆石。成阵型的军队,不管训练的时候走得多好,要穿过这片区域都找不到地方下脚。所以阵形当中一定有裂痕,而裂痕一旦出现,就会像脱线的袜子一样越拉越开。他们自然也会朝我们射箭,但基本上是闭眼瞎射,不是太高就是太低。朝阳正对着他们,所以无法睁大眼睛好好瞄准。两边的战损比大约是一比五十。已死和濒死的士兵挡在他们前方,要整齐列队就更难了,但他们还是成功推进了一段距离。在这段时间,我们的射石砲和蝎子砲降下标高,调低了弹射力度,不断抛出圆形石弹,让石弹既可以在地上弹跳前进,又不至于一着地就陷进土里。石弹没法扔得太近,那是属于弓箭手的射程。但后面补上来的生力军就遭殃了。我们有些砲兵可以精确地把石头扔在队伍的第一排,然后最后一个弹跳点刚好打中最后一排,消灭掉沿路大约三分之一的人。这才叫技术啊。

"他这么打，只能证明我们的战术是对的。"我们在一座还算安全的城墙塔上眺望战场时，一个高级军官说道，"他这么多年一直没有大规模攻城就是这个原因，他的人上来就是送命。"

"他应该是高估了我们派去洛卡利亚的兵力。"另一个人说，"他以为没人守城了。"

他说得不错，很可能的确高估了。因为我一开始就打算派一万名士兵出去，但阿一队长建议说，三千人足够了，于是我让几个参谋削减了人数。所以奥古斯算错了两件事：他以为他能毁掉我们的城防器械，把攻城塔推到城墙边上，他也没想到城里还有这么多弓箭手。如果事实和他估算的一样，他倒真的有机会破城。不过——

"他为什么要这么干？"我问，"他肯定知道攻不下来。"

"我猜他气坏了，想要耍性子。"市长说，"有那么多兵力可用，经得起他偶尔任性一下。"

他折腾了一整个白天。夜幕降临时，攻击突然停了下来，他把军队撤回原位，留下一片面目全非的战场。我们在城墙上凑合着过了夜。而我只做了我能做的：四处走动视察，听人们做介绍，再亲切地鼓励几句，对这些靠着一股子极其了不起、又极其愚蠢的勇气拯救了都城的男男女女说：干得好。于是，无论我走到哪儿都有狂热的欢呼声，感觉挺怪。午夜之前不久，霍达穿着全套皇后盛装，在九位侍女的陪同下加入了视察。还记得我跟你说过谢幕时的欢呼声变化吗？当然，她之前就很出名，很多人看过她演的戏。她比我更擅长亲切地微笑和点头，收获更多欢呼是应该的。我平生第一次觉得被比下去了也没什么，反正我们俩的人气都高得离谱。

快到日出的时候，我们听到一阵奇怪的嘎吱声。又来了，士兵们说。人们蹒跚着挪回各自的岗位,再次投入防御战。但新一轮袭击并没有来。这声音来自远处一大群乌鸦,它们哇哇叫着,正准备在某个残忍的混蛋前来驱赶之前,好好享受这千载难逢的大餐。

4

　　他们给我看了一份伤亡名单。三十七名砲兵,三百一十六名步兵,外加十四名民兵和六十三名平民,大部分要么被射偏的箭误伤,要么被自家运兵车碾到。我们射出了七十万支箭(还有一百多万支,所以还算不错)、超过一半的砲弹。大砲报废了三分之二,但他们向我保证,很快就能造出新的,最多一个星期。而奥古斯那边的大砲基本上都报废了,他的战损——

　　他的战损很直观。之后两天里,天上黑压压的全是成片的乌鸦,那些没能落地啄两口就被赶走的,只能在天上焦躁地盘旋、腾跃、俯冲。我的心在为它们流血。

　　中午的时候,奥古斯派了人和推车去收殓尸体。我让士兵们朝他们放箭,他们照做了。殓尸队只好退回去。

　　"会不会过分了?"珀蒂纳克斯问,"战场上的传统——"

　　"让传统见鬼去吧。"我说,"是他们主动打上来的,想收尸就晚上摸黑干活儿去吧。"

第二天,去洛卡利亚的船回来了,用带队准将的话来说,都城这么精彩的节目他们全错过了。行,我说。然后又把他们派出去,这次是去梅纳罗亚。这是一座美丽的沿海小镇,奥古斯在这里开了一家瓷器厂。这一站解决之后,再沿着东海岸向北走,去破坏昂纳科的陶器厂和迪桑博尔的丝织工坊。回来的路上如果还不过瘾,可以在特莱沙停靠一下,那里有奥古斯新近修建的玻璃工坊,据说匠人们刚刚开发出了非常厉害的新型吹制和造型技术,如果能抓到几个现成的技术工就更好了,不过抓不到也没关系。

"你怎么回事儿,疯了吗?"她问,"又忘乎所以了?"

"完全没有。"我一边回答,一边脱下那可怕的软甲,往地上狠狠一扔。要脱下这玩意儿只有一种方法:把它举过头顶,再弯下腰让它自然滑落。过程中很容易伤到腰,还会把后颈磨破,穿脱太多次害得我长期都在背痛。"我在指挥军队,每一道命令都合理有效,这是将军们对我的评价。上次他们开会时我还没到,尤苏萨斯无意中听见他们这么说我。"

"你在乎那帮将军的看法?"

"当然,他们懂这个。"

"你疯了,你自己知道吗?诺克尔,你把自己当成谁了?别转头,我在跟你说话,看着我。这一切都是你的错。"

"这一切?"

"一切,"她深吸一口气,平复了一下心情,"都城被攻打,那些小镇被劫掠,还有那么多伤亡,都是你造成的。如果不是你,好多人本该活得好好的。好好想想这一点,好吗?"

"其实我想过。"

"那你还下令?老天啊,你做的这些事除了让所有人日子难过之外,根本没意义。"

我沉默了一会儿才回答她:"这就是你的看法吗?"

"对,我就是这么看的。本来生活已经回到正轨,一切都在变好,结果你一来就开始捣乱。诺克尔,你脑子是怎么了? 为什么要搞这么多事儿? "

"我不知道。"我说,"可能是进入角色了吧。"

她用手捂着嘴,看得出她一时间不知道怎么开口,"屁话。"她最后说。

"不,我是认真的,利西马库就会这么做。你别这样,听着,我读了好多围城刚开始时的报告和信件。"

"你产生幻觉了吧,把自己当成他了。"

"我们能打赢前几天那一仗,"我继续说,"是因为我们准备充分,能有序地组织防御。怎么做到的呢? 是有人制定了相应的反应机制,确保人人都知道自己该做什么,并在平日间时常练习。我想知道这个人是谁,我一开始以为是尼卡弗鲁斯,但最后发现是利西马库。是他在前几天救了我们,守住了都城。"

她缓慢地拍了三下手。"说得好,"她说,"看来你真的下了功夫。不过,如果不是你派了几艘该死的船去烧人家的城,他根本不会进攻。这可不是利西马库干的,是你。你甚至不让他们收殓尸体,你还是人吗? 众神在上,你这么做是为了什么? 因为他们是奶白脸吗? "

"跟这无关——"

"如果是这个原因,那我告诉你吧,他们没那么白。你见过被太阳暴晒的尸体吗? 皮肤会变成紫色,然后是黑色。所以躺在城外的已经不是奶白脸了。诺克尔,他们和你我一样黑。"

"我是为了维护原则。"

"哦,是吗? 什么原则? "

我说不出来,可能我自己也不完全理解吧。"他们驻扎在这里,"我说,

"是为了消灭我们,就像消灭后院的一窝蚂蚁,或者住在房椽上的马蜂一样。到现在,我们唯一的成就就是还没被灭掉。但他们已经包围到我们跟前,只要有机会就会把我们全部杀光。因为目前还没有成功,所以我们就耸耸肩,若无其事地继续生活,仿佛他们的到来和刮风、地震没区别,不过是随机发生的自然现象,没必要记仇。但这笔仇是应该记上的。"

她点点头,"你前几天不是给我打过一个聪明的比方吗?一个人被蜜蜂蜇了,就跑去捅蜂窝。多有智慧啊,还是说我搞混了?因为你刚刚又说什么消灭我们就像消灭马蜂。他们在你眼里也是马蜂吗?你想灭掉他们?直到世界上不再有奶白脸?"

"这两个比喻只是巧合啊。我可不是这意思。我是说,我没打算消灭奶白脸,以后也绝对不会,你不用往这方面想。"

"但你曾经闪过这个念头,对吧?"

"没有!"我不想吼她的,她也没大声说话,我这么大声是为了盖过谁啊,"你什么时候这么关心敌人了?你知道'敌人'是什么意思对吧?需不需要查查字典?"

"不用。"她说,"'敌人'这个词,你想它是什么意思都行。只要给人安上这个名号,你就可以为所欲为。诺克尔,你是喜欢杀人吗?是不是杀了人你就觉得自己强大伟岸了?"

"不,敌人就是想要伤害你的人,"我说,"他们和我们只有一方能活,就这么简单。"

"简单,"她给了我一个让我记忆深刻的眼神,"我觉得没必要跟你聊下去了。还记得安蒂洛尼卡在《黄金面具》中演的角色吗?那就是你,只不过完全换了一个人。"

这部剧你看过吗?没看过可就太可惜了。安蒂洛尼卡饰演一位公主,因为生得不好看，所以总是戴着一个漂亮的黄金面具。只要戴上面具她就会快乐，对人也友善，人们爱她，于是她更加友善，如此反复。有一天她脱下了面具，大家一看，没戴面具也挺美的，只不过人完全变成了另一个人。

"我们打算出逃的。"她说话的声音越来越轻，"你没忘记吧？在衣兜里装满之前的细软，离开都城，让这些白痴自己收拾烂摊子。"

"没忘。"我说。

"你显然不这么打算了。"

"没有，"我说，"只是我们逃不出皇宫啊。"*其实逃得出去*，我暗想道，"既然被困在这儿，我总不能什么都不做吧。"

"怎么不能？别人都没做事，只有你在忙。"

"我是皇帝啊。"

"呃。"

"不做事会很奇怪，不符合他的角色。"

"你知道吗，诺克尔，我都不敢相信你还能呼吸，你身体里装的全是屎，很难想象还有位置留给两片肺。"

霍达这么直接骂人是很少见的。一个眼神一句话就这么大杀伤力，这样的人确实没必要用拳头，还容易伤到手，指关节破皮。另外，你得留意，语言本身只是箭头，她说话的方式才是整根箭矢。

"我没乱说，"我说，"我真的想逃，全须全尾地逃掉，身上揣着一大笔钱。只要找到办法——"

"你知道逃跑的路，但你没告诉我。"

"别说傻话。"

有些事情，你永远搞不懂她是怎么知道的，想要搞懂完全是白费力气。

"确实，"我说，"但有守卫和哨兵，我们能从那条路进来完全是因为有阿一队长带着。皇宫里怎么可能有一条没人守的路,可以让我们自由进出?"

　　这话她信了。所以你看,只要努力,我就能当个好演员。

5

有一个老梗是这么讲的。律师和老鼠有什么区别？答：在合适的情况下，老鼠还是会讨人喜欢的。把"律师"换成"战争"，就是我对战争的看法了。简短明了，还好记。

不过。

人是会变的，没有什么能恒定不变，万事万物都一样，如上文所说，连真相也能变。第一幕刚开场五分钟，观众全部铁青着脸盯着你，仿佛他们生命中种种不顺心全是你的错。于是你开始使劲儿回忆哪些地方在招什么工，因为演完这场就需要一份新工作了。但事情是有一定变数的。有一次我们在以前那家哈默尼剧院表演，演完前两幕戏，台下一直死气沉沉，到第三幕演完时，观众全站起来欢呼，我们谢幕谢到腰杆疼。所以，变数永远存在。

万事万物都会变，战争显然也不例外。而我目前找来读过的书上都说，在战场上，变化会发生得更突然、更出人意料，破坏性也更强（可以说是最接近字面意义的"天翻地覆"了)。一场战役的第一幕往往是其中一边呈压倒性优势，把另一边的国王和将军打得狼狈逃窜，大臣和豪华座驾跟在后面颠簸着连成一长串。但到了第二幕，优势方一定会犯一个愚蠢的错误。第三幕要么是血战后双方打平，要么是先前的优势方被翻盘，全军覆没。这里面有一个重要的道理：不能掉以轻心，在真正停止呼吸之前，也不要轻易以为一切都结束了。

当然，如果不把这类戏剧写成悲剧，改用情节剧的方式来写，就会出现一次次接连不断的反转。许多战争在我看来就是最最拙劣的情节剧。这场战争的开场对我们非常不利，我们之前几乎差点儿就失去了整个帝国，都城也差点儿保不住。到了第二幕，尼卡弗鲁斯和利西马库两个英雄出场，守住了都城。按这个剧情走下去，利西马库会在第三幕集结防御力量，把野蛮人全部赶到海里。

这不大可能，因为海岸在都城另一边，和战场的方向相反。但意思你懂了吧？为了制造戏剧效果，结局必须是一场辉煌的全胜，观众期待的就是这个，作家必须提供。幸好，正如我之前提到的，我不是作家。

但人是会变的。我试着为这场战争写下了一点剧情，看起来效果还不错（虽然还不到下结论的时候）。不过你是一路见证过来的，可以证明我并没有为了一个全胜大结局而步步为营。埃尼亚斯将军想进攻，把我们的人派出去送死，我不过是灵机一动，给他另外指了一条路。路都指了，下一步只能是付诸实践。接着，我纯属凑巧地想起有人跟我说过，奥古斯想抢占我们的贸易市场，让我们的产品卖不出，为此正在下一盘大棋。所以，这不是一石二鸟吗！最后，这两个绝妙的点子之所以能付诸实践，并且看起来有条有理、环环相扣，很大一部分功劳还是来自奥古斯。因为他一怒之下放肆了一把，给我送了六千个人头（六千这个数是他们算出来的，据说是保守估计）。能把他激怒到这个分上，我做的事应该多少有点儿战略意义。

但一切决定都是我临场发挥的，预先根本没什么精心计划。因为变数的存在，不管交给剧院经理的大纲写得多好，等到真正坐下来把这玩意儿写成本子的时候，你一定会偏离预先轨道。你寄予厚望的重要剧情可能跟角色不匹配。可能之前争取到了安蒂洛尼卡或者梅萨努斯当主角，但本子里的某些桥段是安蒂洛尼卡不愿意演的，而梅萨努斯只能以威风八面的形象出现，于是你得重新打磨角色。但熬过这段痛苦的过程后，整个故事的平衡又被打破了。事实上我意识到，如果一个本子完全按照交给剧院经理的大纲来写，写出来的无一例外全是垃圾，只有作家的老妈愿意捧场。

一切都处于变化当中，包括我们自己。只需短短两分钟，我就能从一位干净体面的国王变成胡子拉碴儿、模样可笑的农民。在画廊，你绝对认不出国王和农民是同一个人演的。但确实两者都是我，只不过我变了，从国王的角色出来，进入丑角模式。如果连我都能变得这么快，战争肯定也能。

至于赢得战争——我敢说尼卡弗鲁斯和阿塔瓦杜斯想都没想过，愿他们安息。格里墨和他的议员朋友大概也不关心这个问题。因为打仗是军方负责的，议员们从小就被灌输了"权力分制"之类的教条，战争与他们无关，所以他们也不在乎，只全身心投入妙不可言的政治游戏。对利西马库这个简单直白的人来说，我也愿意打赌，他是真心相信罗珀人能取得最后的胜利，而敌人总有一天会惨败，只不过这一天不是现在，可能他这辈子都看不到。其实我觉得利西马库绝对超爱看那种老式情节剧，他肯定觉得那些剧合情合理，因为他眼中的世界就是这么运行的。

当然还有霍达，她应该是我认识的人中最聪明的一个了。她对这事的态度很笃定：都城已经完蛋了，算算账就知道。剧院经理中数她最精明，因为她知道人们想要什么、不想要什么、会做什么，以及什么事情是他们不愿做、再怎么威逼利诱也不管用的。要说成功，她倒没取得过什么成功，但同时，她几乎从未失败。她不会坐下来搬出算盘精心计算，但她什么都知道。

赢得战争，你倒是说说什么叫"赢"啊。

6

梅纳罗亚、昂纳科、迪桑博尔和特莱莎的几单业务都干得不错。"业务"是军方黑话，乍一听以为是出去游览了一圈。我猜这也算是一种游览吧，在旅途中感悟大道，最后取得某方面的突破。海边人口密集，作为海滨居民，你最不想见到的就是帝国海军突然出现，在你住的地方靠岸，一把火烧掉你的家乡。不过，至少在梅纳罗亚和迪桑博尔，人们脑子还比较清醒，看到地平线上出现船帆还知道跑。

坏人从不休息，这是我一贯的看法。于是我又把坏人派到匹克隆–欧斯顿和提玛莱莎去干活。奥古斯最近在这两个地方投了许多钱，发展织布业和制绳业。两个地方都在南边的布勒米亚海湾沿岸，距离友睦海几百里[1]。所以你得记住一个道理：只要是有海的地方，我们就无处不在，你永远猜不到我们会从哪里冒出来。

城外奥古斯的营地又多出了大约一万人，木匠们正忙着拼装小木屋安置

---

[1] 市制中的长度单位。1里＝500米。

他们。我们也为他们准备了一点儿小惊喜，还记得咱们可爱的工程兵上校说过什么吗？他说奥古斯已经把他的抛石机改进到了极限。我对这话的理解是，如果他们能对那些可憎的器械加以改进，我们也可以，而且可以像奥古斯一样做到极致。去改吧，我神气地说，他们果然照办了。我猜，一旦知道一件事是可行的，想起办法来就特别有动力。总之，我们几乎是一瞬间就拥有了一台新式抛石机的样机。等到奥古斯的木匠完工，我们就立刻发射砲弹，不到一个小时就把新的营地侧翼砸成了碎片。这样一来，奥古斯在过去七年间建造的所有用来长期居住的小屋都不再安全了，整个营地必须后退一百码。这下麻烦大了，还得花费巨大的人力物力，几十万士兵只能在瓢泼大雨中露宿。我发现，让人一蹶不振的一般都是点点滴滴的小事，比如，浑身湿透睡在泥里。

我花时间读过围城之初的各种资料，所以大概能猜到接下来会发生什么。如果猜对了，接下来我们会碰上严重的问题。果然，木匠们刚刚搬完营地，就开始着手建造新的住宅区，并且及时完工，让大约八千居民全都搬进了去。这八千人不是士兵，而是平民，不需要多聪明也能知道他们的职业：矿工，从帝国曾经广袤的疆土上搜罗出来，集中到这里的。为的是挖地道，把城墙弄塌。

当然，这一招奥古斯试过一次，失败了。但就他现在这个心情，迟早会决定再试一次。损失了那么多抛石机之后，我觉得他的状态产生了一些变化，已经不在意失败后的面子问题了。不过我们不怕，尼卡弗鲁斯预见到了这种情况，早早跟塔纳戈人签好了条约。

塔纳戈你知道吧？这是一个莱洛锡安沿海支出来的半岛，严格来说属于萨尚国领地，但萨尚国没心思理会这里的麻烦。这地方出产铜矿和锡矿，塔纳戈人曾经把他们的铜和锡卖到世界各地，但现在，几乎没有国家需要从他们这儿进口矿石了，塔纳戈半岛上数千名技术精良的矿工无工可开。

尼卡弗鲁斯花了让人心疼得眼泪汪汪的大价钱贿赂了塔纳戈公爵。得到的回报是，只要再付一笔巨额佣金，我们就能征召最多六千名塔纳戈矿工，随招随到。就我个人来看，用再大的价钱换取生存都是值得的，我一直不懂为什么许多身居高位的人不这么想。

话虽这么说，要雇用塔纳戈矿工，把财政部的钱花光都还是不够。财政大臣建议，向所有登记在册的帝国公民征收一笔强制贷款，再把关税往上抬一点儿。其实这么多花销全是奥古斯引起的，应该他来付这个钱才对，反正我这么认为。于是当舰队从提玛莱莎回来时，我让他们直接去奥斯玛拉三角洲抢劫一番。

不知道你多大岁数，去过那里没有。围城之前，这是个度假胜地，很受都城富人喜爱——在美丽的风景中、奢华的海滨别墅里优雅地用餐，风华正茂的服务行业女性能提供男人渴望的一切，没有防波堤，也没有任何难看的防御工事，我们在不到一天的时间里就打劫了三角洲五个大城市，留下一堆瓦砾和焦炭，带走了一大堆抢来的奢侈品。拉索莱特一个商船船队在西尔角附近与舰队会合，给了我们一个公道的价格。很高兴和你做生意，他们说，期待再次与你们合作。

"奥古斯想杀光所有罗珀人，就是因为这种烂事，"她说，最近她很少和我说话了，"这你知道吧？"

"我不过是被动防御。"我说。

"但你的目标都是平民，"她说，"他们可从来没做过伤害我们的事，甚至没有试过做出更廉价的花瓶，跟我们抢生意。你不比海盗强多少，很恶心。"

"灭掉一座城市就不恶心了吗？"

"你已经做过了。"

我总能激发她最聪明的一面，我挺骄傲的。

7

"效果很好。"埃尼亚斯将军对我说,"他的盟友开始抱怨哪里都有危险,但又没办法提前防备,因为他们不知道我们下一站会出现在哪儿。"

"棒极了。"陆军部一个我不记得名字的官员说,"不久之前,不管奥古斯做什么,他的盟友都不敢说一句不好,而现在他们抱怨成这样了,奥古斯却没砍掉任何人的脑袋。这表示他害怕了。"

"那些盟友之所以和他联手,完全是因为他保证会把我们消灭干净。"埃尼亚斯继续说,"现在过了七年,他显然没能兑现承诺,而我们开始反击了。人人都知道他是个残暴的领袖,比起我们以前对待帝国行省的方式,他做的狠得多。只要再接再厉,他们内部一定会出现裂痕。奥古斯的统治基础本来就不稳,一旦动摇就会土崩瓦解,我这话放这儿了。"

"如果他从都城调兵去增援那些行省,"又一个我不认识的人说道,"他的对手就会说,你看,他食言了。不过他发过誓他绝不会把兵撤走,但如果不撤兵,对行省的遭遇不闻不问,人们就会说他是个无情的混蛋,是时候除掉他了。总之怎么做都是错的。"

"说到土崩瓦解,"我说,"地道的进展我们知道多少?"

此时塔纳戈矿工已经到了都城,正在下城酒馆挥霍享受。奥古斯那边已经动工了,但大概率挖不了太远,就会遇上从蓝角开始横穿城墙面前的草地、一直延伸到南部大道的花岗岩层。上一次挖地道没碰到这个障碍,因为上一次的起始点离城墙近得多。

"探子一直在密切关注地道口的土堆,"埃尼亚斯将军说,"过去几天挖地道的速度似乎放慢了很多,所以他们应该是挖到花岗岩了,还没能挖穿。这是主动出击的好机会。我可以带两个兵团趁夜出城,攻破他们的大营正门,一个团去摧毁地道口,另一个团牵制主营。运气好的话,我们可以让他们这个月白忙活,伤亡也在可接受的范围内。"

众神啊。我暗暗感叹。"别这么干,"我说,"黑灯瞎火碰运气基本上没有好下场,而且我需要一个旅的兵力去光顾马厄克海湾沿岸城市,来回要两周,这段时间,城墙上一个守军都分不出去,免得他一时兴起又来攻城。"

紧邻马厄克海湾温暖水域的三座城市倒了大霉,没办法,那时我第一个想到的就是它们,而我必须迅速反应,免得其他人开始赞同他。我想所有的坏事都是这样发生的,只是我们通常不会注意到。

不过埃尼亚斯完全接受了我的说辞,同意暂缓出击。于是,由于我的临场应变,我救下了我们这边许多人,代价大约是每五十个马厄克平民换取一个罗珀人士兵。这种事情一般是以少换多,但时间有限,我只能做到这个程度。

"马厄克,"我趁她停下来喘气的时候向她解释道,"是奥古斯最近这一阵的征兵地点。那里的士兵背井离乡,去攻打一座几乎完全陌生的城市,转头发现老家因为缺乏防守,变成了一堆废墟。到那时,奥古斯的蛮族大团结应该就团结不起来了。"

她给我说了她的想法。她说得很有道理，句句切中要害。我开始好奇，如果她没有严厉批评我所做的一切，我会更加内疚吗？她越是用言语刺激我，我就越是抵触，不愿意去想她说了些什么。当然，这么设想的前提是她是真的想改变我的想法，而不是单纯想打击我，把我骂到头破血流。

如果是利西马库，他肯定完全听不进去，大概率会扇她巴掌。想想其实挺有趣的，马厄克无数女人即将因我的命令而惨死，但要让我本人出手，打女人和打苍蝇一样办不到。大概因为我有教养吧，这之间的区别在于，事情是在舞台上还是舞台下进行的。一个剧院经理曾经对我说，你可以通过一个传信兵的台词，让主角屠杀一整个国家的人，但千万别让他在台上殴打女人或小孩，这样的主角没人喜欢。

8

　　花岗岩这东西可有趣了。萨尚国东部边陲似乎有很多花岗岩，连绵的山峦都由这东西构成，像一座座城堡，又像老式情节剧中的背景幕布。你可以在进口瓷器上看到这些山，有人说，这是辨别赝品最好的方法，因为那里的山和其他地方的都不一样。如果一位画家从未亲眼见过，是画不出那样的风景的。

　　我们这儿的花岗岩是粉色的，这种石头曾经卖得很好，主要卖给了艾克门皇室。他们用粉色花岗岩建造了宏伟的神庙和宫殿。反过来，我们也从他们那里进口等量的蓝灰色花岗岩（友睦海以西找不到这种颜色），来建造我们的神庙和宫殿，是不是很好玩？他们用驳船运送货物，在一千多里危险的海域来回穿梭。驳船也是专门造的，是世界上最大的船只，曾经有好几百艘。近年来都城旁边的采石场都关闭了，因为接近地表的岩石基本被采光，剩下的埋得太深，贯穿整个平原，和奥古斯之前的都城包围圈大致重合，不过现在他在新式抛石机的逼迫下后退了一大截。

他们告诉我，要凿穿坚硬的岩石是件头疼的事。必须在地下点燃巨大的火堆，将石头加热到发白发亮，然后泼上几桶醋，把它劈开。之后矿工才能拿着楔子和镐进去。我们在地道口看到了烟和蒸汽，还有一长串不断来回运送原木和木炭的货车，这种情况持续了好几天，然后停止了。

"我们赢过一次地道战，还能再赢一次。"那个白痴工程兵上校愉快地说，"我的前任办到了，而他还是个奶白脸，所以肯定不难。"

我这些年认识不少很机灵、很有头脑的丑角。他可不是这样，所以连骂他丑角都不合适，而且他甚至无法逗人发笑。"他是用大水把地道冲垮的吧？"埃尼亚斯将军说。

"他给一条地下河改了道，"市长说，"一次性解决了这地方所有矿工，顺便把下城的洪涝问题解决了。可惜这个办法不能再用一次。"

"不能吗？"我问。

市长摇摇头，"我们脚下那条地下河只是一条支流，奥古斯给主流改了道，"他说，"为的是修建一个蓄水池，让他的营地永远有充足的饮用水。但这意味着上次的办法不管用了。但没关系，我们也有准备，我们有塔纳戈矿工。"

"哦，他们啊。"一个跟在埃尼亚斯后面拍马屁的家伙说，"要我说，他们太麻烦了，完全不值那个价。你们听说了吗？他们要求加钱。"

"给他们。"我说。

"他们现在拿的钱已经跟骑兵一样多了，而且还什么活儿都没干过呢。我建议把他们统统送回去，让他们滚蛋。"

"守城战骑兵没什么用，"我说，"但矿工很有用，他们要多少就给他们吧。"

会议结束后我叫尤苏萨斯来一趟。

"翻翻文件,"我说,"看看有没有人草拟过撤离都城的方案。"

他悲伤地看我一眼,"情况有那么糟糕吗?"

"没有,"我说,"暂时没有,但我们得先考虑一步。"

"不需要翻文件,"尤苏萨斯说,"我现在就可以向你报告,没有。没人草拟这样的计划,因为办不到。"

"哦。"我等了等,但尤苏萨斯似乎觉得对话可以就这么结束了,"为什么办不到?"

"原因很多,"他说,"就算你能让十五万人成功登船,船要开去哪里呢?奥古斯控制着已知世界的三分之一。此外,民船和军用船不一样,能载这么多人的大船不能开去远海,只能贴着海岸线航行。这一带的海岸都属于奥古斯,所以无法补充淡水,更不用说食物了。别忘了,每天都需要三十万份口粮和水。在陆地上喂饱这一城的人就够困难了,换成海上,你必须每隔六十里就修建一个补给站,一直修到目的地。补给站只能建在敌方领土上,提前驻军、建立要塞,直到它们完成使命。我们没那么多人手。"

"制海权依然在我们手上,"我说,"这个优势完全没用吗?"

"基本没有。除非我们长出鱼鳍,以海草为食。制海权要配合坚固的城墙才能发挥作用。单独拆开就废了。相信我,如果有办法把所有人运出去,我们早就这么干了。"

艺术欣赏是个主观的东西。我个人觉得那些新古朴主义和矫饰主义代表作丑极了,简直俗不可耐,特别是嵌满金子和珍珠的那些。但这种作品特别受欢迎,特别是在国外,漫天要价都有人抢。像卡里克雷兹真迹,拥有一件这辈子就吃穿不愁了,哪怕你的爱好是繁育专业赛跑级大象。如果你问我,我只能说很搞笑,不说别的,这些作品特别小,一个衣兜能装五个。

皇宫里有一面墙,上面摆着七十二件卡里克雷兹圣像画,每六件一个系列，表现的是"情欲六程"的故事，一共十二套。这一全套的价格我估摸比单独六件要贵一倍。老话说得好，傻瓜的钱就是好赚。

"这些东西我看得烦死了，"我在穿过走廊，前往摆放卡里克雷兹真迹的那面墙时对宫廷总管说，"我每天要在这条路上走三个来回，每次看到它们我都会抑郁。众神在上，把它们处理掉吧，换点儿欢快的东西摆上去。"

之后一次我走这条路时，卡里克雷兹的所有圣像画都不见了，取而代之的是阿普斯玛四世最引以为傲的象牙制情色藏品。的确，这种东西也有人愿意花大价钱收购。

我叫来宫廷总管。"很好笑，"我说，"祝贺你成功地涮了我一把。把那些难看的玩意儿收起来，换点像样的展示品。"

"是，陛下。"

"事实上，"他正打算掉头离开，我补了一句，"可能我们发现了一条新思路，宫里有很多这样的艺术藏品吗？"

"是的，陛下。"

"都被锁在安全的地方？"

"皇宫地窖是都城最安全的地方，陛下，我想不出任何人有能力偷偷摸进去。"

"很好，不过我想说的是，那些东西肯定很值钱。"

我好像伤害了他细腻的情感，随便吧。"我想是的，陛下。不过在围城之初，大部分最好的都被卖掉了。"

我点点头，"如果之前一直被锁在地下的话，卖掉挺好，不然留着有什么用？给我做一份完整的物品清单，附带估价。在这种年代，我们应该好好清点一下家底。"

那天下午，我和财政大臣会面之后往回走，我的眼睛被一排丑得惊天动地的风景油画吸引住了。是画在模板上的，碰巧看到它们是我这辈子最大的不幸。我询问了一番，得知这是先皇的母亲画的。

塔纳戈人开工了，先是沿着城墙挖几条平行的地道，一条比一条更深。这么挖是因为一旦敌人接近城墙，总有一条地道能侦测出他们的动静，只要在地道里放上许多碗水，看水面会不会震动就行。这样一来，我们就能精确定位敌军从哪个方向进攻，然后就可以挖出反制地道（应该是这么说的吧？），采取应对措施。

应对措施有很多。塔纳戈人最爱的是用硫黄和双头风箱。先在敌方的地道墙壁上打出一个洞，点燃硫黄，然后用风箱给硫黄助燃，这个方法基本上能杀死地道里的一切活物。作为矿工，塔纳戈人掌握这样的技术感觉挺奇怪的。

管用吗？我问。当然管用。所有人都这么回答。这个办法经过无数次检验，用来对付挖地道的敌人绝对有用，屡试不爽，所有探讨这方面问题的权威书籍都这么写。

但是书籍的缺点就在于，很可能敌人也读了同一本书。检测出第一处地方有地道时，塔纳戈矿工早就有所准备：用于点火硫黄、随时能开动的风箱，以及用来打穿地道的大锤和钻头。但就在这时，他们听到了地道那边大约十五码的地方传来敲打声，是敌方在我们的地道侧面挖洞。

硫黄和双头风箱果然奏效了。十七名塔纳戈矿工被奥古斯那一方矿工熏死。剩下的塔纳戈人仓促撤退，为了堵住追来的大量敌人，防止他们出现在都城的大街上，他们弄垮了自家地道的支架。安全撤到地面上后，他们立刻开始讨要工资，并宣布他们想回家了。

我觉得他们不是说着玩的，三分之一的塔纳戈人真的甩手不干了，其余人在双倍工资和一笔不菲的"殉职补贴"的诱惑下勉强留在都城。另外，敌人的地道已经挖到了距离城墙仅五十码的地方。据工程兵团上校说，很明显，奥古斯那边也有专业人士，他们猜到了我们的反制措施。

"所以如果现在再去破坏他们的地道，他们就会把我们熏出去。"

他耸耸肩，"换成我，我就会这么干。"

"破坏城墙需要多少时间？"

"不好说，"他说，"一到三天吧。"

我等着他给我点建议，但他没吭声。

所幸，趁我和上校谈话的时候，尤苏萨斯在接待室里和几个低级军官聊了聊，他们跟过来原本只是帮忙抱文件。其中一个是名年轻队长，瘦高个，声音洪亮得有些过分，上嘴唇上有一撮儿毛。他说，我们可以试着挖七八条反制地道，每一条隔开一定距离，然后在同一时间打穿，拦截敌方地道。他解释说，可能他们只有一个风箱，最多两三个，即使准确定位了每一条反制地道，也只能熏到其中两三条。在没有致命烟雾的地方，我们的人就可以快速进入，在黑暗中进行实打实的肉搏。这个办法不太稳当，他说的时候也没什么自信，但总比眼睁睁看着什么都不做要好。

尤苏萨斯抓住他的胳膊，把他推进一个小房间，关上了门。等我和上校说完话，他立刻带我去见了他。

"抱歉，陛下。"他结结巴巴地把自己的主意说了一遍，"我只是建议。"

"你叫什么？"

"艾普西玛，陛下。"

我对他挺了解。当然，在这之前我不认识他，但我很熟悉他这种人，他们会在剧院后门晃荡，等待合唱队的某个女孩收工。

"把这个，"我塞给他一张纸，尤苏萨斯刚刚在上面替我写了点东西，"带给上校，这是……这叫什么来着？尤苏萨斯？"

"任命书。"

"任命书，"我说，"解除工程兵团上校的职位，你来接任。尽快把地道挖出来。"

就这样，艾普西玛成了新的工程兵团上校，从档案来看，他只有二十一岁，但模样和声音都像十七岁。他亲自率领了这次突袭。当然，地道里一片漆黑，连站直的地方都没有，所以也用不了剑、矛等武器。盔甲会在走路的时候叮当作响，所以他们也没有穿盔甲。正如艾普西玛所说，这是一场在黑暗中进行的白刃战，带着一丝硫黄味儿，仿佛是在给战斗助兴。艾普西玛的手下杀了奥古斯四十六个最好的工兵后，把带在身边的一堆灌木拖进敌人的地道，拖了六十码，然后点燃。支柱被烧穿，地道坍塌。塔纳戈矿工负责用石块和一篮篮碎石重新填上地道。这场战斗我们死了二十八名士兵。

"有个问题，"艾普西玛一直在发抖，终于平静一些后，他对我说，"我们每次玩这种巧妙的花招，他们都会学了去，下次用来对付我们。我觉得他们不会再用硫黄了，因为一旦失去控制，就说不准谁会把硫黄吸进去了，你明白吧？我觉得这次之后我们会陷入单纯的地道和反制地道的较量。"

他左手打了一圈绷带，血开始往外浸了。"我们能挖那么快吗？"

"只要他们能，我们就能。"他说，"但这是桩见鬼的差事。"他意识到自己用了个不那么文雅的词，瞟了我一眼，突然紧张起来，不知道自己是不是违规了。

我对他笑了笑，他回以微笑。"不说别的，"他说，"黑暗中根本分不清谁是敌人谁是自己人。"

这我没想过，一想立刻觉得后背发凉。

"多年前，"他继续说，"士兵们会在身上涂一些气味，通过嗅觉来辨别自己人。但这么做用处有限，如果我们在自己身上喷玫瑰香水，很快他们也会开始喷,这样气味就没有意义了。理论上,士兵们会把地道路线记在脑子里,并准确判断出战友的方位。但真的进入地道就是另一回事了,很容易前后左右全部搞混,再经过一场混战,很可能——"

他说了一半就停住了。"尽最大努力吧。"我说完就让他退下了,我感觉自己在他脸上踩了一脚。

9

　　对了，忘了告诉你，我现在不睡椅子了，睡久了脖子疼。我现在在地上铺了一堆软垫，睡着还行，更糟糕的地方我也不是没睡过。至于霍达的鼾声，以前我们在一起的时候我就不介意，现在也不觉得困扰。

　　"利西马库打鼾吗？"我问。

　　"跟锯木厂一样吵，快赶上你了。"

　　"我又不打鼾。"

　　"天哪，你的鼾声没把屋顶掀翻算个奇迹。"

　　"你只是想怼我两句对吧？我不打鼾的。"

　　"你怎么知道自己睡着之后干了什么？"

　　"我有人证明。"

　　"你相信她？你真可爱。"

　　"不是女伴，是在节杖剧院表演《大惊之喜》时，戏里的男声合唱队告诉我的。当时刚刚被围城，我们害怕抛石机，于是睡在剧院。如果我当时有打鼾，他们肯定会提起。"

她做出一副懒得跟我争论的样子。"你睡觉打鼾，"她说，"别费心否认了。"

她的鼾声能吓走大麦堆上的白嘴鸦，却在指责我打鼾。算了，我们至少没冷战了。（你还不知道吧？就在我跟她聊了那几十件卡里克雷兹圣像画之后不久。）

"内廷部是文官系统办事效率最高的部门，"我告诉她，"乌苏索斯是这么说的，他的话肯定可信。宫里所有物品在他们那里都有文件或清单，无论想找什么都系能立刻找到。"

"那么值钱，肯定放在地下仓库，"她反对道，"不容易取吧。"

"确实放在那儿，"我说，"但只是暂时的。等我们准备好出发，我就会让人取出来，因为皇后陛下要求把它们摆在私人更衣室里。一小时后，它们就会出现在你的更衣室里。"

她的眼睛亮了起来，充满期待，"可以吗?"

"当然，这些小画本来就应该归我们。"

她皱了皱眉。"可能归我们吧，确实应该。"她肯定地说，"现在就让人摆过来吧。"

我摇摇头，"还没找到出去的路呢。"

听完这话，她对我笑了笑。"未必。"她说。接着阿一队长就来接我去参加下一场会议了。

"我们毁了他们至少一百码的地道，"埃尼亚斯将军说，"照这个速度，很快就能把他们逼到花岗岩带，到时候就可以发动总攻了。"

艾普西玛上校没出席会议，他又去地道下指挥突袭了。目前，我们这边的阵亡数达到了五百，而奥古斯那边达到了八百，至少从我们占领的这一段地道里就拖出了这么多敌方尸体。每天早上，我们会把尸体扔到城墙外，让奥古斯派人收殓。这主意是艾普西玛想出来的，为的是削弱对方士气。其实地道里还有很多尸体没来得及拖出来。两边都没留活的战俘，现在这个情况，活得太麻烦了。

"我没懂，"我说，"他们明明可以用人数优势打退我们。"

"不是这样的，"埃尼亚斯快活地说，似乎他才是在地道里肆意砍杀的那一个，"人数必须控制在一定范围，多了只会变成阻碍。而且人多了动静也会变大，到时候我们能通过声音找到他们，他们却不知道我们在哪儿，要杀光他们就太简单了。我之前一直说奶白脸在狭小的空间里就是废物，事实证明我是对的。"

这次会议完全是浪费时间，回去的路上，一个年轻的工程师副官突然冒出来，想拦住我。他运气不错，在阿一队长杀死他之前我及时拦住了。"什么事？"我问。

年轻的副官解释说，他是上校的朋友。事实上，他们从小一起上学，后来一起进了军事学院，两家人走得很近。他尴尬得要死，连气都喘不顺。是这样的，他接着说，如果上校知道他干了什么，一定会宰了他。但在发生这么多事情之前，上校喜欢去剧院，他疯狂爱慕着，呃，她当时还叫霍达。事实上他给她递过许多次纸条，邀请她共进晚餐。她没回复过，毕竟她不是那种……呃……女士。然后他真正想说的是，上校最近心情不太好，长时间在地道里卖命可不轻松。如果皇后陛下能给他递个条子，写两句打气的话，比如"坚持就是胜利"之类的，他一定会大受鼓舞。如果这件事不好安排，当然他也理解，并希望自己的请求没有冒犯到任何人。

我转告霍达时，她眼泪都笑出来了。但我还是缠着她在一片羊皮纸上写了"致一位英雄"，并在下面签了字，连带着她的一块手帕一起叫人送给上校。"众神保佑他,他会把手帕别在胸口的。"

"他们都这样,总喜欢别在胸口。"

集市上有个小摊,女演员在那里买手帕,一个铜特拉奇一张,十个铜特拉奇一打。带玫瑰或薰衣草香味的还要贵上两个铜特拉奇。但霍达的手帕都是一车一车送来的。算了,心意最重要。

10

码头上来往船只很多，但我想特别讲讲其中两艘。

第一艘没能开到码头，在半里外就抛锚了，还升起了一面特别旗帜。所有人都知道那面旗意味着什么：瘟疫。

"应该派一艘战船把它击沉。"市长说。

"只会起反效果。"盖纳斯少将说。西西纳不在的时候他会代表海军出席会议，"要击沉对方船只，就要和他们产生接触，这正是我们必须避免的。最好还是让它漂在那儿自生自灭。"

"这也太不负责了，"市长说，这是我第一次听到他高声说话，之前从来没有过，"要是来一场风暴，把船吹进码头了怎么办？要是有白痴同情他们，去给他们送水和食物呢？现在不击沉，之后发生什么就无法预料了。"

"是希纳耶人的船，"盖纳斯将军面不改色，"他们是萨尚国的盟友，击沉一艘他们的船，相当于宣战。"

"情况特殊，怎么可能——"

"我们可以跟萨尚国大使解释，船上有瘟疫，"盖纳斯说，"但要是他不信怎么办？"

"众神在上，绿旗都升起来了。"

"萨尚国大使不认识绿旗，这一点也只能我们向他解释。而正如我所说，只要他选择怀疑——"

"你知道都城如果遭了瘟疫会蔓延多快吗？"

"要看情况啊，"又一个我不认识的人插嘴道，"瘟疫有三四种，每一种传播的速度不一样。当然，我们还不知道船上的瘟疫是哪一种。"

"各位。"我说，众人立刻闭了嘴，看着我。我转向坐在我左边的尤苏萨斯，"找一个了解各种瘟疫类型的人，找到了立刻带过来。"尤苏萨斯点点头，离开了，"现在的首要任务是防止瘟疫蔓延。市长想要击沉船只没有错，当然你的观点也没错，要击沉他们就必须有我们的人靠近。虽然染病概率不大，但是是有可能的，所以不可行。用抛石机对付那些可怜的家伙怎么样？"

盖纳斯皱了皱眉。"倒是可以，"他说，"但不管隔多远都存在危险。因为现在是退潮期，如果击沉他们，等到涨潮的时候尸体很可能被冲上岸。"

"行吧，把他们拖到远海再击沉。"

"那岂不是要产生更多接触。"

市长小声地呻吟了一下，"无论如何都不能放在那儿不管。你读过安瑟尔记载的安特西拉大瘟疫吗？要是发生在这儿，后果我都不敢想。"

盖纳斯旁边一个海军军官嘟哝了一句，说什么沿着海岸把船拉到三十里外，奥古斯有个大型军需补给站建在那里。

"绝对不行！"市长吼道，"如果瘟疫是靠空气传播的怎么办？就是你们这种不负责任的态度——"

"我觉得他就是随便提一嘴，"我镇定地说，"各位，我们得到的信息太少，还不是做决定的时候,还是先让研究疫病的学者给我们讲讲吧。"

学者上场了。这是一位艾克门医生,有三十年经验,因为瘟疫在他们那儿已经成了日常生活的一部分。还是得看瘟疫的种类,他说,有时候接触病人是安全的,只要接触后好好洗手就行。有时候病人身上会携带某种瘴气,隔着五十码都能让你染病。只要知道具体是什么病,他就能给出具体建议。但绿旗的意思就是瘟疫,不分种类。说不定只是船长杯弓蛇影,误把重感冒当成了什么可怕的传染病。

这下市长改变了主意,说什么都不同意击沉船只。如果相隔五十码都不一定安全,那我们就更不能冒这个险了。盖纳斯也改了主意,他现在坚称绝对不能什么都不做,任它漂在那儿。要是某艘船偏离航线,在夜晚没有光线的时候不小心接近它了怎么办?要不这样,我建议道,派一艘战船把它击沉,然后把战船上的船员送到友睦海正中间隔离一个月?盖纳斯说不行,要在海上停留那么久,度过已知最长的疫病潜伏期,战船是做不到的,中途必须靠岸补充食物和水,而唯一能得到这些补给的地方,也是海军经常出入的地方。一旦出岔子,相当于在帝国舰队中间点了一把野火。

"得赶快决定,"市长说,"拖得越久,我们越危险。"

我看着盖纳斯,"你战船上的砲兵可以打中一百码之外的目标吗?能不能百发百中?"

他想了一会儿。"应该不能。"他说,"但城墙上的砲兵做得到。"

"行,把他们叫来,"我说,"至少给他们喂十几发火弹,让他们全部消失在水面以下。"

另一艘船是来自弗莱默的柯克船。这种船每天靠港的有三十来艘,全是商船,沿着布勒米亚海湾一路向北做短途贸易,用椰枣换葡萄干,用葡萄干换橄榄,用橄榄换黑麦面粉……每一站都能获得少量利润,到我们这里时,他们的船上已经装满了小麦或木材，在别的地方几乎卖不来钱，但对我们很珍贵。弗雷默人住在布勒米亚海的一处群岛上，处事让人想起椋鸟：和所有人都友好，但又从来不惹人注意。

他们有时会带一些乘客。能踏上柯克船的，要么是下了极大的决心，要么就是穷途末路，没得选了。晚上只能在绳堆里睡觉，甲板晃起来时，人就跟赌场里的骰子一样。这艘柯克船上的人大概也是些无路可走，只能咬牙搏一搏的。

他走下船，踏入码头，拦下他遇到的第一个人，询问港务长在哪里。那边，那人指了一下。他顺着那个方向找到了港务长。我是使节，他说，奥古斯皇帝陛下的使节，带我去见你们的首领。

港务长自然觉得这是个疯子，逮捕了他。在看守所，使节拿出了证明他身份的材料：雪白的羊皮纸上印着华丽的红色和金色花纹，可以说是一件艺术品。羊皮纸用铅块封着，封印有你的拳头那么大。看守所长寻思着普通疯子搞不来这个昂贵的东西，于是把他护送到皇宫，让当值的皇家守卫头疼去。三十六个小时后——按皇家标准，这速度比闪电还快——轮到我为他头疼了。恭喜我吧。

"需要翻译吗？"我问。

他看着我。他个子小小，方肩膀，有点小肚腩，胡须很稀疏，在下巴上留了一簇，年纪接近六十岁，浅黄色眼睛。他穿得很普通，但一点儿也看不出紧张。"不需要，陛下。"他说，"我的罗珀语勉强能行。"

"确实还行，"我一边说，一边拿起那一小卷艺术品，"这张纸说奥古斯派你来，让我安排跟他会一面。"

"是的。"

"奥古斯从来不接受会面。"

"无意冒犯,但你说得不对。他和奥尔罕上校会过许多次。"

"就是围城之初的工程兵团上校,和现在的艾普西玛同一个职位。"尤苏萨斯在我耳边提醒道,"那个奶白脸。"

我点了点头。"他不是叛徒吗?"我回答他,但声音挺大,使节绝对能听见。

"这倒没有证实。"

"所以你看到了吧,"使节继续说,"是有先例的。我保证,奥古斯陛下十分想见你。"

"为什么见我?"

"这个我就没法告诉你了。"

我看着他。这人有点水平,完全看不出他脑子里在想什么。"你只是来敲定会面时间地点的。"

"是的,陛下。"

我转向阿一队长。"要我相信这家伙,我更愿意向他吐口水,"我用舞台式低语方式说道,"你怎么看?"

阿一撇了撇嘴。"不妥。"他说。

我点了点头,转过头来,"欢迎奥古斯来都城做客,我们会确保他的安全。"

"恐怕这不行。"

"我不会去城外,就算你拿布勒米亚所有的大米来换也不行。"

"我理解,"使节说,"所以我们想了一个办法。"

一开始我以为他在开玩笑,但在外交的世界,这种事似乎稀松平常。奥古斯在海上信不过我们,我们在陆地上信不过奥古斯,所以折中的办法是,奥古斯让手下修一道半里长、十尺宽的防波堤。我和他可以各带一个副手,我在船上,他在防波堤上。我们可以交谈,然后一个走水路、一个走陆路各自离开。

于是我们打开地图,我需要找一处不会被洋流冲上岸的地方,他们则想找一处不会把防波堤冲垮的地方。神奇的是,北部海岸恰好有一处满足所有要求,但从码头过去必须穿过两里的水域。绝对不行。我说,就算用船桨划水符合我帝王的身份也不行,况且,根本不符合。

那再妥协吧。如果奥古斯带两个副手的话,我也能带两个桨手。这话听着就有问题。"那他的两个副手必须全裸,"我说,"免得藏武器。"使节又说,"说到藏武器,我能轻易在船底放一把上好箭的十字弓,但奥古斯陛下大度,愿意冒这个险,我应该投桃报李,允许他带两个可以正常工作、没被冻僵的文员。"

"行吧。"我说,那我坐战船去会面,带六十名弓箭手,他也可以带六十名弓箭手上防波堤。既然要犯蠢,那就蠢出风格怎么样?

我们谈了很久,有好几次差点吵起来,但最终达成了共识。我坐船,带一个副手和两个桨手;奥古斯站在防波堤上,带三个副手。所有人都不带武器。"要是下雨呢?"我问。

到这时,我感觉使节同样被磨得没脾气了。"那就只能大家一起淋雨。"他说。

"我跟你一起去。"她说。

"别说傻话。"我说,"我得带尤苏萨斯或者阿一。"

"两个都带吧,他们会划船就行。"

"太危险了,"我说,"几乎肯定有陷阱。"

"我不觉得,你已经考虑得很周到了。"她用甜美的嗓音说,"而且我不晕船,记得吗?我去过好多行省巡演,我是个好船员。"

"我不会带你，你究竟为什么想跟来？"

"你个白痴，这是我们的机会啊。"

"确实，"我说，"如果奥古斯真的想商量——"

"蠢蛋，"她说，"你还没明白吗？他在等我。"

我有脑子，不过这辈子大部分时候都只是拿来背台词用，"等你？"

"小声点儿，傻瓜。他在等我，也在等你，你不记得了？"

"不记得。"

"不可能，我们说好了的，要跟奥古斯谈一笔交易，让他保证我们安全逃出都城。你说可以，但联系不上他啊。我说这个交给我。于是我就去安排了。"

我喉咙里堵着好多话，都想冲出来，最后我说的是："那是好早之前的事儿了。"

"干这种活只能慢慢来。"

"你干了什么？"

她解释道（严格来说算不上解释），几年前她去了多斯莫伊半岛巡演——不记得演的什么了，大概是某部烂剧吧——她在那里遇到了一些有钱的商人（真是一点也不奇怪啊），和他们熟络起来。于是，为了奥古斯带一封信，她找了一名弗莱默商船的船长，给了他一笔钱，告诉他只要把信交给多斯莫伊的那个谁，他就能从那人那里额外得到两倍的钱。奥古斯军队的醋基本上都是多斯莫伊人在供应，所以能轻易找到奥古斯。很简单，她很有气魄地总结道。

"太离谱了，"我说，"你怎么就觉得奥古斯会想见你？"

"因为他知道我曾经是利西马库的情人，"她说，"成为皇后是最近的事，所以原本的计划会有所变动。别担心，最后的结果还是一样的。"

"我觉得他想见面并不是因为你那幼稚的鬼主意，"我说，"他想和谈，因为我们最近打得他焦头烂额。"

"哦，是吗？真可爱。但是他想会面完全是因为我，这点我很清楚，那位弗莱默朋友就是这么说的。"

"狗屁。你最近根本没见过船长之类的人物。"

"他给我写了一封信，卷在一个香水瓶里。不信你自己看。"她从梳妆桌上成千上万个小瓶子中拿起一个，拧开瓶盖递给我。瓶子里是一小张纸条，喷了玫瑰味的香水。字迹依然能看清。

"他叫你把钱补给他。"我说。

因为他给了双倍酬金，但不想自己承担这个费用。另外，你看这一段，他说会面的事已经初步安排好，很快就会有人来找我们，进一步敲定。这张纸条是在使节上岸之前两天收到的。所以你看，这次会面是我安排的。

"一封藏在瓶子里的信。瓶子平平无奇，你是怎么从那么多瓶子里精准找到这一瓶的？"

"玫瑰精油。我在多斯莫伊的朋友知道这是我最喜欢的味道。"

风向标似乎偏了一下，之前指着"有这么个可能"，现在则指向"很可能"。"好吧，至少知道你是怎么选瓶子的了，"我说，"但你怎么知道这个人送来了信，需要你去选瓶子了？"

"你知道原因啊，还是说我的话你根本没听？我们要逃离皇宫，我会去选，是因为这是我们唯一的机会。"

"如果你想到时候跳下小船，穿着全套皇后服装游上岸，我告诉你，你会淹死的。"

"别说傻话。听我说。"

11

如上文所说，万事万物都会变。其中变得最快、最频繁、幅度最大的就是"过去"。昨日的英雄会成为今天的反派，昨日颠扑不破的真理在今天不过是被破除的迷信。到了明天，一切又会一百八十度大转弯，这一点倒总是靠得住的。

听起来很奇怪吧？毕竟过去已经发生过了、完成了、了结了、告一段落了、盖棺定论了、死了……但死物本身就特别善于变化，不信就用鼻子闻闻。在我看来，过去就像堆肥，昨日的尸体被埋进废料堆，任藏身其中的各类种子生根发芽、开花抽枝。过去当然会变，不变不行，而存在于过去的真理……

倒回去看吧，我就不赘述了。我身边的一切都在分解变质。一切都处于变化中，除了我。于是我告诉她说，我决定了，如果有机会，我一定带她逃离这座注定完蛋的城市。只要等一个机会就行，说话算话，不管之后发生什么。

"老天，听到你这么说我就放心了。"她说，"我都开始替你担心了。"

"你真好。"

"我以为你开始相信自己说的那些屁话了。"

我对她笑了。"我经常干蠢事,"我说,"但那样的蠢事绝对不会。"

尤苏萨斯不得不现学怎么划船。

"你会慢慢掌握的,"我对他说,"看看那些一辈子都在当桨手的人吧。如果他们做得到,你肯定能行。"

尤苏萨斯特别怕水,于是我让海军少将盖纳斯找人教教他。两人坐着一艘小艇出海,回来时,尤苏萨斯浑身抖得像筛糠。"我不行,"他说,"我不够强壮,又害怕得全身僵硬。"

"他们把我推上皇位的时候我也是这个感觉,现在你看我,"我说,"振作起来,克服一下。"

我同情他,真心的。另一方面,阿一队长的家乡也在内陆,被群山包围。他也不喜欢海,但他不愿意被大海难住。每次把船桨插入水中,你都仿佛能听到他在高喊,死吧,狗杂种!之后我又建议说,他们俩应该一起练习,毕竟桨手要配合默契才能把船划走。上一次看到这么好笑的场景,不是在查尔科扮演《爱的炼金术》中的大公的时候。

使节又回来了。他说我们提的条件奥古斯都接受,除了一条。我猜猜看,我说。然后我猜对了:我要求奥古斯停下城墙外的地道作业,以示友好。他坚决拒绝。

于是,奥古斯一面派木匠建造半里长的防波堤,一面派兵在地道中与我们打生打死。在我的坚持下,艾普西玛退到二线休息,不再亲自率领地道战,结果是我们输了,失去了一百码远的阵地,双方伤亡惨重。之后艾普西玛又回到了岗位,在他的指挥下,我们仅仅血战了一晚上就夺回了失去的一百码,之后阵线继续推进,一步一步把敌人逼到了花岗岩带。这是奥古斯最不愿意看到的。为了突破这道花岗岩,他付出了不可计数的心血、物资和人命。

如果花岗岩上的缺口被我们占领，那只要堵上，他就得从头再来。

"这只是时间问题，"珀蒂纳克斯将军在之后一次参谋会议上对我说，"如果能赶在你和奥古斯会面之前堵住缺口，你就有了更多讨价还价的空间。当然，风险是双向的。如果我们竭力一战，结果败了，没能夺下缺口，你的筹码就会大大减少。"

真是谢谢你啊，我想道。我没胆子当面给艾普西玛下令，决定退缩，给了他一份书面命令：你有五天时间占领缺口，不许失败。"虽然我们根本不在乎，"我跟霍达解释为什么我一副苦瓜脸，她回答道，"但你没做错，得装出一副对这件事很认真的样子，免得引起怀疑。"

比起在地道里交战，守住缺口要容易得多。敌人拿出了硫黄和风箱，短短几分钟就杀死了我们这边七十六名最善战的地道兵。艾普西玛以牙还牙，也造了一台风箱，只不过这一台负责吸气，而不是吹气。一旦对方放毒气，艾普西玛就能把毒气全部排到一条岔道里。与此同时，他又派人另挖了一条地道——与主战场平行，抵达花岗岩带后九十度转弯，贴着岩带一直通往缺口处。敌方发现了从侧面冒出来的敌人，及时调转风箱，像养蜂人熏蜜蜂一样把里面的人全熏跑了。趁这个空当，艾普西玛领着主力部队在主战场发动进攻。这是围城以来最血腥的一场砍杀，持续大约五分钟后，我们突破防线，杀了对方大约三百个工兵。我们在新的阵线处筑起壁垒，等着石匠拖来十二块事先凿好形状的坚固的玄武岩，封好缺口。十二块玄武岩互相咬合，不需要砂浆也能连成一个整体，结实程度远超原先的天然花岗岩。拼好最后一块之后，我们的人撤了出来。大功告成，还提前了两天。

我想当着全城人的面亲自祝贺艾普西玛，但做不到。我询问了一直跟在他身边的士兵，但还是搞不清楚细节状况，这位年轻副官是最后一个和他说话的人，据他说，当时艾普西玛依然在缺口的这一边，他领着主力军冲上去之后，伤亡比预估的要惨重，所以他就退了回来，在后方指挥援军跟上。然后，副官告诉我，他闻到了玫瑰花香，慌了神。

"什么玫瑰花香？"我问。

"敌人最近开始往身上喷玫瑰花香水，"他说，"以便区分他们和我们。这是个老把戏。"

"我知道，这把戏没用。"

"确实没用，但他们蠢啊。"

总之，副官似乎闻到了玫瑰花香，恐慌之下不愿意再上前线了。艾普西玛说没关系，派他去后面给援军引路，自己往缺口处去了。在这之后，再没有人见过艾普西玛。

他当然死了，这不用怀疑。奥古斯把他的尸体绑在一辆双轮马车后面，在弓箭刚好射不到的地方来回拖拽，直到尸体烂掉，碎成小块。

我大概理清楚情况了，虽然没什么意义。艾普西玛回到缺口处时，敌人已经退了。他们刚刚再次集中兵力进攻了一次，没成功。我们这边的人一定是听到了艾普西玛的脚步声，但不知道是谁来了，只闻到一阵玫瑰花香，于是下意识地捅了他一刀。之所以发生这样的悲剧，是因为霍达特别爱玫瑰精油，喜欢把手帕浸在精油里，直到手帕一掏出来就能让整个地道飘满玫瑰的香味。

12

不过不用伤神，我们占领了缺口，这才是最重要的。埃尼亚斯将军、盖纳斯少将和市长对我说，我们已经把奥古斯打痛了，现在就应该一鼓作气，打到他全面撤军为止。另外，在谈判桌上，我还应该要求归还一些帝国领土和至少一亿安吉尔的战争赔款。如果这两条谈不下来，那就得坚决要求奥古斯关闭工厂，或者至少让他支付某种形式的专利使用费。

为了接下来的会面，他们专门造了一艘小船，好看极了：通体漆成紫色，细节处全部用金箔突出。船身是橡木做的，不怕弓箭。这样如果敌人放箭，我只要缩在船里就行。我问过如果下雨怎么办，他们居然真的听进去了，在船里配了一把紫色的大伞，伞里装了弹簧，只要扳动一个小机关，伞就会自动张开。"但愿能下雨，"新一任工程兵上校说，"这样你会安然无恙，而他会变成落汤鸡。"他还告诉我伞是艾普西玛亲自设计的，显然，他对研究这类愚蠢的小玩意儿很有天赋。

霍达也为此准备了一条新裙子。宫廷总管想给我们俩套上全套盛装，我问他："哪本书里规定了皇帝和皇后划着小船去跟敌人谈判时，必须盛装？"霍达也帮腔道，典礼服是帝国尊严最神圣的象征，如果被海水浸坏或掉到水里，整个帝国都会倒大霉。于是，霍达最后穿了一件轻薄的白色丝绸长裙，让人想起她演《说书人与奴隶》时穿的那件。我穿的则是帝国铁骑兵的制服，不过没穿看起来蠢兮兮的胸甲。

"老天，好久没穿过正常衣服了，感觉真好！"坐上船后，她在我耳边欢快地感叹。

我注视着水面，搜寻大小船只和嘴里咬着刀的游泳健将，"你觉得这是正常衣服？"

说这话时，我穿着一件红色齐膝长衫，边上用金线绣成回纹，外面套一件红丝绒棉质短外衣，上面用金线和银线绣着铁骑军的双头野猪纹饰，脚上是红色的交叉绑带长袜和红色山羊皮靴子。但她很有风度地什么也没说，其实她完全可以讥讽我一顿的。

尤苏萨斯和阿一队长划船划得不错，虽然这条小船比他们练习用的要大得多、重得多。海面很平静，我和霍达坐在丝绸坐垫上，完全不觉得晕船。防波堤渐渐映入眼帘，我的肚子开始抽筋。

众神在上，防波堤上站的可是奥古斯，世界上最坏的人、魔鬼的化身。我其实没怎么琢磨过这个人，我知道他憎恨所有罗珀人，所以应该也恨我。原因很简单：罗珀人压迫了他们几百年，让他的族人沦为奴隶。这个理由我接受。他说，罗珀问题只有一个解决方案：全面灭杀。只要有一个罗珀人还活着，这个世界就不安全。围城之初我觉得他就是个疯子，脑子有问题，说不定时不时犯一下癫痫。不过现在我见识、了解得多了，开始理解他为什么这么做。我能想象出一场令人烦躁的沉闷会议，三个掌握权势的人各自拿出一个有着严重缺陷的计划，然后为此吵得唾沫横飞。如果换成我，我肯定会说,算了,干脆把他们全部杀掉吧,这样问题就解决了。这个办法三个人都赞成,因为没人愿意赞成另外两人的主张。不知道我会不会真的这么说,我的想象力有限。总之我最近下的命令其实性质差不多:烧掉这个地方,毁掉那座我从来没听说过的小镇,把蓝帮和绿帮集中起来全部革除,占领缺口,不许失败……下令时,一切都是讲得通的。如果过程中会害得一小撮人陪葬,那也不过是执行命令的代价罢了。让我们一劳永逸地解除所有威胁吧。

所以,我和奥古斯其实属于同一类人,我应该是可以和他对视,并从他的眼睛里看到一个活生生的人,而不是魔鬼或怪物。至于害怕——当你面对一千名观众,却只能用二十行抑扬格五音步韵文来保护自己时,那才叫害怕。但并不是因为他们是人,他们可是一千个付了钱的顾客啊。所以,除非他带了一百名披着隐形斗篷的弓箭手,我就没什么好怕的。

不过……

当了一段时间皇帝之后,我凭自己的经验得出了一条简单的法则。我愿意把它分享给任何碰巧读到这篇文章的国王、摄政王、总督或议员代表,"让我们一劳永逸地解除所有威胁吧"这句话无论用在什么场合都会受欢迎,因为你似乎承诺了解决问题,却又不需要别人劳心劳神来思考问题究竟出在哪儿,具体又该做些什么。只要杀点儿人,这事就算圆满完结了。关键在于杀人的规模,如果是几百万人,你在人们眼中就成恶魔了。要适当限制人数,比如总人口的百分之一或百分之二,总之不超过五万人。这样一来,人们只会说你是政治家、英雄、国父。好了,我讲完了。如果你觉得能帮到你,就把它叫作"诺克尔法则"吧。

但有些人根本不屑玩这一套,对吧。其中一个就站在防波堤远端。当然,没人知道他长什么样。我们掌握的唯一可靠的资料来自某个认识他和他父亲的人,据说他在奶白脸中算身材高大的,和他父亲长得很像。除此之外再没有别的信息了。所以,防波堤远端那个人很可能根本不是奥古斯,可能是他的替身或特型演员,我们无从判断。

有个问题科学家和哲学家都没有研究过,或者有人研究过,但我没读到:从地平线上的一个点变成眼睛能认出来的东西,转变的临界点在哪里?一开始只有一个点,靠近一些,依然是一个点,接着有了形状,但还是看不出是什么。再后来的某一刻——就是我所好奇的那个时间点——你依稀能辨别出人形、马形或狗形。再过一会儿,有那么一瞬间,你突然能完全确定了。

"我看到他了。"霍达大声地说,她的视力特别好。

"知道吗?"我说,"这是我这辈子离开都城最远的一次。"

霍达瞪了我一眼,接着看了看尤苏萨斯和阿一,这两人背对着我们。我立刻懂她的意思了,我在说自己的人生经历,利西马库可不一定跟我一样。我暗骂了自己一句,不过他们似乎在一心一意地划船,什么都没听到。

"我也能看见了。"我说。

防波堤修得很漂亮,平坦笔直,完全没有歪歪扭扭的乡村风情,洁白的木材在朝阳下熠熠生辉。不过我猜这也不意外。木匠们最近一直在干活,干得多了,技术自然会变好。

我回头望了望都城,从海上看过去人人都能看到都城最美的一面,事实的确如此。太阳好的时候,这个角度的都城似乎一尘不染,看不到人,也看不到它肮脏邋遢的旮旯。只有蓝天衬托下的高塔、镀金的屋脊、白色的圆顶,美得像一幅画。这是我第一次开了眼界。整座城市看起来特别小,感觉有点儿怪。

"他没带人。"她说。

"不,"我纠正道,"我们说好了每人可以带三名随从。"

"但他没带。"

　　和往常一样，她是对的。在半里长的防波堤上——要修建这样的防波堤，首先要用连在驳船上的特殊吊锤，将人腰粗细的木桩打入海床，在桩子上铺木板，加上栏杆。然后，如果想炫耀一番，可以把栏杆涂成番红花色——只有一个人，就在防波堤的最末端，坐在折叠凳上。要表现傲慢，他真是做得太成功了。

　　我们停在了离他一百码远的地方。这样阿一队长就能跟我说几句话了：他拿着船桨，无法转身，所以我只能对着他的后脑勺讲话。"他真的只有一个人吗？"阿一队长问。

　　"是的。"

　　"没有埋伏？"

　　"这东西上面藏不了人。"

　　"可能有人闭气藏在水里。"

　　"应该不会。"

　　"这样的话……"阿一队长压低声音，想想其实有点傻，完全没必要的，"这样的话，我们可以杀了他。不，听我说完，你上去和他聊天，我绕到一旁，爬上其中一个消波块——"

　　"不行。"霍达说。

　　"我们可以一举结束这场战争。"队长紧张地说，"没有奥古斯，蛮族就会星散，我能杀掉他，我有这个信心。等他的人追上来，我们已经坐在船上，早早地划出射程范围了。"

　　"不行，"霍达重复道，"我们有机会争取和平，你要是动手，一切就都完了。我绝对禁止你做出任何类似的举动。"

　　"陛下？"

　　他是在问我。

想想吧，一举结束战争。当机立断、勇猛果敢，最后改写历史：利西马库大帝拯救了罗珀帝国。"她说得对，"我说，"主意不错，但别做。"

阿一队长戳了戳尤苏萨斯的肋骨，两人重新举起船桨，不一会儿，我们就再次往前移动了。好主意，我想，利西马库绝对会同意。他是英雄，是竞技场上的冠军、同龄人中最优秀的战士。换他亲自来干的话，肯定能成功。这一刻，我希望船里坐的不是我，而是他。

"划到大概五码远的地方。"我说。

"我们看不见，你得提醒我们。"

离得越近，奥古斯显得越高大。看清他面目的瞬间，我就认出了他。我是说，我认识他这种人，我爸就是：典型的帮会狠角色，从尸山血海中杀出来，然后尽情享受胜利的果实；大肚腩、双下巴、长着肥肉的脸，挂着眼袋的眼睛，但这一切仿佛都是后来加上去的，就像老屋翻新时新添置的现代装饰一样。在这些装饰之下，依然能看见曾经的那个杀神。如果我爸还活着的话，年纪应该和他差不多。

我站起来。小船猛烈地摇晃起来，于是我只好坐回去。奥古斯笑了。

"你是谁？"他问。

"利西马库，罗珀皇帝。"

"不，你不是，"奥古斯说，"我见过利西马库，你不是他。"

我注意到霍达在瞪他，就像刚才瞪我一样，不过目光要凶得多。"无所谓，"奥古斯说，"反正你是皇帝就行。"

"我是。"

他站起来，来到防波堤边缘蹲下来，"来谈正事吧。"

"行。"我回答，"你想要什么？"

他咧嘴笑了。"得好好谈谈，"他说，"但不能这样谈，太荒唐了。"

"的确。"

"有一座岛,"他说,"沿着海岸过去大约六里路,叫作拉普萨利亚。其实就是一小块儿岩石,一户佃农,十几只羊。我们一起去那里,你带人把小岛清理干净,包括羊。我带人上去检查一遍,然后我们一起撤离,你划一条小船,我划一条小船,在佃农小屋里见面。如何?"

我想转头跟尤苏萨斯和阿一队长商量。但霍达又瞪了我一眼。"听起来不错。"我说,"什么时候?"

"后天正午。你的人清理完小岛之后立一面白旗,我的人看到了就会出发。等我们谈完,我先划船离开,等我回到岸上了,你再叫你的战船来接你"他顿了顿,笑了,"记住了吗?还是说需要你的文员帮你记录一下?"

"我想我们四个都能记住。"

他站起来。之前的资料是对的,他很高,快赶上我了,不过肩膀稍微窄一些。他看着我,皱了皱眉,然后转身沿着防波堤往岸上走去。他走路带风,显得特别威风,又让我想起了我爸。

据他们说,八小时后,防波堤就被拆干净了,仿佛从来没存在过。是一队工兵过去拆的,他们把木板和木桩捆好放进货车,颠簸着离开了。这么多木材,全是修地道的上好材料。

13

有一个问题我一直想知道答案，但又不敢问。与此同时，为即将到来的会面，有好多准备工作要做。

"我们都希望你能穿上盔甲，"市长说，"上次没穿，是因为你坐在船上，我们担心船翻了的话，穿着盔甲浮不起来。但这次我们会用战船接送你，穿盔甲也不会有危险。"

"不行。"我说。

在之后的一段对话中，虽然他们没直接用到"蠢货""猪头"之类的词，但意思再明显不过了。不过这一次，我态度坚决。自我防御有两个流派，一派靠护具，一派靠脚底抹油。我爸是后者的坚决拥趸者。那些笨重的铁器是上战场才用得着的，他曾经这么说，在街上穿这东西只会拖慢你的速度，如果某个狗杂种准备冲上来揍你了，你就跑开。只要你不在，就不会挨拳头。

这才是金玉良言。当然，我和我爸对"跑开"这个动作的理解不太一样。对他而言，"跑开"就是往后退一步，或者往旁边撤一点，然后趁对方失去平衡的瞬间巧妙地近身，一拳打在对方后腰上。而我的解读则是"撒腿就跑"，跑到保证安全的地方再停下。不管哪种解读都用不上铠甲。反正我一直很讨厌穿铠甲。

"小岛已经清理出来了。"珀蒂纳克斯将军对我说，"围城刚开始那会儿没人住在那儿，后来有些农民在夏天运了几只羊过去，搭了个牧羊人小屋。我们修补了屋顶，把垮掉的门重新装回门框，又在里面放了一张桌子、几把椅子。"他压低声音，凑到我面前，"地上铺的是薄石板，我们可以撬开一块，在下面藏武器。"

"别。"我说。

"考虑一下吧。"将军在我耳边唠叨，"你带的副手可以引开他的注意力，你趁机掉点东西在地上，弯腰去捡，然后翻开石板，拿出刀。副手抓住他两只手，你只管捅他就好。你可以一举结束战争。"

"不行，"我说，"这是个愚蠢的主意。我们现在都在努力少干蠢事，放聪明点儿。"

"时间是够的，我们可以先预演，免得到时候手忙脚乱。有没有经过预演，效果差距很大，你知道吧？"

说得对。"总有会出错的地方，"我说，"读读历史吧，几乎所有刺杀都会出现意外。他的副官会像鹰一样死盯我，而且万一奥古斯在衣服下面穿了软甲怎么办？不行，这件事不能胡来。最好把石板全部撬走，铺上好看的地毯之类的。如果我是奥古斯的侍卫长，我肯定会怀疑石板下面有东西。"

不过，这条思路倒是可以探索一下。"发簪。"我对她说。

"发簪怎么了？"

"一根长长的发簪，"我说，"尖端涂上毒药。我听说有人拿白菟葵熬水，被这东西刺一下，你就没了。我跟他说话的时候，你可以整理头发，好多女人都有这个习惯,旁人根本不会理睬。接着就可以抽出发簪,扎在他手臂上,我在他的副官脸上来一拳,然后我们俩一起跑路。怎么样?"

"认真的吗?"

"值得认真想想。"

"不。"她说,"不值得。另外,白菟葵只长在佩尔米亚的山上,没时间去采。"

"肯定有其他厉害的毒药可以代替。"

"别想了,"她说,"这主意很蠢。"

我点点头,"我也这么想,不过……"

"什么?"

"我也说不清,可能利西马库本人就会干这种——"

"你不是利西马库。"

听到这句话,我脑子里有什么东西清醒了一秒,我叫它继续睡。"的确,"我说,"我只是想让你帮我合计一下。"

她对毒药的毒性和生长了如指掌,挺神奇的。不过她就是一个很有见识的女人。"你还在考虑要不要留下来,是吗?"她说。

"如果没有奥古斯,我们就没理由离开了。"

"当然有。我不能一辈子困在这儿,每天穿一堆愚蠢的衣服,跟一大群傻女人关在一起。我们得逃走,带上大笔钱财。你同意了的……你记得吧?"

"记得。"

"但你改变主意了,你想把假皇帝当下去。"

"我就是皇帝啊。"我一时没控制住脾气,但立刻改了口,"不过你是对的,你不能过这种日子,我也不能。长期做皇帝看着不错,但长期和一辈子还是有区别的。我们得逃出去。"

"是的。尽快。就在明天。"

我盯着她,"你开玩笑吧。"

"我看起来像开玩笑吗?听清楚,等奥古斯动身回去,我们就跟他走。计划就是这样,你参不参加?"

"不行,太匆忙了,我们不能急着做决定。"

"要么明天,要么就别逃了。我每一步都想好了,让我跟他谈就好。闭好你的嘴,一切都会顺利的。"

就在我和霍达谈话的时候,奥古斯的矿工们开始冲击花岗岩,位置在之前那个缺口的南部,相距大约五百码。

我们靠"水盆探测器"发现了动静,信号准确无误,传递了整个过程。水盆上的波纹告诉我们:一开始就失败也没关系,要有耐心,要坚持,另外,要保持高水准的职业素养。

"有可能,"新任工程兵团上校对我说,这是一个在兵团干了十五年的老兵,之所以任命他,主要是因为更有能力坐这个位置的人全死光了,"他只是在声东击西,真正的目的依然是突破之前的缺口。但我们也不能置之不理,否则他就会把力量集中到这边来,拿之前的缺口当幌子。"

"我们有办法反制,对吧?"我问。

他点头。"塔纳戈矿工正在反向挖地道,"他说,"另外有九套硫黄和风箱,我猜他上次输了后应该会准备些新招,没办法猜,只有到时候才知道。"

他叫赫拉巴努斯。我看过他的履历,看起来挺聪明的,不过属于埋头苦干型,不适合穿着亮闪闪的盔甲当主角。"你读过波希多尼乌斯的城防手册吗?"我问。

"多年来一直想读,"他回答,"但你懂的。"

"据波希多尼乌斯说,"我说,"只要围城一方有取之不尽的资源,被围困的城市打起地道战来是早晚会陷落的，只不过过程比较慢，花费高昂，所以通常会受到政治上的掣肘。防守方的要点就是加大他们的工作难度，让他们得不偿失。这样十次有四次都会成功，围城一方会耗尽时间和资源，或是家乡的政权更迭，突然想讲和了，或是围城一方的大营遇到瘟疫——这很常见——或是其他什么变故，总之无法坚持到城市无可避免陷落的那一天。但如果单纯从理论上来说，围城一方只要资源足够，靠地道守住一座城是不可能长久的。这就是波希多尼乌斯的看法。"

"我没读过他的东西。"赫拉巴努斯说，"抱歉。"

打发走赫拉巴努斯后，我终于有时间想一想了。波希多尼乌斯是三百年前的人，在当时担任维萨尼帝国的工程师长官，他代表帝国出战，围困并攻陷了二十六座城池，到现在依然没人打破这个纪录。手册是他在一座被围困的城市里写的。当时他在贡献了自己全部的技艺和经验帮助守城之余，依然抽空写书，最后在敌人用地道破坏了城墙之后英勇牺牲。但这些都发生在几百年前，是过去的历史。而你现在也知道了，过去是最变化多端的东西。稍稍恍个神，它就面目全非。要我说，以史为鉴也是要有限度的。

"我受够了，"我对她说，"咱们找点儿事情来做吧，去剧院。"

她看着我。"去看戏？"她说，仿佛听见说我想做一件多么不光彩的事似的，"不行的，我和你要出宫散心，光是准备工作就要三天。"

"行吧，"我说，"那就要求他们御前演出，想看什么戏就点什么。"

"如果你一定要看的话。"

"不管之后逃到哪儿，"我对她说，"都看不到我们所熟知的戏剧了，这是最后机会。"

她耸耸肩。"我倒不太介意这个，"她说，"但如果你介意的话，我可以陪你。"

我叫来宫廷大臣，"现今最受欢迎的戏剧是什么？我们很久没了解过了。"

他也不知道，出去打听了半个小时才回来。据他说，比较年轻的文员一致认为，剑刃剧院的《伊曼鲁斯的女孩》最为火爆，奥利塞里亚扮演女主角，塞鲁斯担任喜剧角色。年纪大一点儿的文员则推荐权杖剧院《骗子的悲剧》，由艾因哈德扮演剧中的国王。

"来点喜剧吧。"霍达说，"把他们叫来。"

"你干吗点那个？"宫廷大臣离开后，我问道。

"因为我没心情呆坐三个小时看他们改编萨洛尼努斯的东西。而且《伊曼鲁斯的女孩》是部好剧。"

"我不喜欢。"

"啊？为什么？"

"是我写的。"

"的确，"她说，"我怎么忘了，你写了第二幕，还写了好几首歌。现在想起来，我好像还没付你这个本子的钱。"

这部剧确实不赖。第一幕和第三幕反响很好，奥利塞里亚跳了一段剑舞，有人撤掉了我写的一首歌，换成一段九个女孩的齐舞。演完后，她立刻跑到后台去跟老朋友们寒暄了，这确实是她的作风。我叫来宫廷大臣。

"之前忘了说，"我说，"皇后陛下不喜欢她更衣间墙上的画，她想要一些品位更高的作品。"

"是的，陛下。"

"她想要卡里克雷兹。"

"极好的选择，陛下。"

"说得好，你去办吧。"

14

世界上最有名的圣像画无疑是挂在金矛神庙祭坛上方的《除秽圣女》。一千年来，焚香时腾起的青烟已经把它熏得黝黑，而且那一幅肯定是赝品。真品在一千六百年前不翼而飞，又在一个世纪之后奇迹般地重现——那时，见过真品的人都死绝了。所以我严重怀疑它是冒牌货，就和我一样。但在之后的一千年里，它依然稳定发挥，时不时制造一些奇迹——治好病人，让盲人重见光明，助我们战胜敌人，等等。所以不管真假，它的业绩都还不错。

第二有名的圣像画是《青铜房屋圣人》。自围城开始，学院祭司在每个月的第一天都会捧着它沿着城墙走一圈，都城八成的居民都认为，我们能活到现在全靠它保佑。

我们的确对圣像画情有独钟。接受洗礼的时候，我们认它们作教母教父；立遗嘱和签订重要的商业合同时，它们是见证人；在婚礼上，如果新娘的父亲去世或不在身边，就会由它们把新娘交给新郎；生病的时候，比起医生，我们更想要圣像画——《黄金绞圣女》可是黑钻石蜘蛛叮咬和几种有毒菌类的唯一已知解药。而地位崇高的《白门神圣变容》系列画作几乎只剩下裸板，因为一代又一代的士兵为了获得保佑，以免战死沙场，个个都喜欢用指甲刮下一小片颜料。演员和剧作家崇拜的则是《天平圣人》，我以前也有一件复刻品，是用蛋彩画在石灰浆板上的，每次上台前我都会亲吻它。

毕竟它们真的有用，效果不输给生活中任何一样有用的东西。我在一本书里读到，克里尼乌斯大帝上战场时，会穿一件由圣像画组成的铠甲，圣像画像鱼鳞一样层层叠叠排列。有一次在攻打奥克西瑟斯的时候，一发弩砲近距离平射，不偏不倚打中了他，但箭头被圣像画弹开，他连瘀青都没留下。

能保佑克里尼乌斯，肯定也能保佑我丈夫，霍达就是这么和侍女们解释的。于是她带着她们通宵缝制的七十二幅卡里克雷兹圣像画，每一幅都用两层红天鹅绒布包起来，拼成一件最神圣的锁子甲。为了保佑她自己，她又叫一名侍女去了皇家礼拜堂，借来稀世珍品《水百合圣女》，用一条金链子挂在脖子上。做完这一切之后，一切就准备好了。我们立刻动身。

去码头的路上传来了地道战的最新消息。我们进行了六次试探性挖掘，每次挖通时都发现敌人的进度比我们预判的更快，所以只好撤退，用混有沙子和灰浆的碎石填满刚刚挖出来的地道，以免敌人从这里一路冲到城里。赫拉巴努斯提议挖得深一点，在敌人下面打洞，破坏他们的地道。具体来说，是在敌方地道之下二十尺的地方挖一个大空洞，戳穿洞顶，这样他们的地道支架就会坍塌。但这办法太花时间了，而且他也摸不清敌方主地道的精确位置，所以很可能投入了全部的人力和资源，最后根本没用。不过，有办法总比坐在牌桌上打牌，等着有人割开你的喉咙要好。

15

消息不知怎么的传开了。几千人聚在码头，许多人穿着代表紫帮的紫色衣服来给我们送行。霍达在马车里站起来，将圣像画举过头顶，赢得了排山倒海的欢呼声——当然了，这是她天生就该扮演的角色。我一直坐着，一脸苦相，这就不用演了。

海面不像上次那么平静，我坐在船上很不舒服，只能勉强忍住不吐出来。这是我第一次上战船。我们是海上霸主，海盐流淌在我们的血液里。但具体到我个人，我跟大海一点也不熟。

小岛和我想的不太一样，离陆地很近，面积也更大。之前听他们聊起这个岛，我以为就是一块从海里冒出来的礁石，顶端立着一个小屋。事实上，整个小岛比草市还要大些。这里是我近距离见过的最开阔的一块平地，我们穿过草地，周围散落着许多人头大小的石头，很容易把人绊倒。建筑轮廓隔着老远就能看到，这就是他们口中的牧羊人小屋了——这也叫"小屋"？在老阶梯那里，这么大的房子可以住下五家人。

他坐在屋子前的门廊上等我们。"我没带人！"他喊道，"放心。"

开始了，我暗想。最后一段路是比较陡峭的上坡路，走到小屋跟前的时候，我已经出汗了，喘着粗气。

奥古斯站起来。"进来吧。"他说。

"这里就好。"我说。

"进屋谈话，这是之前说好的。"

他说得对，我们只好进去。小屋环境很差，空气潮湿，白墙上长霉了，还能看到老鼠打的洞。窗台上堆着老鼠屎。霍达痛恨老鼠，我们一进去，她就猛地关上门，用背部抵住。这是干什么？

"行吧，"奥古斯说，不过不是对我说，"这个小丑是谁？"

我看着她，她看着奥古斯。"说来话长。"她说。

"回答我。"

"他是个演员，"她说，"叫诺克尔，利西马库被你们一发石砲砸死了。"

奥古斯笑了，"你在跟我开玩笑。"

"不。诺克尔长得像利西马库——"

"完全不像。我见过利西马库，这家伙比他高，比他壮，鼻子的形状也跟他不一样。"

"他是演员啊，"霍达说，"不管怎么，现在他是罗珀人的正统皇帝，这是板上钉钉的事实。"

"抱歉。"我说。

"闭嘴。"霍达吼了我一句，"我把他带来了，按照之前的交易，我遵守了我的承诺。"

屋里有一扇窗户，但太小太窄，钻不出去。再怎么着急离开，也只能从大门出去。"什么交易？"我问，"霍达，你在干什么？"

奥古斯转过来对我皱眉。"闭嘴。"霍达再次对我说。

"怎么样？"她继续说，"我做到了，你认吗？"

我突然想起——应该说是奥古斯提醒了我——我是个壮汉，几乎比奥古斯高出一个头，又比他年轻将近二十岁。我向前一大步，抓住他的肩膀。

告诉我你们在搞什么鬼，我本来想这么说的，但话还没出口，我就倒在地上蜷成一团，呼吸困难。我爸会这一招，他经常这么打人。出手的人不需要做任何大动作，被打的人就会像婴儿一样无助地躺在地上。

"别打他啊。"我听见她说。

奥古斯又踢了我一脚。其实我没什么感觉，头昏眼花到这种程度，是不会觉得痛的。我听见她冲他大喊大叫，脑子里冒出一个轻柔而冰凉的声音：她不该那么做的，会惹恼他。的确如此。片刻之后我听见一记响亮的耳光、一声尖叫和又一记耳光，尖叫声停止了。"不要命令我。"奥古斯的声音还是那么平静，你猜他让我想到了谁。

"我不想再听你说话了。"他继续说，"你就是条烦人的虫子，现在，闭上你的嘴，打开门，滚出去。"

"我们说好的——"

"我改变主意了，滚。"

我终于喘上一口气，感觉仿佛吞下了一块砖头。我睁开眼，她也缩在门前的地上，而他弯下腰来，抓着她的一把头发。干我爸那一行的，头发用处很大。"好了。"他说，想抓着头发把她提起来。

我想笑，但脸依然不听使唤。霍达的假发和头饰是从隆艾克雷的库拉李兄弟那里买来的，花了大价钱。现在看来，值了。

奥古斯把头发扯了下来，他收不住力，向后倒去。趁这个空当，霍达迅速爬起来，打开门跑了出去。我不禁为她赞叹。都到这时候了，她还有脑子想到在身后关上门。奥古斯只用了半秒钟就重新把门打开,但在这种情况下,半秒钟时间也很长、很长了,足够——只是随便举个例子——我站起身,举起一张椅子,砸在他的头上。

不过现实并没有这么顺利。舞台上的道具椅子是假的,用一种又轻又脆的木头制成,用来打人很衬手。但这把椅子要重得多,抢起来很费力,所以我用尽全力,也只用椅子的一只脚从侧面打中了他的头。

不过不需要做到完美一击,这里没有观众,没人会批评你演得不好,朝你扔果皮。这一击的杀伤力明显已经让他无法思考,更做不了别的任何事,这就够了,相信我,我有经验。现在我争取到了足够的时间,也还剩下足够的力气朝他的要害招呼:一脚踢在他后腰上。这一招能把人打痛。他跪倒在地,这下我就能轻松瞄准他的脑袋了。有这样一把又重又结实的椅子,我可以一举结束战争。

不过我做不到。我挨了一拳一脚,身体太虚了,至少我是这么为自己辩解的。我看着他跪在地上,退了一步手里依然举着椅子,椅子脚对着他。地上躺着半块圣像画,一定是他打我的时候打碎了一块。

他用手撑着膝盖慢慢站起来。"她跑不远的。"他说。

"到底是怎么回事?"我问。

他笑了。"你作弊,"他说,"穿了铠甲。她说她不会让你穿铠甲的。"

我解开外套。"那是什么?"他问,"那么多小画。"

"圣像画。"

"原来如此。知道吗?你们这些人真是可悲。"

他向我扑过来,但我早有准备。只要料到对方会进攻,我的腿脚就会变得很灵活,这一点连我爸都不得不承认。我往侧面踏出一步,他就从我身边冲了出去,差点整个撞在墙上。他冲来的同时我也再次抢起了椅子,但我高估了房间的高度,椅子脚砸在房梁上,其中一只脚折断了。我扔掉椅子。他转过头来看着我,手里出现一把刀。当然我也藏了刀,此时也摸了出来。

我藏了刀,之前忘了说对吧?这次终于不是她的主意,是我自己想出来的。我把刀塞在衣服内衬里,位置是以前我爸交给我的,是搜身最不容易搜到的地方。刀的质量一般,但仓促之下只能搞到这么一把。

"你是个演员?"他说,"真的没开玩笑?"

"以前是。"

"和她一样。"

"你跟她认识?"

"是的,他是我妻子。"

我开始头痛,而他甚至没用椅子,"你妻子?"

"是的,她坚持要嫁给我的,我的每一任妻子下场都不好。说到这个……"他加了一句,同时门开了。

我猜她没跑太远就被抓了,但被抓后抵抗了一阵。押她进来的奶白脸士兵似乎被她折腾得够呛,脸都被抓烂了。他把她推进房间,关上门,自己守在门口。

"废物。"奥古斯对士兵说,"你在外面乱跑的时候我差点被杀,我的副官。"他继续说,"我不作弊,至少,"他把刀插进腰带,"没像你这么作弊。"

我依然把刀拿在手上。"你没法离开这个岛。"我说,"只要你出了屋子,他们就能从战船上看到你。"

他笑了。"有个盲区。"他说,"小屋刚好能挡住我走到小船的这段路。当然,不是我们来时用的那条,你们这些人真蠢。"

我目光越过他,"你跟这个乡巴佬结婚了?"

她跪在地上,捡起假发重新戴在头上,对我怒目而视。每到这种时候我都会想，不管怎么样她依然是霍达啊，旁边的士兵就是她的观众了。"是的。"
她说。

"如果我是你，"奥古斯对我说，"我会把刀收起来，免得不小心捅到自己。
我和我的副官可以轻易解决你，但保不准事情会出意外。"

"我不这么觉得，"我说，"我要是收起刀，你才会杀了我。"

奥古斯叹了口气，"无论如何都会杀了你，小子。你还没想明白吗？"

接着发生了一件我们都没想到的事。士兵滑到地上抽搐，发出了一阵有
点滑稽的声音，接着就不动了。霍达给我使了个眼色。

"发簪。"她说。

奥古斯转过身，只一眼就看清了局势的变化，勃然大怒，"愚蠢的婊子，"
他说，"你在干吗？"

"你跟我保证过，"她说，"你不会杀了他。"

"我明明拒绝了。"

"你拒绝那会儿他还是利西马库，这是诺克尔。"

"我对他是谁不感兴趣。"

"我在上一封信中说，别杀他。我们说好了的。"

这就是霍达的作风：提出要求，然后默认你同意了。

"那是你的问题。"他说，"不管怎样，他不过是个无名小卒，杀了就杀了。"

"别碰他。"

"要是放过他，我们岂不是白跑一趟？我跟你说好的是，你把利西马库
带来，我把他杀了。"

"就当他是个死人吧，效果一样，"她说，"我们会离开，绝对不会哪天冒
出来拆穿你。"

"你跟他？"

她点头，"我不想做你的妻子了。"

"这可不行，"奥古斯说，"我需要一颗头颅，插在木桩上，否则没人信我。"他又笑了，"老天，你应该早点儿告诉我利西马库死了，我们可以少花好多力气。"

我思索了一下，我和霍达联手，应该可以把他放倒。但霍达不一定站在我这边，我可以相信她吗？应该不能，就算我身上有那么多值钱的圣像画也不行。但事实如何并不重要，重要的是奥古斯认定的是什么。"她把你玩得团团转。"我说。

"你给我安静！"她朝我吼道，我没理她。

"你死了，"我说，"战争就结束了，她会成为重建罗珀帝国的女皇。而且到时候她就是你的遗孀，也就是你的族人的领袖，对吧？"

"闭嘴！"霍达尖叫。

"她对我说，还是带把刀吧，以防意外。如果刀不管用，她还可以用浸了毒药的发簪，绝对稳当。"

他笑了，"我不信。"

"随你信不信。"我向前一步，"绕到他身后去，霍达。听话。"

奥古斯优雅地向后迈了一大步，退到角落，不管是动作还是位置，都正是我想要的。当然，霍达一般才是那个主导局面的人，这方面她经验丰富。不过我也学到了不少。

我迅速举起椅子朝他扔去，然后朝门口飞奔。门只能打开一半，因为死掉的副官那笨重的尸体还靠在门上。我把他踢开的这么一小会儿，奥古斯就冲到我面前了，于是我捅了他一刀。

我记得他看了看我，又低头看了看浸出血的衣服，我拔出刀，"你需要看医生。"我说，"霍达，过来，我们走吧。"

她不想走，但我把她双手反绞在身后，这是我爸教我的，他对女人和孩子很有一套。

我们跑了大约一百码，我便用完了力气，跪倒在地，像冲到岸上的鱼一样疯狂喘气。我费力回头看了一眼，没人追上来。

"快起来！"她朝我尖叫道。

我不。我暗想道，如果不能偶尔奢侈一把，比如悠闲地喘口气，当皇帝还有什么意思？此时，吸气对我来说就像要把一辆货车拉上山坡。货车根本不想走上坡路，而我也拉不动。于是她揪住我的耳朵把我提了起来，我没法还嘴。

我们继续奔跑，她拉着我，就像拉着一艘装满谷物的驳船。直到战船映入眼帘，她才放开我的手，朝战船挥舞手臂。

我再次瘫在地上。"你杀人了。"我说。

"什么？"

"那个士兵，你杀了他。"

"确实。"她继续招手，"我这是第一次杀人，不过幸好杀了，不然死的很可能是你。"

"你是怎么做到的？"

"我的幸运发簪啊，"她说，"我戴了好几年了。哦，你是问我哪里来的勇气，太他妈容易了，在当时那个情况下。"

我看见战船放下了一艘小船。"你想陷害我。"我说。

"我想陷害利西马库。"

"我应该把你脖子拧下来。"

"别说傻话，诺克尔。要不是你扰乱了我的计划，我们本该平安无事的。"

小船走了三分之一的距离了。"起来。"她说。

我挣扎着站起来。"既然计划被我打乱了，"我问，"你现在打算怎么办？"

她叹了口气，我们继续往海边走。"原本，"她说，"我钓到利西马库后，打算说服他跟奥古斯见一面，就像现在这样，然后就完事了。当然，当时我们都以为利西马库是个以一己之力拯救都城的天才。"

"你在上一封信中跟他说了什么？"

"那封信是在他发现你是冒牌货之后写的，"她说，"装在一个香水瓶里。我告诉他，放过我们，假装你杀了利西马库，但那个混蛋居然翻脸不认。"

"你真的是他妻子？"

她点头。"我发誓，他之前疯狂追求过我，"她悲伤地说，"从我去车轮群岛巡回表演的时候开始的。我跳上一艘渔船，偷偷溜回大陆去见他，告诉他，我能把利西马库带给你，我们的谈话很愉快，至少我这么认为。"她停下来转头看了看我，"你捅了他一刀，他会好起来吧？"

"应该会。"我说着，给她看了看刀，然后用食指抵住刀尖，把整个刀刃压进了刀柄。

"哈，你这夯货。"她说。

舞台专用刀，和其他道具一样，不过是做个样子。里面有弹簧机关，看起来就像你把五寸的钢铁刺进了那个人的身体，一旦刀刃缩进刀柄，假的鲜血就会通过一根小管子喷出来。是御前献演那会儿，我从一个演员那里得来的，这是我唯一能搞到的刀子。

"他会困惑那么一会儿，"我说，"流了那么多血，却找不到伤口。除此之外，我没对他造成任何伤害。我不杀人。"我又加了一句，"和某些人不同。"

她斜了我一眼，眼神里带着最纯粹、最犀利的轻蔑。"你真是天生的丑角，诺克尔。"

"我也希望我是，"我说，"丑角吸引不了女孩，但所有笑声都是送给我们的。你嘴皮子确实厉害，我真的以为这次会面是为了和谈。"

"真的？老天，你好傻。"

"真的。你没说任何能让我产生怀疑的话。"

"这就是你胡说了，"她说，"如果你是来和谈的，干吗带这么多圣像画？"

"当然是为了你，你这个蠢女人。"有那么一会儿两个人都沉默了。过了一会儿，我又开口道："你那么想离开都城，我以为你就是这么计划的：安排我和他会面，两人和谈，而你趁机带着贵重艺术品逃走。"

"哦，"她依然盯着我，"原来你这么想，你的脑子是砖头吧。"

"因为你这么干是说得通的啊，"我说，小船划到了海岸，我们离小船还有大约两百码，"我以为他真的想和谈，我是挺傻的。"

"你会放我走？"

"放不放我说了不算，对吧？你想走总能走。说到这个，他想杀我那会儿，你为什么阻止他？你和他一开始就是这么说好的吧？"

"不，那时说好的是，他可以杀掉利西马库。"

"我就是利西马库，"我说，"奥古斯看样子挺能接受我这个冒牌货的，但你不同意。"

"我可没同意他杀掉你，"她说，又凶了我一眼，"而我也说不清楚。现在想来，如果不是他一心想杀你，计划就能顺利进行了。毕竟你也想逃，"她生气地说，"你亲口对我说的，你说，我们必须离开都城。"

我点头。"我打算在谈判中途作为一项要求跟他提出来的。"我说，"没想到根本没机会和谈。大概，我们俩聊得太少，才会产生这样的误会吧。"

阿一队长朝我们走来，带着两名士兵。"你不会跟人说吧？"她问。

"说什么？哦，你想背叛我，把皇帝卖给敌人。"

"诺克尔——"

"小声点儿，拜托。"

阿一队长越走越近，继续说话他就能听见了。"怎么样？"他问。

"浪费时间，"我回答，"快带我们离开这里。"

16

和谈是个陷阱。这是一次懦弱的、歹毒的、针对皇帝的谋杀行动。但行动失败,分崩离析。

"人们都说,肯定是因为他走投无路了。他知道再这么下去,早晚会输掉战争。"埃尼亚斯将军对我说,"我方士气大受鼓舞。"

"非常好。"我说。

城里最顶尖的医学学者给出意见:圣像画救了我,没有它们,我至少会断一根肋骨。顶尖的神学学者又表示,正因如此,圣像画确实有用。与此同时,地道里的可怜虫也听说了这次懦弱的、歹毒的谋杀行动。他们发动猛攻,逼得奥古斯的矿工节节败退,一路退到第二处花岗岩缺口。赫拉巴努斯从而得到了充裕的时间,可以不受打扰地在敌方主地道下方挖洞。

"你不跟我说话了?"她说,"别这么幼稚,行吗?"

"还他妈有什么好说的?"我回答,"如果你能想出任何不会越说越火大的话题,我愿意听。"

"幼稚。"她重复道。

"我的老天,霍达!"每次我被她激得大喊大叫,她就知道她赢了。我降低声量,但已经晚了,"你干了什么自己清楚,我们还是别聊吧,没好处的。"

"这样吗?我救了你的命,你就是这样感谢我的。"

我感到历史正在被她改写。"忘掉这件事,好吗?"

"我了解你,"她说,"你忘不掉的,你会一直喋喋不休,吵得我想尖叫。"

"聊点儿别的吧。"我深吸一口气,慢慢吐出来,"之后怎么办?"

她盯着屋顶,似乎在默默祈祷,在众神那儿寻求力量,"我不知道,"她说,"我的计划跟隔夜尿一样全黄了,多亏了——"

"说得对,多亏了你。"

"我被困在这儿了,"她说,"在奥古斯一路冲杀到皇宫,杀死我们之前,再也动弹不了了。这都多亏了——"她不依不饶,"你。如果不是你,我现在已经坐船逃走了,虽然身上没钱,但至少能活命。"

"你和奥古斯结婚是因为钱吗?"

"是的,一大笔钱。另外,我知道这场战争肯定是他赢。"

"你真这么想?"

"是的。"

"我也这么想。"我说。

之所以这么想,靠的不只是直觉。地道战最近传来新消息,在我们灾难性的会面之后,奥古斯又挖了六条新道。他的矿工现在对花岗岩很熟悉了,对破开岩带的技术了如指掌。所以很快,我们就要在黑暗的地下同时应付来自六个方向的进攻。赫拉巴努斯的兵团依然强大,伤亡比稳定在一比十,一寸寸蚕食敌方的地道。但我们损失的都是经验丰富的老兵,要找到替补人员越来越难了。

他会把自己拖垮的，参谋们对我说，他治下的行省迟早会叛变，特别如果我们的舰队再加一重压力的话。他不可能一而再，再而三大规模征兵。到现在，已经有很多地区变成荒地，原本人住的地方被成片的荆棘和蓟草覆盖，因为壮丁都被拉到前线打仗，再也回不去了。总有一天人们会受不了，奋起反抗。

要不是我读过一本书，我可能就赞同他的话了。布勒米亚北部有一片沙漠，大片大片的全是沙子。但在几百年前，那里全是麦田，是布勒米亚第一帝国的粮仓。但后来发生了一场内战，两个皇室旁支争夺继承权，两人都是杰出的将军。双方打了无数场史诗级战役，展现了过人的军事才能，每一次都会搭进去上万条性命，却分不出胜负。战争继续，越来越多的人被征召入伍。其中一方死了，儿子继承了父亲的事业，同样天赋过人。另一方把唯一的女儿嫁给了世界上最优秀的将军。不用说，这个将军当然是罗珀人，没过多久就继承了他岳父的衣钵。战争结束时，整个布勒米亚只剩下游牧民族。游牧民族头脑简单，无法与文明世界的军队匹敌，但那时文明已经变成废墟，他们几乎找不到对手。于是他们烧毁了空城，在杂草丛生的田野上放羊。而只要是地里长出来的，都是羊的食物。很快，大风吹过过度放牧的土地，吹走了细腻的泥土，只留下沙子。这里面有个道理：在领袖的号召下，人们会为一些荒唐透顶的事情咬牙坚持。

17

于是我找了些介绍花岗岩的书来读。

我拒绝了每晚和那些无趣的白痴贵族一起用餐,把脸埋进堆成山的山珍海味。所以我读书的时间挺多,古往今来全世界所有的书,帝国图书馆都有收藏。只需要告诉乌苏索斯我想要什么,就会有一大群尽职尽责的图书管理员像鼹鼠一样展开搜寻,帮我把书找出来。其实花岗岩方面的文献有很多,但管理员们帮我筛掉了不相干的内容,只把我想看的给了我。

我从中了解到许多有用的知识:花岗岩的用途、产地、种类;每一小块的重量、每一吨所占据的体积,等等。我意识到,只要能让人们听我发号施令,花岗岩就是我们所有问题的解决方法。当然,摆弄花岗岩容易,使唤人要难得多。要修建一座城市,人一定是最棘手、最昂贵、最危险、最靠不住的因素。这一点不需要读书,我还趴在我爸膝头上那会儿就懂了这个道理,确切地说,是在被他踢打后学到的。

其实好多地方都涉及花岗岩相关知识。我有一群(相对来说)优秀而渊博的参谋，专门给我讲解这座城市特有的石头和砖块：如何防止它们被砸烂，在哪里加固城垛，圆丘堡和半月堡的重要性，飞扶壁①背后的神秘原理，一堵墙能承受的最大撞击力度，以及各种各样的泥土、砂砾、黏土和岩石的所有巨细无遗的挖掘要点。关于石头和砖块，我想我们掌握的信息够用了。

　　但正如萨洛尼努斯所说，只有砖块和石头还称不上城市，必须得有人。对于人，我能找谁，我能信任谁呢？回望过去几千年里那些伟人、那些鼓舞人心的领袖和睿智的政治家——正是他们的所作所为书写着历史，像一座滑梯推着我们滑向今天这个可怕的、一地鸡毛的境地。这些先贤的曾曾曾曾孙组成了议会，而据我所知，议员不仅继承了先人的财富和黄金餐具，也原样继承了他们的思维方式。至于军方，帝国几乎在一夜之间沦为孤城，都要拜他们所赐。所以不行，他们对局势的看法我也觉得不可靠，特别现在我对他们还有了一定了解。剩下的就是帮会们了——抱歉，这个词现在应该用单数。帮会代表人民的声音，所谓"团结则存，分裂则亡"。但就在不久前，都城还有两个帮会，这不是分裂是什么？公平来说，我在帮会中长大，之前也提过，我爸是绿帮大人物，和帮会联系密切。即使到现在，说到绿帮就得聊聊我爸，说到我爸就绕不开绿帮。你也看出来了吧，我的许多品质都是我爸和他的帮会给的，比如我的直觉、我独立思考的能力。这些品质无数次拯救了我，让我捡回一条命。因为他教过我，生命中每时每刻都要做好战斗的准备，这是最珍贵的礼物。相比之下，那些辉煌的议员家族留给子孙的可以说是一堆垃圾。话虽如此，帮会却无法管理城市，就像蛆虫无法让他们所寄居的母体复活一样。砖块和石头我们能摆平，但在人的方面，我们对人的了解依然太少，我也从来没见到有谁认真研究过人。

　　石头和人，这就是他们口中的"对抗共生"了吧？石头堆积起来组成一

---

① 一种在建筑侧面起支撑作用的结构，常用于哥特式建筑。

道墙，可以保护你安全。石头掠过墙壁飞过来又能砸扁你。为什么生活中样样东西都有两面性？

在此之前，我像受刑一样穿着全套典礼服去红心神庙主持了报喜日庆典。去的路上，有人在我们前面扭打在了一起。"别担心，"阿一队长说，"遇到了一个疯女人，"他笑道，"好像是你母亲。"

庆典结束后，我让阿一带我去看守所。哪一座？他问。在街上吵闹的可怜疯女人被带去的那座。我继续指出，恩出于上，这是个施恩的好机会，人民喜欢这个。

"如果你一定要去，"他说，"就赶不上之后的帝王会议了。"

"让帝王议会见鬼去吧。"

这个看守所我居然来过。我在这儿被关过八个小时，罪名是在一场落幕庆祝会后行为不检，根本就是欲加之罪。我当时住的牢房比这一间小得多，也看不到外面的街景。

"妈，你好。"我说。

"诺克尔？见鬼，你在要什么花招？"

"小声点儿，求你了。"

"原来真的是你，"她说，"我就知道。我在新旧交替日看到你站在阶梯顶上，你他妈——"

于是我把原委说了一遍，她安静地听着。她喜欢用沉默表达她的不认可，这一点没人能胜过她，连霍达都不行。当然，这也是因为她拿我练习了这么多年。

"你疯了。"她说。

"你还能怎么办？"我抗议道，"次次都有人拿着刀逼我，不听话就会没命。我又不是主动想要当皇帝的，走到今天这一步我也没办法。"

"不，你有。"

"是的，我——"我深吸一口气，"我被人挑出来，放在这个风口上，"我说，"的确，我在被逼的过程中也在努力做好一些事，所以我才能活到今天。如果这期间有哪怕一丁点儿逃脱的机会，我早就逃了，但我逃不掉，被摁得死死的。"

"狗屁。"她说，"全是你的谎话。你一直是个骗子，诺克尔。不管有没有必要你都会撒谎。很多时候，我觉得你根本分不清真假。"

"行吧，"我说，"就当被你说中了。你是我妈，告诉我应该怎么做。"

她瞟了我一眼，是那种能让葡萄枯萎成葡萄干的眼神，"把你妈送进监狱，"她说，"我这辈子从来没进过监狱，第一次就是你害的。"

"是的，我承认。"

她继续看着我，不过眼神正常了些。"你是个蠢货，诺克尔。你这辈子只做了两件事：撒谎和逃避。你伤透了你爸的心。"

"没有，"我说，"他挺为我骄傲的啊。"

她耸耸肩，"他希望你过得比他好，看看你现在。"

这个嘛，说比他好也对，说不如他也对。"你觉得我应该怎么办？"

她想了想，不知道想了多久，反正感觉很漫长。"离开。"她说，"离开这里，越快越好，去一个没人认识你的地方重新开始，找一份正经工作。"

"我做不到，"我说，"都说了，我被死死摁在这儿了。"

"你会找到办法的。"她说，"撒一两个小谎就行了，你的拿手活儿。"

"我要真这么拿手就好了。"

"千万别这么想，"她突然发火，"你落到今天这个地步，就是因为谎话。撒谎永远没有好下场。"

我想跟她解释，我真的是皇帝，怎么登上皇位的不重要。半数皇帝在登上皇位之前都没有合法继承权。比如解放者、巴利尼征服者、贫贱之友提桑德大帝。他年轻时只是个文员,后来升为所在部门的头。老皇帝死后,他负责新皇加冕仪式的相关事宜,本该帮皇储穿上全套典礼服的——也就是绶带、加冕披挂、长靴等等。但他没有这么做,而是自己穿上,冲进礼堂,一屁股坐在皇位上,宣布自己就是皇帝。只有皇帝才能穿象征皇权的全套披挂,他解释道,既然他穿着这一套,那么他就是皇帝。虽然把加冕袍穿反了,长靴也穿错了左右脚,但人们依然接受了他的诡辩。再看看我,我可是货真价实的皇帝啊,你怎么能说我是个糟糕的儿子?就算这是实话?

最后这句话我想说,但不敢。"这就是你的建议吗?撒谎和逃避?"

她太了解我了,我变成什么样、套上什么头衔都骗不过她。一切都处于变化中,除了这一点:她了解我。"除此之外的事情你也做不了,"她说,"毕竟你现在已经弄出这么大个烂摊子了。"

"撒谎和逃避。"我重复道,"好吧。"

我发布了一份官方声明,在所有集市和神庙门前都派了人进行宣读。其实每天都有那么一两位官员在公共场所公布一些事情,你见过吧?而这份声明说的是,皇帝对那位试图在大街上攻击他的可怜疯女人心怀怜悯,一番询问之后,得知她儿子在和敌军战斗时英勇牺牲,之后她就疯了。悲惨的遭遇损害了她的神志,所以不管她说什么大家都不能相信。不过,她也因此成了一位平民英雄。为了向她,向与她遭遇相同的无数母亲致敬,宽仁的皇帝赐给她一笔丰厚的终身津贴,又把她安置在一处帝王钦赐住所。另外,还封她为"祖国之母",当然只是个荣誉头衔。如你所料,这一系列举动在人民中间大受欢迎,尤苏萨斯说,他怎么设想出这个好主意呢。

撒谎和逃避,我的两样拿手好戏。行吧,我一边暗想,一边用手巾当书签,夹在有一本讲解花岗岩的书里。对啊,何乐而不为呢?

18

　　这样一来，就必须抓紧时间了。我叫来首席财政大臣，"我们还有多少钱？"

　　他看着我，"陛下？"

　　"实打实的金属货币，"我说，"有多少？"

　　他责备地看了我一眼，不过依然保持了敬重，"这个我确实说不好，货币储备每天都在变化，影响因素很多。"

　　"那你猜一猜。"

　　我感觉他宁愿我要求他吃一坨屎。

　　"我真的无法做出有意义的估计，如果你愿意，我可以立刻帮你查一查。"

　　"好，去查吧。"

　　"不过，陛下，这项工作会花上好几天，等我拿到确切数据的时候，可能情况又有了大变化，让已知数据完全失去参考意义。"

"今晚查出来。"我说,"如果数据不准确,希望你好自为之。"

他准时给出了数据,并笃定地说绝对没差错。我粗略地算了算,这点儿钱不够。于是我叫来中央银行长官,"我们还有多少钱?"我问。

同样浪费时间的对话又重复了一次。最后他告诉我,现金加上有效的外债储备,再加上未来收入抵押和其他有价值的无形资产(不是我乱说的,他真的用了这个词),刚刚足够。于是我又叫来赫拉巴努斯上校和盖纳斯少将。

我把我想做的跟他们叙述了一遍,他们沉默了。

"你们觉得行不通?"我问。

"不,我觉得完全没问题,"上校说,"只是这么做有点儿……"

"极端。"我说,"是的,我知道,但你得明白,就我们现在这个情况,有先例可循的做法早已帮不上任何忙了。我叫你读波希多尼乌斯的书,你读了吗?"

"是的,陛下。不过——"

我眼中冒火,但他没理我,继续说了下去。"波希多尼乌斯所在的时代不同,"他说,"现在的城防技术和当时天差地别,在土方工程和地道建造方面都有巨大进步。"

"我知道,敌人也一样。"

"我拒绝承认这是唯一的办法。"他突然停下来,为自己突然大声说话感到羞愧,"我坚信常规防御是有效的……必须有效。"

我摇摇头。"敌人没有选择常规的进攻方式,"我说,"对方是个疯子,统治着已知世界的三分之一,打起我们来根本不在乎代价,不管是金钱还是人命。你觉得这符合常规吗?"

"就算——"他举起一只手,又是那个表示"我无法用语言表达"的手势,"如果你下令,我会全力执行,不过我还是持保留意见。"

"知道了。"我说,"少将,船的情况怎么样?有没有问题?"

他摇头,"只要有船就没问题。"

"哦,我想船是有的吧?"我愉快地说,"都是橡木做船,涂了柏油,捻缝密密实实。我知道,年代确实比较久远,但我打赌它们还在。"

"既然这样,"他说,"那只要你想,是的,我完全可以办到。"

"那护航方面呢?这很重要。"

"那个我们也能安排,没问题。"他说。这正是我想听的话。

下一步,我又把紫帮所有高层叫过来——不是那些为了堵议会的嘴而安插的没用的傻缺,而是真正做事的高层,从前就在蓝、绿两帮有所作为,又聪明地决定配合我料理紫帮。"我要挖一个洞。"我说。

听到这句话他们就有不好的预感。"地道和反制地道都需要懂挖掘的人,"其中一个说,"我们的人没有这方面的经验——"

"别担心,"我说,"我不是叫帮会的人去当工兵。"就在他刚要放松下来时,我又说,"至少现在还用不着。这个洞用不上军事工程,很大,但纯属民用。"

他们交换了一下目光,看来听进去了我那句"至少现在还用不着"。

"交给我们吧。"他们说。

"对了,还有一件事。"他们起身离开时,我叫住他们,"我们好多年没做过人口普查了,我认为应该做一做。"

"无意冒犯,上一次人口普查就在去年。"

"官府的普查不算数。"我指出,"面对官府,人们肯定会撒谎,这再正常不过了。我希望帮会做一次普查,真正的普查。看看都城到底有多少人,都住在哪里。要制定应急措施,我必须有一份这样的信息,不然最后总会有人分不到食物和床位,因为我都不知道他们的存在。你们安排一下,好吗?下周这个时候完成就好，不着急。"

最后一步很简单：找来舰队里最快的那条船的船长，给他下令。

"那么多钱啊，陛下。"

"没有什么比帝国战船更安全了。"我说，"而且，只有我们俩知道船里装的是什么。"

他直直地盯着我，"你信得过我帮你保管那么多钱？"

我点头。"你有妻子，有母亲，还有两个儿子和一个女儿。"我说，"在扬升日之前带着密封好的收据回来，我就放了他们。"

"扬升日？"他睁大了眼睛，"绝对不——"

"可以的。"我轻轻地说，"咱们试试看，好吗？"

（霍达问："你只是说说而已对吧？他的家人——"

我耸耸肩。"算是吧，"我说，"如果这事成不了，问题就大了。"

"这话是什么意思？"

"这是我们最后的机会，"我说，"你还不明白吧？如果没成，我们的时间就用光了，不只是时间，到时候士兵、金钱、选择机会……什么都不会剩下。"

"但你这主意很蠢，肯定成不了。"）

在这之后，我能做的就都做完了，剩下的要看其他人。命令已经传达下去：用现在两倍的速度挖一个该死的巨型空洞，没有锹和铲子可以问官府要。人们自然想知道这个洞挖来干什么。我们的回答是，排水。这话没人相信。

又有两艘希纳耶人的船靠岸，桅杆上挂着那面人人都看得懂的骇人的旗帜。我开始担心，让港务长细细查看到埠记录，把过去三个月所有希纳耶船找出来。一共有五十九艘，船员和大多数外邦商人一样，一上岸就去了酒馆和妓院，不过城里还没有疫情暴发的迹象。但在这么短的时间内一连出现三艘带瘟疫的船只——我找来盖纳斯少将,让他在离岸五里处拦下所有希纳耶商船。"但别上他们的船,"我对他说,"碰到拒绝掉头的,直接击沉。负责击沉的船只最好找个没人的地方待一个月,以防万一。"

"两艘带瘟疫的船怎么办?"他问,"像上次一样击沉?"

"会不会太无情了,"我说,"这样吧,送他们去我和奥古斯会面的小岛,至少那些可怜虫可以死在干燥的岸上。而且这样一来,涨潮的时候残骸就不会冲到岸上。"

他看着我,"你想等奥古斯派兵驻守那座岛,再把瘟疫传播到他的大营?其实这个主意——"

"这个主意不错。"霍达说。

"不,"我说,"这个主意相当糟糕,我不会这么干的。"

"你可以一举结束——"

"别说这种话了。我们试过一次,记得吗?"

她怒视着我,但我没有退缩,继续说道:"总之,我正在读一本瘟疫相关的书,是帕卡提安对科塞拉大瘟疫的记录。"

"什么大瘟疫?"

"这场瘟疫发生在很久以前,"我说,"也从一场围城战开始,围城方的大营爆发了瘟疫,一周内死了五千人。"

"听着不错啊。"

"然后围城方做了一件事,"我继续说,"给投石机装填死尸,想要扔过城墙,扔进城里。但他们的投石机力度不够,没成功。"

"那不就结了。"

"于是他们把尸体切成碎块,他们发现碎掉的尸体依然带瘟疫,传染效果是一样的。六个星期后,他们攻破了城门,占领了城市。城里的人已经死光了。所以，别拿瘟疫当儿戏，瘟疫绝对不是什么好帮手。"

她耸耸肩，这个动作她做得很好看，看着特别享受。"你读的书真不少。"她说。

"有些书写得真的不错。"

她起身离开房间。每天这个时候，她都要和罗珀女性中最尊贵的那一群坐在一起，做些毫无意义的事度过一天剩下的时间。"等等。"我说。

"怎么？"

"坐下。"

"我不能久留，她们在等我。"

"你在乎吗？"

"我讨厌她们，"她简短地说，"四十六个只知道对我傻笑的贵族女人，从十七到六十九岁都有。每个人身上戴的钻石和珍珠取下来都能装一大桶。还有个胖女人。"

"给我们说说胖女人吧。"

"是真的胖，"霍达说，"要是把她送去炼油，可以做出足够画廊使用一个月的蜡烛。她有一枚镶嵌红蓝宝石的戒指。"

"好看吗？"

"丑死了，丑得我没办法忽视。但肯定很值钱……我也想象不出来值多少。我好想一刀捅进她的脖子，把戒指从她手上摘下来。"

"别这样，"我温柔地说，"这是犯法的。"

"她们还特别聒噪，"霍达继续说，"一直聊个不停，别问我聊了些什么，因为我真的听不懂。大多数时候，话题都是一些我不认识的人做的一些无聊透顶的事。谁和谁共进晚餐，餐桌上又有谁，穿戴如何之类的。太蠢了。"

"这叫社交啊。"

"和我们在戏剧中演出来的一模一样,只不过演戏的时候,大家都知道这一切很荒唐。"霍达苦涩地说,"但她们好像意识不到,她们似乎觉得真正的生活就该这样。"

"真正的生活,好久没听到这个词了。"

她坐下来,手肘撑在膝盖上,脑袋向前耷拉。"我简直想死,诺克尔。我感觉我的脑子在慢慢变成奶酪。必须趁早离开这里,否则我真的会死。"

虽然说有点戏剧化,但就算是演戏,这一刻她扮演的也是她自己。我伸手搂住她的肩膀。

"但这是每个女演员都向往的生活,"我说,"有钱、有地位,老阶梯每一个向议员儿子抛媚眼的合唱队女孩——"

她瞪着我。"都得到了她该得的。"她说,"不是有人说过一句话吗,渴望一样东西太久会招来惩罚,而惩罚就是:得到它。"

"要看你渴望什么吧。"

"我想经营我的剧院,"她声音很大,门外的仆侍肯定听到了,"我想挑选剧本,雇用和解雇演员,对幕布画家和服装设计师颐指气使,把合唱队训练得像皇家卫兵,然后赚大钱。不是为了花钱,"她很快补充道,"只是为了赚钱本身,为了证明我可以办到。这就是我渴望的,诺克尔,你知道吗?在你出现之前,这一切都握在我手里。"

我抽回手臂。"那我有一件事情不懂,"我说,"奥古斯。"

"那个啊。"

"对,"我说,"你费尽心思把我们的死敌钓上钩,盘算着把都城卖给他,我猜可以卖一大笔钱?"

她看着我。"他迟早会赢,"她说,"你心里清楚。"

"是的,"我说,"我很早以前就清楚这点。"

"所以我才跟他结婚，"她说，"我想着，如果我所认识、所热爱的一切人和事物都将逝去，那我一定不能陪葬。我要逃出去，顺便稳赚一大笔可以随身携带的财富。"她停下来看着我，"这你不能怪我吧？"她说，"毕竟他们无论如何都会死。"

"人人都会死，"我轻轻地说，"这是医学常识。但其他人不会因为这个，就帮忙谋杀一整座城市。"

"确实。"她摆出天真无邪的表情，城里许多男人看到她这副样子，都甘愿为她赴死。为了钱，这个表情她每晚可以做五次。当然，这根本就是演出来的。但男人们会说，真实值几个钱？对此我会毫不犹豫地回答：标价已经虚高了。"我计划失败了也挺好。"她说。

"是挺好的，你那计划太多漏洞了，你知道吧。"

"哪儿有漏洞？都是你搞砸的。"她反驳道。

"我搞砸了也挺好。"我重复道。

她点头。点得恰到好处，但我依然信不过，也不在乎。

"诺克尔，"她直视着我，"我们该怎么办？"

我直视着前方，不想对上她的眼神。"我问过我妈这个问题。"我说，"她给了我一些很好的建议。"

"说呀。"

"她说，先撒谎，再逃跑。她太了解我了。"

"诺克尔，认真说，我们到底该怎么办？"

我想了一会儿，做下决定。

"如果我能带我们俩摆脱这一切，"我说，"保证毫发无伤，说不定还能黑一笔钱，不过钱的事要看运气，你愿意嫁给我吗？"

看她的表情，似乎她问我要一片面包，而我给了她一条鼻涕虫。"你说什么？"

"你都听到了。"

"但我们已经结婚了，"她说，"而且你也没那么喜欢我。"

"是的。"我说，"但那场婚礼就是做戏。以及确实，有些时候你的所作所为让我受不了，恨不得投井自杀。但你很漂亮。"

这话说出来是想让她生气的。"诺克尔……"

"另外，"我说，"你是我认识的最聪明的人，你打理起剧院来比古往今来任何人都在行，而且，你可是图图公主一样的传奇人物啊。"[1]

"诺克尔，我不爱你。"

我点头。"我觉得你没能力爱上任何人。"我说，"当然，对你来说这才是正常的。爱别人太浪费了，你在我眼中更像女神而不是女人。"

"哦，省省吧。"

"我说的是实话。"我说，"你自私、记仇、自以为是；冷酷、无情、需要别人拜倒在你裙下；除了你自己，无法爱上任何人。这不是女神是什么？"

她一脸恼羞成怒的表情。"好吧，"她说，"反正你的'如果'是绝对不可能的，因为根本没有逃出去的路。所以如果能逃，我会考虑一下。"

"我想听你说，我愿意。"

"去你妈的。行吧，你开心就好，我愿意。"

有些问题必须问清楚。"那根发簪，"我说，"你一直都戴着吗？"

"啊？哦，是的，我戴了好几年了，毒药就在这根小银管里。总有用得上的时候，对吧？"

"我也想做个类似的东西，用领针之类的吧。"

---

[1] 本文出现了许多由作者杜撰的戏剧，但这里的"图图公主"出自一部现实中真实存在的戏剧：由威廉·S.吉尔伯特和弗雷德里克·克莱于1876年创作的三幕喜剧《图图公主》。剧中的女主角同时嫁给了两个王子，而自己没有记忆，两个王子没有责怪她，反而使出浑身解数挽回她。

"我把配方给你。"

我对她笑了。"等我把我的想法说完，你会怀疑自己是不是在做梦。"我说，"听好了。"

19

之前说了，我叫人挖了一个大洞，其实准确来说是一条沟：绕都城一周，六十尺深，和城墙平行，两者相距三十码，挖出来的土就堆在沟和城墙之间，把这三十码宽的地方占满了，形成一道壁垒。为了让士兵顺利到达城墙上的哨塔和砲台，我们又在沟这边重新修了塔和走道。

之所以挖六十尺，是因为只能挖这么深，再往下就是岩床了。不用说，挖的过程中遇到了很多困难。我们挖到了四处地下泉，泉水涌出来，搞得整条沟都是黏糊糊的恶心的泥浆。我们只能——找出泉眼，给水流改道，这本身就是一项大工程。钱几乎是完全没有的，于是工人们——紫帮能干活的人都被我们叫来了——拿到的报酬都是纸币，大家都不怎么满意，后来我们又改用印土，人们才算是渐渐接受了用盖有印戳的泥土代替亮闪闪的金属硬币。要找到这么多干活的人，没有帮会的组织力是绝对不行的。官府当然出了大价钱招工；但另一方面，帮会高层给人们贴心解释了不去应聘的后果——官府和帮会就像一枚硬币的两面，而且大概率是一枚假币。

而且工期还不宽松，扬升日之前必须完成。其实我特别担心拖到扬升日都太迟了，奥古斯又开了三条新地道，一拨接一拨地派人。赫拉巴努斯上校一次次破坏地道，暂时挡住了他。幸好赫拉巴努斯的手下想了一个绝妙的办法，用之前吹硫黄的巨型风箱，通过空心柏树做成的管道把空气输送到地道最下层，于是我们挖的地道比他们更深。奥古斯想有样学样，但被我们发现了。于是我们从旁边开出一条地道，找到输气管道，敲出一个洞，把硫黄烟吹进去。我猜，奥古斯的工程师看到一千个人钻进地道，没有一个活着回来的，肯定以为这个办法失败了，不会想到是我们对管道做了手脚。

赫拉巴努斯已经不负责指挥地道战了，我把他派去负责监督挖长沟，又擢升了他的一名有一半奶白脸血统、名叫科特柯尔的年轻手下。用空心柏树当输气管就是他想出来的，往奥古斯的地道里吹硫黄也是他的手笔。这小子很不讨喜，有违抗命令和殴打上司的前科，擅长用拳头或匕首杀掉敌方工程师，数量在工程兵团中是最多的。这么看来，他还挺适合新岗位的，他的表现也没令我失望。另一方面，赫拉巴努斯上过大学，懂得算数、军事工程之类的学问。他能画出一大堆线条精细的长沟蓝图，在上面标满数字，在下方密密麻麻写满注释。我也不知道这对挖沟有什么帮助，但看起来很好看。

"告诉你一声，"我说，"我要结婚了。"

真好啊，人们说。作为都城最忙碌的人，皇帝依然抽出时间探望因失去儿子而疯掉的可怜老女人。我想不同意这个说法的只有可怜的老女人本人吧。每次人们用"疯"来形容她，她都恨得牙痒痒。幸好没人把她说的话当回事，除了我。

"有必要告诉我吗？"她说，"挑这个时候结婚，不管怎么说都很蠢。除了追女孩子，你就没有别的要做的事情吗？"

"你会喜欢她的，"她说，"她很聪明。"

"她愿意嫁给你，肯定聪明不到哪儿去。"

我笑了，"我下了些功夫她才愿意的。"

她皱眉，"这么说，你在为未来做打算了？"

"是的，"我说，"我认为我们还是有未来的。"

"傻子才这么认为。你赢不了这场战争。"

"人人都这么跟我说，"我起来站了一会儿，重新坐下。柔软的垫子让我的背又酸又痛。"你在这儿过得好吗？"

"还行。有点无聊，这儿没事可做。"

她被纺车困住了整整六十年，现在不用纺线，她反而无聊了，没事可做。行吧，反正我怎么做都是错的。"你有没有什么想要的？"

她直接忽略了这个问题。"我知道你是好心，诺克尔，至少有时候是。但你对人太冷酷了，从来不在乎别人。"

"这么说不太对。"

她叹了口气。"嗯，"她说，"这不怪你，从来都怪不到你头上。你总是麻烦缠身，所以总是只想着自己。这也没办法，溺水的人没心思考虑别人是不是会游泳。你没时间考虑别人，因为你总是在专心逃命，逃离你自己扯出的烂摊子。"

"我觉得你这样说不太公平。"我说。

"难道不是吗？而你总是在借钱，因为你总缺钱。"

"就现在而言，"我说，"我很有钱，国库里的钱都是我的，都装在一艘开往萨尚国的战船上。"

"会惹出麻烦的，"她继续说她的，根本没听见我说什么，"你忙着绞尽脑汁骗别人借钱给你，没空照顾别人的感受。你哪一次看望我不是为了找我借钱？"

"这让我以后来补偿吧，"我说，"我会补偿所有人。"

"是啊，你总是这么说。"

"迟早会兑现的。"

"每次结束对话你都这么说，"她笑了，"你每次都把这话留在最后，我每次都当笑话听。所以，你未婚妻是谁？"

"她叫霍达。"

"她啊，"她耸了耸肩，"不就是个普通婊子吗。"

"我第一次见到她就迷上她了，"我说，"她在我眼里是一位女神。"

她笑了。"以前你爸也把我当成女神，可惜没坚持太久。你爸是个好人。"

"是的，"我说，"他以他自己的方式当着好人。"

"比你好多了。"

"这个，"我说，"还不一定。"

她摆出一副懒得和我吵的样子。"街上闹哄哄的是在干吗？"她问，"无论白天晚上都有人上街，有的推着推车，有的搬运搭脚手架的木板。你们在干什么？"

"我们在挖一条沟。"我说。

"没事挖沟干吗？"

我解释起来。

我告诉她，奥古斯的工兵团总有一天会突破我们的防线，毕竟人数有那么多，我们根本挡不住。目前一直靠花岗岩壁挡着他们，但他们在岩壁上打洞的技术越来越好，所以这道防线也靠不住了。所以，我打算让他们一路挖到城墙脚下，破坏根基，弄垮城墙。在这之后，摆在他们面前的就是高高筑起的泥巴堤坝了。这东西相当于另一道墙。应该说，很多方面比墙更厉害，因为它是软的，不怕砲击，也不怕攻城槌。猛烈的撞击只会留下凹陷，而不会像撞石墙一样撞碎。要是把地道出口挖在这儿,松散的泥巴会漏进地道。这时如果拿铲子往外铲土,铲得再快,泥巴灌进地道的速度只会更快。但要是继续深挖,从下面绕过这道土墙,把出口开在土墙后面,他们就会碰上另一道地下花岗岩壁,厚度是之前的两倍。

你是不是想说,城墙这边的地下根本没有花岗岩壁?你说得对。但很快就会有了。

"我打算拆掉所有神庙和公共建筑。"我告诉她,"所有外立面是花岗岩,或者整体用花岗岩建造的房子全拆掉。等长沟挖好,就填上花岗岩块。这一道岩壁几乎和城墙一样厚,而且深埋在地下。都城里有一些刚刚开采出来的花岗岩矿,但远远不够,我派了人去找向我们售卖花岗岩矿的商人,命令他们有多少买多少。等长沟填满花岗岩,它就会成为城墙的姐妹墙,六十尺深,十二尺厚,建在我们脚下而非头顶。如果奥古斯的工兵想在上面打洞,我还给他们准备了个惊喜:挖沟的途中我们挖到了四条地下河,只要打开预先建好的水闸,水就会漫进打好的洞。"我停下来喘了口气,继续道,"一开始我以为没法按时完成,事实证明是可以的。没想到吧,掌握一众帮会高层后,基本上没有你做不到的事,而且没人抱怨没钱的事。当然,钱是真的没了。但我们有粮食喂饱工人和都城所有人。至少目前是够的,至于以后,船到桥头自然直吧。现在只能全力干活,做出更多东西卖出去,换取买粮食的钱。这一切需要时间,但我们一定可以争取到时间,不会原地等死的。"

她把头转开了。

"而且,你知道吗?"我继续说,"这一切都是我干的。只有我有这个能力,死去的老皇帝干不了,因为他没这脑子。尼卡弗鲁斯也不行,因为他没这权力,只能去有权力的人那里磨嘴皮子,而别人一定会告诉他:做不成。议院和文官系统也没办法,他们除了使绊子以外什么都不会。连利西马库本人也不行，因为他一生都没能联合蓝、绿两帮的力量为他所用。他和我爸一样，是个彻头彻尾的绿帮人。蓝帮宁愿去死也不愿意听一个绿帮人指挥着干那么多活，就算是为了拯救都城也不行。总之，单靠工程兵团做不了，士兵和政客做不来，帮会没心情做。能做这一切的只有我——你那卑鄙下作、以唱歌跳舞为生的儿子。我撒谎，我骗人，我把自己伪装成伟大的英雄，在公众面前一套说辞，背地里做着另一套。我欺负过人、偷过东西、以势压人，把所有缺德事做了个遍，这是我擅长的领域。正因为如此，都城不会陷落。明年这个时候我们还会在这儿，后年也一样。所以别想指责我不能胜任，这是彻头彻尾的谎话。"

我看了她一眼，发现她睡着了。

20

　　为什么非要选扬升日？因为根据海军部发的小册子，每年这个时候天气就会转变。扬升日之后的三十天里，会刮起令人生畏的强西风，想要向东航行的人只能哭天抢地。另外，扬升日是日历上第二盛大的节日。按照传统，皇帝要在庆典最后一天在公众面前演讲，向大家介绍最近一年帝国的发展。更重要的是，科特柯尔少将郑重表达了他的意见：他的防线只能坚持到扬升日，之后就不一定挡得住奥古斯了。到时候，大军会从地道涌进城里，杀死我们所有人，就像一出魔鬼上演的哑剧。

　　横穿大洋是个好主意，如果在地图上画一条直线，而不是沿着歪歪扭扭的海岸线驶向萨尚国边境，能节约两个月的航程。大部分货船经不起远海的风浪，但我知道萨尚人造的采石船可以（我应该提过吧，这是世界上最大的船），他们早期的航线都要横穿大洋。我赌的就是这些船依然在服役——我可没有乱下注，毕竟这么一艘船的造价是天价，别说拿它赚钱了，单单是回本就需要它服役一百多年。我在一本旧书里读到过建造这种采石船的技术细节,虽然一个字都看不懂,但还是大受震撼。

我们拆掉了议院楼,把金羽神庙的楣撬了下来,又拆下了一半希尔街的建筑,最后收集到将近二十五万块花岗岩块,每一块重达半吨。工程师、石匠行会、货车车夫和炮兵们都告诉我,办不到,肯定不可能按时完成,就算没有时间限制也不一定能行。但我关闭了所有作坊、工厂、店铺和集市,连(愿众神宽恕)剧院也关了。如果你想挣钱,就只能给我干活。当然,挣到的也不是真钱,弄虚作假是我的本行。但我的假钱在都城挺好用,能买到面包。其中的秘诀很简单,和欣赏戏剧的人一样,只要摒除疑虑,专心入戏,一切就会像丝滑的绸缎一样顺利展开。

要拯救都城,就要把都城一砖一瓦拆开,埋进地里。这是个荒唐的悖论。不过在我看来,悖论是通向真理的大门。嗯,我也不知道这句话什么意思,但我敢打赌它总有一些道理。

而他们没有选择。

我对他们出手阔绰,而他们只能接受。不过,我知道他们如此配合不是因为别的,只是出于一个非常了不起的原因:民众相信我、爱戴我。"我"是指利西马库吧? 她问。但她错了,"我"就是指我。想想卑微的毛毛虫吧,只要换上一身华丽的外表,它就会换个名字,飞起来,不再匍匐爬行。这是两种完全不同的生物,前者是虫子,后者可以算是一种小体型的鸟。两者没有任何相似之处,没人会混淆它们。但如果不看外表,它们的内在又从来没变过。放在我身上,你可以说我不是利西马库,但我这辈子大部分时间里也不是诺克尔,至少在工作的时候不是。从头到尾,我只是我而已。我匍匐爬行了很久,之后展开了翅膀。问问你自己:如果你去看奥利塞里亚演的《皇后尤狄夏》,你会为谁鼓掌? 是的,利西马库是个好角色,但不谦虚地说,我演他演得很好。正因为如此,我们才能挖长沟、拆房子、垒石头,而这一切都要在扬升日之前的两天里完成。

我挺能嘚瑟的，是不是？

在都城，希望的繁殖速度和老鼠一样快。抱歉，我好像说过这话。这是一句好台词，没人会注意到我重复了一遍。但其实我不太明白人们为什么不待见老鼠，它们个头小，全身毛茸茸的，还有可爱的胡须。它们做的一切都是为了生存，以及平静顺利地养活一大群孩子。它们想破脑袋都想不通为什么有一群体型巨大的怪物总想消灭它们，只能努力避开。但如果你搬到一个新地方，你说的第一句话肯定是，噫，老鼠，快把它们弄走。

当然，"弄走"的意思就是杀掉。于是你向它们开战，穷尽一切手段：从别家借来狻犬、将毒药混进谷糠、设置陷阱——如果不知道是用来抓老鼠的，这奇巧灵活、构造精密的机械会让见到的人由衷赞叹。然后，如果你意志够坚定的话，你还会堵上所有老鼠洞，只留下一个开口，用风箱往里面灌硫黄的烟。可能你是个心软的人，这么做的时候有那么一丝愧疚，毕竟所有生命都值得珍重，就算是敌人也一样，但你打心底里就知道：它们是老鼠，而老鼠必须弄走。有一首诗里有这么两句：

……

教堂废墟之上，蜜蜂和老鼠搭起了新的修道院。

虽然押韵押得不太工整，但这两句写得很不错，其实原句是"蚂蚁和老鼠"。不过区别不大，人们不想和蚂蚁窝住在一起，对蜜蜂窝的态度也差不多。

另一方面，希望这东西比其他害虫都可怕。相比之下，偷吃你的奶酪、在你家墙角板上咬出小洞都不算什么。一旦感染了希望，你就会在明明该撤退的时候继续卖力往前冲；或者一天之内跑六家剧院争取角色，不在乎姐夫在制革厂给你留的那一份工作；或者让你在身无分文、饥肠辘辘、房东刚刚没收了你的椅子和夜壶的情况下，依然天天往老阶梯和天堂街跑。个人意见：我看不出一个人在痛苦难熬的时候继续熬下去有什么好的，但希望总是逮着你不放。它就像一个顽劣的孩子，喜欢逗弄什么都不懂的小动物。我一向的原则都是能避则避，但有些时候，希望会截住你，让你避无可避。这时候要么跟它打一架，然后输掉；要么接受它，直到脑袋变成一团糨糊。

我们现在就接受了最后一线希望。有人排成长队，在货车无法通过的狭窄小巷里用滑轮和杠杆运送石块；有人轮班挖沟，就算只能就着微弱的灯火、淋着雨也不停下。每一次放工聚会，总有至少一个人笑着宣布这一切都是白搭，整个工程都很蠢，敌人稍做刺探就能想出应对办法，不信等着瞧吧——但这些话连说话的人自己都不信，因为他一样心怀希望。上百名男女被麻绳磨得满手是伤，但在希望的加持下，这就是一场愉快的街边派对。只要有人讲一个笑话，耍一个宝，或者唱一段某部经典戏剧中的经典曲目，希望就会骤然荡开，穿过所有人的心，就像工兵穿过地下一样。下一秒，你就会发现它无处不在，像烟雾，像洪水，又像老鼠。**我们会战胜奥古斯**，它在每一只耳朵旁低语，这一次是彻底胜利。

接着，船来了。我没亲眼看见，是后来听说的。一开始，人们以为是海上吹来了一团雾。但他们错了，是船帆。成百上千的帆船排成一排，形成一条拉得很长的横线，长得和地平线一样有些弯曲了。看得出来零星有些战船，是回到都城的帝国舰队，其余的有着巨大的黑色船体，船头高得出奇，轮廓平整，棱角明显，硕大无比。船帆将近四分之一亩[①]，带着船体稳稳地前进，波涛汹涌的海水对它毫无影响。看着这些船，会让人以为巨人来了，操作帆船绳索的人得有十二尺高，老鼠应该和我们的马差不多体型。

这就是萨尚国的采石船了，我从来没怀疑过这些船的存在，为此我敢赌

① 面积单位。1亩 ≈ 666.7平方米。

上国库里每一枚铜特拉齐。眼下，我的梦想成真了。这是第三幕戏剧的高潮，相当于拯救者吊着绳索飞到舞台中央。我来到码头看他们靠岸，和我同行的有一众联席参谋、文官各部的头、所有议员和紫帮高层。我读到过这种船，书里记载得很详细，连每一艘用了多少颗钉子、多少根销子都写清楚了。但我没料到实物居然这么大，却能不疾不徐地穿过水域，驶入码头，像灵巧的小猫咪一样靠港停泊。

我知道这些船能停进来，因为它们不是第一次来都城。书里说，都城的码头在三百年前拆毁重建过，比着这些巨无霸的体型修改了布局。一次可以停泊一百艘，还能留出宽敞的空间，轻松卸货、掉头、重新出发。

但这次来的采石船不是一百艘，而是二百六十艘。比书里记载的还多得多，看吧，历史记载从来不会太准确。我让人把采石船全部开来，于是就来了这么多。

我们造了用来起吊石块的吊车，此时已经全部就绪。很快，所有石块都卸到了码头，运石队立刻跟上，用滑轮、杠杆和绳索把石块往城墙的方向运。比起把石块抬到货车上，运到目的地再抬下来，用人来运速度更快。我爬上一座瞭望塔，从这里往下看，能看到花岗岩石块在街上流淌，就像雨水汇成的小水流，又像火山口的岩浆。啊，又是火山。故事讲到现在，火山的比喻帮了我大忙。也许现在就是转折点，岩浆会开始倒流，封住滚烫的火山口，让它永远无法再次喷发。

21

她爬上瞭望塔，站到我身旁，一起观看紫帮完成这项不可思议的壮举：动员全城人同心协力，做一些不是浪费时间，而是真正有意义的事。告诉你吧，这可比让岩浆倒灌火山口难多了。

"行吧，"过了一会儿，她说，"你赢了。"

"真的吗？"

"我输了，我看得出来。"她说，"你做到了，很了不起。我们会打败奥古斯的——我也不敢相信我亲口说了这话，但这是事实。"

"不是，"我说，"不是事实。"

她一副受够了我，很不耐烦的样子。"别在这时较真了，"她说，"他们完全遵照了你的指示，一定会管用的。都城安全了，没有谁能——"

我深深看了她一眼，直到能永远记住她的模样为止。"事实上，"我说，"你错了，不会管用的。只要奥古斯识字，或者他身边有识字的人，我们就没戏了。"

"你又在说什么鬼话?"

我想委婉一点,不吓着她。但她是个大姑娘了,受得住的。"不会管用的,"我说,"我知道。"

"你又在瞎说了,能不能正常说话?"

我叹了口气,"你不会觉得这一切都是我自己想出来的吧?"

"不是吗?"

"当然不是,"我说,"是我在一本书里读到的。书名叫《军事建筑细则》,作者是德奥达图斯。而且这主意也不是他想的,他只是记录了下来。"

她耸耸肩。"管他呢,"她说,"要我说,现在的人们过于看重原创了。"

"德奥达图斯,"我继续用我那平板而无聊的声音说,"写到了奥帕城围城战。艾克门人在这场战争中花了五年时间,和有史以来最伟大的军事工程师波希多尼乌斯战斗。书里记录的方法全是他想出来的。不过他自己没有写,因为他没活到有空写书的年纪。我今天做的事,波希多尼乌斯在奥帕城全做过一遍,一点儿用都没有。"

她看着我,眼睛睁得圆圆的,"你在说笑吧。"

"很可惜,我没有。艾克门人为此付出了一年的时间、无数金钱和士卒伤亡,但最后他们成功了。奥帕城陷落,城里所有人被杀,包括波希多尼乌斯。"

"但你说过,这么做就能守住都城。"

"我撒谎了。"

我等了一会儿,但意料中的狂风暴雨没有来。她太惊讶了,一句话都说不出来。等终于缓过气来,她说:"说不定有用。"

"我觉得不太可能。"

"屁话。"她瞪了我一眼,"书里明明白白写着呢,不是吗?"

"是的。"我说,"不但写了波希多尼乌斯的策略,还写了艾克门人是如何破解的。这是个纯技术性问题，不需要靠运气来实现。"

"行吧。"她说，"你知道当时的艾克门人做了什么，那你想办法阻止啊。既然敌人的行动在意料之中，那就从中破坏。"

我摇了摇头，"我们出一套策略，他们反制，我们再反制……这样下去有一个问题：这个游戏并不公平。就像弓箭手和鹿之间的角逐一样。他们一次次输掉，再一次次重新尝试，但我们不行。我们只要输一次就会死，而这是避免不了的。霍达，我们不是早就达成共识了吗？都城陷落是迟早的事。"

我惹她生气了，"那你搞这么多事情干吗？为了给人们找点活干吗？"

我想笑。我这一生不都在干这种无意义的活吗？我们努力工作、努力磨炼技艺，用台词、戏服、油彩、可爱的布景画搭起一个不真实的世界，像浮在云上的城堡。我们改变世界了吗？没有。但我们带给了人们短暂的快乐。我甚至能想象自己在剧院经理面前卖力推荐我们的故事。我会说，云上的城堡早就见多了，历来无数戏剧都在用类似的题材，但地下城堡就不同了，从来没人写过。

剧院还有一个传统：我们会等到最后一刻。幕布落下才算结束。"不完全是。"我回答她。

扬升日庆典很不错，是我记忆中办得最好的一次。人们工作了一整天，把最后一些石块拖到划定的位置。一堵伟大的墙圆满竣工——用大地上最坚硬的石头建成，建在最需要它的地方。接着，工人们满脸肃穆地排队走进竞技场。竞技场的观众席可以容纳六千人，但只要把人像榨橄榄一样挤在一起，翻几倍的人数也是装得下的。竞技场装满了人，都城所有能走路的全来了。他们筋疲力尽，但快乐而充满希望，为自己是罗珀人而骄傲，等着他们的皇帝讲话。

我处理了几样需要跟进的事情，就准备好了。我穿上典礼服，包括铠甲和那身有着光辉历史的外衣。这次,我破天荒地不讨厌这一套行头了。我们这一行有句话:穿上戏服的一刹那,你就不是你,你成了你的角色。而此时,我的角色就是皇帝。

于是号角齐鸣,人们停下了吃腰果解闷,全部安静地坐好,转过头来看着我。我站了一会儿,站姿庄严。

有人拍了拍我的肩膀,塞给我一张纸条。我读了一遍,为了制造戏剧效果,又沉默了一会儿。

演出开始。

"子民们,"我说,"传来了坏消息,敌人突破了新造的墙。"

我默默数了三声,让人们有时间消化这句话,又不至于消化过头,吓破了胆。"我们要撤离都城,"我说,"几个帮派老大负责清点各自的街区,把民众直接带到码头,有船等在那儿。重复一遍:船足够多。所有人都要听你们老大的话。不要慌,慌起来大家都会死,不仅害死自己,还会害死你们的家人和邻居。只要服从你们老大的命令,你们就会平安,这点我可以担保。大家先坐着别动,等叫到你所在的街区再离开,动作要快,要安静。不要奔跑,不要大声说话,这样才能听清楚指示。离开之后直接去码头,不要管留在身后的人,他们迟点儿也会走。不许回家收拾细软,没那个时间,很抱歉。好了,行动吧。"

场面很壮观,我这辈子都忘不了。所有人都乖乖坐在原地。接着,后面三排起身离开竞技场,接着是前面两排,再接着是中间三排,到最后,巨大的竞技场空空如也,只剩下皇家包厢里我的随从和我。这是我见过的最美丽的景象:冷静、有序,甚至带着一丝优雅。这一切都靠帮会,换成别的人或组织绝对办不到。没有帮会,一开始就会全乱套。

平民数量大概有十六万,除此之外还剩些什么人呢?军队和海军——

各自身上都有命令，都在忙活；议员——早在天亮前就被我控制了起来，塞在其中一艘船上给他们划出来的地方；工程兵也没有得空的，他们要把水引到奥古斯的地道里，用的正是那些及时被发现的地下泉水，这是真正的好运气，我这辈子就碰到过这么一次，我觉得我利用得很彻底。还有一些人在帮我干一些零散的跑腿活。除此之外，就只剩下和我最贴身、知道真相的少数人了。

我是这样和霍达解释的：这一切都是谎言。地下城墙保护不了我们，但保护不了也没关系。修它本来就不是为了这个，这项工程本来就没有意义。修它是为了把船带过来。

你肯定想问：有这么多年时间，为什么之前没人组织大家逃跑？答：因为之前没法让民众赞成这个决定，也没有哪个头脑正常的人愿意组织这样的行动，但最重要的原因是，要一次性转移十六万人，上哪儿去找船？

但都城的人其实就像老鼠一样，必须弄走，唯一不同的是，我们不会因为脸长得和别人不一样而被杀掉。一座城市是由人组成的，而不是砖石。所以要拯救都城，就得抛下它——或者从另一个角度看，带着它一起跑。

我在查询花岗岩相关文献时读到了关于采石船记载，我立刻明白这是我们最后的机会，也是唯一的机会。这些大船非常了不起，造出来就是为了横穿大洋，而我们的码头正好可以让它们停靠。如果我能想个办法，让所有人乖乖登船……

接着我又记起（我继续对霍达说）画廊的那场大火。是四年前还是五年前来着？你太厉害了。你当时站在舞台中间，吐字清晰、语气平静地告诉观众：女士们、先生们，发生了火灾，照着我说的做大家就不会有事。你指挥得真好，人们站起来安静地离开，没人奔跑，没人尖叫，没有发生踩踏，也没人对你起疑心，转过头来质问：等等，真的烧起来了吗？还是你在要我们？我想，要撤离全城的人，就该向你学习。

真的烧起来了吗？肯定啊。在都城，火灾从来没有间断过。当时的下城确实有个地方着火了，我见到帮会的人带着大家扑灭了大火。但就算火灾发生在几条街之外，也不代表你该放松警惕——当然烧起来了，现在不走就等着被烧死吧。

我妈叫我撒个谎然后逃走，真是个好建议。

我告诉她，空位是够的。每一艘采石船能装下六百五十人，这是我算出来的：设 x 为装满一艘采石船的岩块数量，y 是一艘采石船的载货容积……总之，在保证每个人都能躺下的前提下，每艘船能载六百五十人。环境算不上舒适，但总比死了强。出了码头后我们会向西驶向中海，那边有一些岛屿。之所以知道，是因为那里的人时不时会给我们送些果蔬来。有舰队在，我们在岛上会很安全。就算对方是奥古斯，也不可能挖一条六里长的海底地道来打我们。去的路上，我们的饮食由舰队提供。舰队会变身海盗，批量抢劫，把路过的船只抢光、烧光，让被抢的人饿死在海上。反正这一带都是奥古斯的领海。采石船不需要靠岸，所以也不用担心来自陆地的攻击。船会在五周后到达海岛，旅途不会轻松，但如果别无选择的话，这么点时间还是撑得下来的。

要是民众发现你在骗他们怎么办？霍达问。不，他们不会发现的。这件事只有我们知道，而且很快，过去会按照我们的意愿被改写。

"而且，总有一天，"她说，"我们会回来。"

我没接话。

"我们会回来的。"她重复道，"到时候，我们会赶走这些奶白脸，夺回家园。总有一天，对吧？诺克尔？"

"嗯，总有一天。"我说。

她点点头。"必须把都城人弄走，"她说，"否则他就赢了。就算要等五十年才能翻盘也一样。不能让坏人取胜，这绝对不能接受。"

对霍达来说，人生就是戏剧。不同的人生和戏剧一样类型分明：悲剧、喜剧、爱情剧、滑稽秀、闹剧。如果是喜剧，好人必须获胜并结婚。如果是悲剧，好人也要获胜，但其他人都得死。总之赢的必须是好人，没人愿意付钱看反派获胜。

我对反派倒没什么意见，只要他们离我远点就行。要是靠得太近，贴到我脸跟前，我就会撒个谎然后逃跑。所以我永远做不了英雄（也就是主角）。但我无所谓，我的业务主要是配角和名人模仿。

他们在帝国旗舰上给我们留了位置，但我不去。我说，我们要和民众在一起，坐最后出发的那艘采石船。于是，我们在岸上看着头一百艘船装满乘客，离开码头，换上另外一百艘空船。这景象令人惊叹：人们排着长队缓缓向前，往各自分到的船只前进。他们脸上挂着悲伤和焦急，很多人在哭，但即便如此，他们依然怀着希望——又是希望，这一次，这东西总算派上用场了。

最后一艘船也要离开码头了。一共二百五十艘大船，装满了人，个个吓得半死，但依然心怀希望，准备去往没有战乱的远方。大部分船只已经离港，离天黑还有半个小时。

最后一艘船开走了。我妈就在船上，是被人用肩舆抬上去的，期间她一直在骂骂咧咧。我们倒是没上采石船，而是爬上了一只小船。小船是阿一队长的。他说他厌倦了替人卖命，想回老家过安稳日子。我问他能不能顺便捎上我和霍达，他说他很乐意。我相信这话是发自内心的。

"要保证成功逃掉，只能让全城人先走一步。"我对霍达说，"这是唯一的办法。"

我们坐在小船尾部，船上有三名船员、三位乘客。船员是李斯特拉戈尼亚人，从前都是我的护卫。我和霍达坐得不大舒服，因为一来小船实在太挤了，二来，坐在一件缝有圣像画的衣服上罪同谋杀。船长为这趟旅途收取的费用是一毛呢口袋的钻石、红宝石和珍珠。他说，他们那个地方的人对艺术没什么兴趣，但不管你去哪儿，钻石都是值钱的。我说，别客气，尽管拿。他直接拿起了整个袋子，掂了掂。行吧，够了，他说，太贪心了也不好。

"不知道他们发现我们没上船，会干出什么来。"霍达说。

"随便吧。"我说，"尤苏萨斯或者西西纳将军会接过指挥权。反正这两个我这辈子都不想再见到了。"

她笑了。"不敢相信，"她说，"我们真的成功了。"小船上下颠簸了一下，她迅速把头伸到船舷，像火山爆发一样（抱歉找不到更好的比喻）呕吐起来。

另外，还有另一条小船在采石船离港之后驶出了码头。船上坐着我生平见过的最勇敢的人。他们是真正的英雄，能赢得女主角芳心的那种。但他们没这运气，现实中的英雄从来都没有。

他们也是李斯特拉戈尼亚人。我问有没有人愿意干这个，作为报酬，我会让他们的家人得到巨量财富，我又保证一定会信守承诺。于是他们站了出来。我把他们派到我、霍达和奥古斯见面的小岛上，这也是希纳耶人的船只在我的指示下靠岸的地方。小船上有六个人，每人拿了一个藤编笼子、一袋面包屑。他们的任务是进入小岛上的小房子，抓捕里面的老鼠，数量越多越好，然后把它们带到都城的皇宫里放生。老鼠是瘟疫传播的罪魁祸首，这是我在一本书读到的。

我也不知道这一招是否管用，但不管了，还是值得试试的。事实上效果很不错。我和霍达转悠了几处地方，在萨尚帝国东部边陲城市奥克提亚纳安顿下来，至少短时间内不会再走了。从这里打听远方的消息很难，但根据我们俩拿到的消息,奥古斯大军的死亡人数在十万到二十五万之间。这个数字不管怎么看,都足以让他新建立的帝国在十八个月里分崩离析。

不过奥古斯没有死。他感染了瘟疫,但活了下来。看得出来瘟疫有好几种,而这一种主要攻击神经和脑子。奥古斯虽然还活着,却算不上康复。他眼睛瞎了,耳朵聋了,手指和脚趾都失去了知觉。最近传来的消息依然表明他还活着,行吧,皇帝万岁。但愿他能长寿。

这就是诺克尔的故事,他是个骗子,他通过撒谎和逃跑拯救了都城。请接受我的道歉,我不自觉地把自己写成了英雄,我忍不住,总想给自己写一些好的戏份。

你可能想问,为什么要在民众需要你的时候逃跑?这就不用说了吧。当我看向脑子里的那面镜子时,我看见了利西马库。但不仅如此,大概是光线原因吧,镜子里的利西马库长得和奥古斯一样。如果一个人认为杀死挡道的人、用军队烧毁城市是个好主意,这个人迟早会变成奥古斯。我还不是他,至少现在,我还只是一个擅长名人模仿的演员。但进入角色总伴着风险,因为总有一天,角色会变成你自己。用我妈的话来说,别做怪相,否则怪相会永远长在脸上。

我知道,我不是英雄,因为英雄是主角,而主角总能赢得女主角的芳心。她在奥克提亚纳离开了我,卷走了我大部分的钱,不过剩下的也不少。她说她要去萨格巴坦——也就是萨尚国的首都——看看能不能让那里的人接受罗珀人的戏剧。只要他们有哪怕一点点品位,她就不会失败,我会去参加她的首秀。不知道《图图公主》翻译成萨尚语是什么样的,不过我很期待她再演一次这部戏剧。她是有史以来最好的女演员,为了看她一眼,活着、做一个罗珀人都是值得的。

大概,总有一天能看到吧。